대화퇴 어부

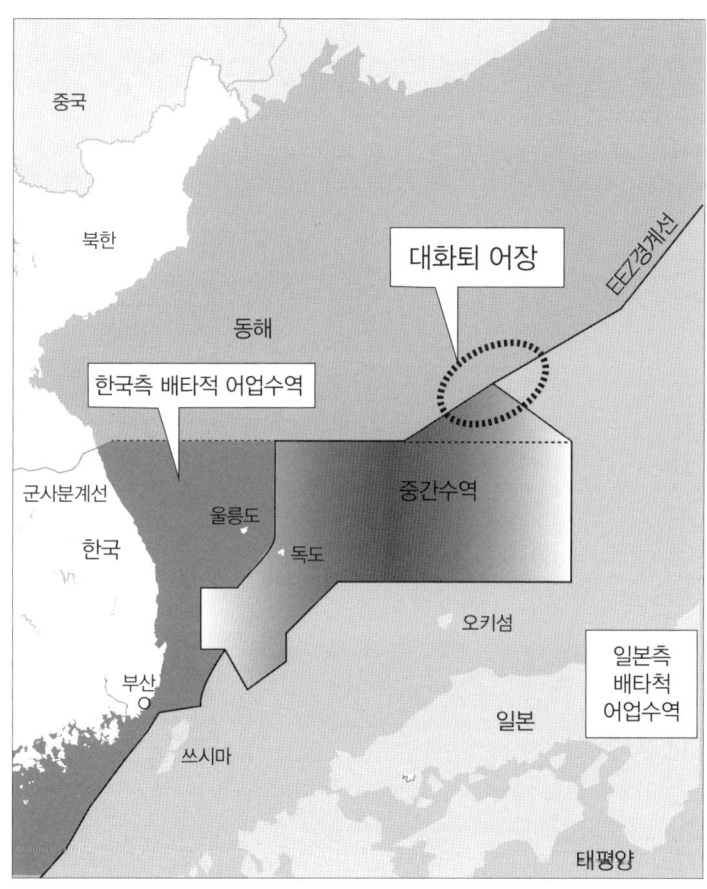

| 제19회 세계문학상 소설 부문 대상 수상 기념 |

대화퇴
어부

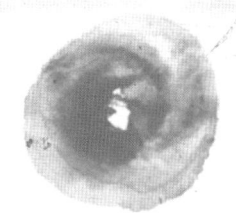

신현두 장편소설

내 마음보다도 어머니 마음을 더 아프게 했을
이 다리로 지금 땅을 디디고 걷고 있습니다

도서출판 천우

c·o·n·t·e·n·t·s

1_어부 …………………………………… 9

2_대화퇴 원양바리 ……………………… 21

3_무작정 가출하다 ……………………… 35

4_태풍 앞에 초조와 싸우다 …………… 49

5_고향 친구를 만나다 ………………… 57

6_이산 어부의 방생 …………………… 64

7_남바리 ………………………………… 72

8_재도전한 서울, 또 무릎 꿇다 ……… 84

9_풍어의 굿 …………………………… 95

10_미영이 자매들과 함께 …………… 107

11_포장마차에서 패싸움 …………… 117

12_울릉도를 찾아서 ················ 128

13_머슴살이 ···················· 149

14_울릉도의 봄 ················· 165

15_동백꽃 사연 ················· 180

16_연정 ······················· 188

17_섬 색시의 눈물 ··············· 199

18_주소 없는 방생 편지 ·········· 216

19_한맺힌 이산 어부의 일기 ······ 226

20_파도 더미에 묻혀버린 어부 ···· 236

21_아픈 사랑으로 맺은 남매 ······ 248

에필로그 ······················· 260

대
화
퇴
어
부

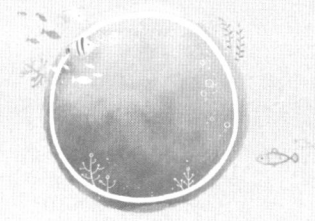

1. 어부

뚜우-- 뚜우-- 뚜우--

뱃고동이 울어대는 동해 북단 S항구, 비릿한 바다 냄새가 코를 자극하고 생선 비늘과 할복된 오징어 오물로 질컥이는 선창에서 나는 모든 것을 잊기 위해 승선하고 있었다.

"모야(닻줄, 여기에서는 배를 부두에 매어 놓은 밧줄)를 풀어라."

검은 수염이 강하게 턱을 가린 사나이가 키를 잡고 목청을 돋우자 본 선원(배의 궂은일을 맡아 하는 어부, 대략 3~4명이 일함)이 부두에 내려 닻줄을 풀어 배에 던지고, 기관장은 동력을 높여 배를 움직이고 있었다.

"땡" 하고 벨 소리가 울리면서 사나이가 다시 소리치고 있었다.

"고애(배를 후진하라는 뜻)해라!"

그러자 배는 천천히 후진하며 배와 배 사이를 빠지느라 삐걱 소리가 요란했다.

"땡, 땡" 이번엔 종이 두 번 울리면시 "아시딩 아시딩(정지하라는 신호)하고 사나이 목청이 높아지자 배는 갑자기 동력을 낮추어 천천히 멈추고 있었다.

양볼과 턱에 강한 털로 뒤덮인 사나이는 선장이라고 했다. 야무진 체구에 잘 알아듣지도 못 하는 말로 부릿찌(선장실)에서 줄을 흔들어 신호를 보낼 때마다 기관실에 매달려 있는 소 방울만 한 종이 소리를 내고, 기관장은 벨 소리에 한 치도 어긋남 없이 배를 움직이고 있었다.
 처음 목격하는 내가 참 신기하다고 느끼는 순간
 "도로가지(좌현, 여기서는 왼쪽으로 빠지라는 뜻)해라" 하고 선장이 소리치자 본 선원들은 우측에 배를 밀어붙이고 있었다.
 빽빽한 배 숲을 밀치고 빠져나오자
 "땡 땡 땡" 하고 전과는 다른 길이와 속도로 고심(배를 전진하라는 신호)을 울리자 항구를 벗어난 배는 이윽고 동력을 높여 푸른 바다를 가르며 질주하고 있었다. 갈매기들이 끼륵끼륵 한가로이 뱃전을 선회하고 있었고, 파도는 이빨처럼 솟구친 암석에 부딪혀 은빛 거품을 토해내고 있었다.
 파아란 물살을 가르며 도망치듯 항구를 벗어나는 어선들은 유람선을 방불케 했으며 얼룩무늬 가빠를 걸친 어부들은 해풍과 태양에 그을려 아프리카 인디언들을 연상케 했는데 갑판에 둘러앉자 바다 이야기를 엮고 있었다.
 "어제는 마(뱃사람들이 쓰는 남쪽이라는 뜻)에서 많이 났다면서."
 "무슨 소릴 하는 게야, 금복호는 새(뱃사람들이 쓰는 북쪽이라는 뜻)에서 만선을 했다는데…."
 알쏭달쏭한 어부들의 말을 흥미롭게 들으며 바다에 취해 있는데 어느새 육지며 산들이 뿌옇게 보이는 것을 보아 꽤 멀리 나온 모양이었다. 이글이글 타오르던 한여름의 태양도 바다를 건너 희미하게 보이는 서산으로 숨바꼭질하였고, 황혼이 깃든 바다는 으스스 한기를 느끼게 했다. 해룡이 경주라도 하듯 먼 바다에는 파도가 높게 일고 있었다. 구불구불 깊은 골을 만들어 배 밑으로 기어들면 배는 시소라도 탄 듯 높이 들렸다가 떨어지는데 그럴 때마다 현기증이 나고 속이 메슥거렸다.

빙 둘러앉아 바다 이야기를 엮던 어부들도 해풍이 차가운지 가빠를 걸친 채 쪼그리고 잠을 자는데 땡땡땡땡땡. 하고 벨이 다섯 번 울렸다.

"준비종이다."

누구인가 소리치고 있었다. 그러자 본 선원들이 풍(조업할 때 배의 흔들림을 막기 위해 긴 천으로 해류를 받게끔 만든 천, 낙하산 원리와 비슷함.)을 꺼내고, 한쪽에선 우끼(풍이 가라앉은 자리 위에 떠서 지키는 유리관) 줄을 서리고 있었다.

땡―, 하고 벨 소리가 한 번 길게 울려 스톱의 신호를 보내자 기관장은 동력을 낮추어 배를 조종하고 본 선원들은 풍을 바다에 던지고 동아줄을 슬슬 늦추어 주고 있었다. 풍은 물살을 안고 바다 깊이 가라앉고 우끼는 둥둥 떠서 풍이 가라앉은 자리를 지키고 있었다. 대낮처럼 환하게 집어등을 밝힌 망망한 대해, 멀고 가까운 해상에는 밤바다를 메꾸는 어로 작업등만이 하늘에 별처럼 반짝거렸고, 어부들은 보석처럼 반짝반짝 윤이 나는 오징어 낚시를 바다에 드리우고 있었다.

다이(뱃전에 설치하는 어구) 물래(다이 위에 고정시키고 낚싯줄을 감아올리는 자세) 롤러(다이 끝 부분에 고정시키는 스텐 바퀴)를 설치하고 있었다.

나는 처음이라 우시장에 팔려 나온 젖 떨어진 송아지처럼 불안한 눈으로 남들의 거동만 살피고 있는데 등 뒤에서 노 어부가 내게로 다가와 다이를 설치해주고 낚시하는 법을 소상히 가르쳐 주는 것이었다. 낚시와 낚시 사이를 70~80㎝ 간격으로 굵은 경심부터 가는 경심으로 50여 개를 매고 그 끝에 주먹만 한 추를 매달아 외로 풀면 해저 깊숙이 들어갔다가 바로 감으면 딸려 나오고 그렇게 오징어를 낚고 있었다.

노인이 가르쳐주는 대로 열심히 돌리는데 하얀 물줄기가 뱃전을 치솟으며 오징어 몇 마리가 낚여 올라왔다. 참으로 신기했다. 미끼도 안 단 낚시에 오징어가 물려 올라오다니…. 그러나 몸 컨디션이 좋지 않아 물래를 잠시 세웠다.
　"내가 뭐라고 하데. 배 타기가 아이들 장난이 아니라고?"
　노인이 나를 바라보고 말을 하고 있었다.
　"얼굴빛이 좋지 않아."
　그러자 속이 메슥거리며 멀미가 나기 시작했다.
　"한창 젊은 나이에 뭣 때문에 배를 타려는가?"
　나는 말문이 막혔다. 한참 망설이다가 돈벌이가 좋다기에 타보았다고 쉽게 말해버렸다.
　"돈! 말은 쉽지만 배 타고 돈 벌기란 하늘의 별 따기야. 차라리 돈을 벌려거든 뭍에서 다른 일을 하게."
　노인은 그렇게 말하고 제자리로 돌아가 고기를 낚고 있었다.
　노인이 돌아가자 나는 심한 열등감을 느꼈다. 배 타기가 그렇게 어려운 걸까? 육지에서 다른 일을 하라니….
　한 여인의 애절한 사랑을 받아들이지 못해 망각의 늪으로 모든 것을 날려버리려고 배를 탄 것인데 육지로 돌아가라니…. 나는 의자에 기대앉아 깊은 생각에 잠겼는데 또 멀미가 나기 시작했다.
　우욱 욱--. 오렌지 색깔의 위액이 창자를 뒤틀고 있었다. 그러나 이 순간부터 이겨야 한다. 모든 고뇌를…. 이젠 나도 엄연한 마도로스다. 풍랑과 마주서는 바다의 사나이다. 지난날 사연일랑 바닷물에 던져버리고 파도 따라 갈매기를 벗하며 착실한 어부가 되어 보련다.
　그러나 눈을 감은 시야에는 미영이 동그란 얼굴이 아롱거려 그 환영이 떠나질 않는다.

"오빠, 우리 친구들이랑 내일모레 오대산 방아다리 약수터에 놀러 가기로 했다. 오빠도 같이 가는 거지?"

신록이 한창 푸르름을 더해가는 초여름 어느 날 그녀는 그렇게 물어왔다. 나는 할 일이 있어 못 간다고 핑계를 댔다.

"또 핑계야? 저번에도 그랬잖아?"
"아 아니 핑계는, 내일은 꼭 할 일이 있어."
"…, 정말? 어떤 일인데 오늘 하면 안 돼? 내가 도와줄게."
"아니야, 혼자서 할 일이라니까."
"무슨 일인데 혼자서 해? 내가 도와줄게."
"혼자서 차분히 할 일이라니까."
"무엇인데 내가 도와주면 더 빠르잖아. 내일 하고 모레 같이 가?"
"고맙지만 혼자서 할 일이라니까."
"씨~ 오빠 변명 내가 다 알아."

그녀의 표정은 시무룩했다. 속마음 같아선 그녀가 가자면 어디든지 좋았다. 그러나 티 없이 명랑한 그녀에 비해 한쪽 다리 장애가 있는 나는 늘 그녀의 청을 회피하는 것이었다.

"오빠, 빨리 대답해. 내가 오빠 뱃속에 들어갔다 나왔단 말이야."

나는 그녀의 표정에 웃음이 절로 나왔다.

"어떻게?"

"응. 입구 쪽으로 긴 터널을 따라 들어가니 조금 넓은 동리가 나오더군. 오장 육부가 사는 곳이래. 그래서 우선 간에 물어보았지. 그랬더니 간이 자기는 잘 모른다며 옆의 신장에게 물어보라기에 신장에게 물었어. 역시 모른다는 게야. 이번엔 심장에 물어보겠이. 그랬더니 심장이 하는 말이 자기들도 잘 모른다고 하면서 위층으로 올라가 뇌에 알아 보래잖아. 그랬더니 뇌가 하는 말이 가고는 싶은데 자꾸 변명을 한다는 거야. 그렇지 오빠?"
　그녀는 아이들처럼 까르르 웃었다. 나도 그녀를 따라 하하 웃었다.
　그녀의 갸륵한 마음에 더 다른 핑계를 못 대고 고개를 끄덕였다. 미영이는 아이들처럼 좋아라 손뼉을 쳤다.
　다음날 아침, 미영이는 밥솥, 냄비, 반찬거리를 싸들고 왔다. 나도 간단한 짐을 싸들고 미영이를 따랐다.
　장평에서 그녀의 친구를 만났다. 그들 중 처음 만나는 여자들도 몇 명 있었다. 그들은 호기심 어린 시선으로 우리들을 바라보았다. 나는 절룩거리는 다리를 감추기 위해 일행 뒤에서 조심스럽게 그들과 합류했다.
　버스는 진부를 지나고 깊은 산골 마을을 지나 우리들을 내려놓았다. 우리 일행은 각자가 싸온 보따리를 짊어지고 비탈진 산길을 걸어 올라갔다. 길옆으로는 계곡물이 졸졸졸 자연스럽게 노래하고, 비탈진 밭에서는 농부들이 한가로이 김을 매고 있었다. 달그락달그락 자갈밭을 파는 호미 소리에 맞추어 농부가 정선아리랑을 구성지게 부르고 있었다.

　　오대산 곤드레 참나물
　　임의 미소만 같으면
　　고것만 뜯어 먹어도
　　이 봄 살아난다.

　수건을 푹 눌러 쓴 아주머니가 소리를 받고 있었다.

　　아우라지 뱃사공 아제야
　　배 좀 건너주게.
　　싸리골 검은 동박이
　　다 떨어진다.

농부들의 소리가 산울림 되어 다시 돌아왔다.

일행은 삼삼오오 짝을 지어 골짝 깊숙이 파고들어 갔다. 젊음을 만끽하면서 산노루처럼 풀썩풀썩 잘도 올랐다.

나는 언제나 습관처럼 일행 뒤에 처져 천천히 따라갔다. 내가 걸음을 늦추자 앞서가던 미영이가 일행을 보내고 내 옆에 붙어 섰다.

"힘들지 오빠?"

그녀는 내 손을 잡으며 물어왔다.

"아니 이까짓 것쯤이야 뭐."

"자꾸만 뒤에 처지니 힘들어하는 것 같아서 그래. 방아다리 약수가 이렇게 깊고 높은 곳인 줄 미처 몰랐네."

"하기야 오대산 준령이니까 당연히 깊고 높은 것은 각오해야지."

땀방울을 닦으며 얼마를 오르니 전나무 숲이 나타났다. 울창한 전나무 위로 청설모 한 쌍이 뛰어놀고 있었다. 청설모는 숨바꼭질이라도 하듯 나무 뒤로 돌아갔다가 다시 나뭇가지를 타고 건너뛰면 다른 놈은 뒤따라가며 솔방울을 따서 내려뜨리기도 하고 사이좋게 나무 위에서 뛰어놀고 있었다.

전나무 숲을 뚫고 한참 오르니 숲속 한적한 곳에 목조로 지은 산장이 한가로이 자리하고 흐르는 개울 건너에는 산신당이 있고 누가 빌다 갔는지 백 원짜리 지폐가 가지런히 놓여있었다.

바로 산신당 아래는 약수터가 있고 돌확 사이에서 약수가 퐁퐁 쏟아지고 있었다. 우리들은 짊어지고 간 짐을 풀었다. 그리고 올라오느라 힘든 갈증을 해소하기 위해 벽에 걸려 있는 조롱박으로 한 바가지씩 떠서 마셨다. 싸한 맛이 진한 사이다 맛 같다. 소화불량에는 약수보디 더 좋은 약이 없다고 여자들은 몇 쪽박씩 떠서 마시고 목까지 촐랑거린다며 넋두리를 늘어놓기도 한다.

그녀들은 점심밥을 지으려고 보따리를 펼치고 있었다. 서로 한 되씩 갖고 온 쌀과 제가끔 가져온 된장, 고추장, 간장 등 시장을 간단히 보아온 오이, 호박, 무, 반찬거리를 펼쳐놓고 다듬고 있었다.

남자들은 불을 지필 나무를 하러 골짝으로 들어갔다. 마른 삭정이를 줍기 위해 능선을 타고 오르다 보면 낮잠을 자던 산토끼가 인기척에 놀라 도망치고 토끼에 놀란 우리도 와! 하고 소리치며 재미있어했다. 어떤 곳을 지나다 보면 더덕 향기가 코끝에 닿아 살펴보면 아이들 손가락 굵기 같은 더덕 싹이 물푸레나무를 칭칭 감고 있었다. 나무막대기로 파헤쳐 어른 팔목 굵기만 한 더덕을 여자들에게 주었다. 그녀들은 모두가 하나같이 집에 가서 더덕주를 담겠다고 장난을 치다가 결국 가늘게 찢어 더덕 요리를 만들어 놓았다.

약수로 지은 밥은 연한 물감을 탄 듯 파르스름한 색을 띠고 있었다. 우리들은 여기까지 올라오느라 시장기를 느끼며 맛있게 먹었다.

뭇국이 너무 짜서 누가 간을 보았는지 국 끓인 사람 시집도 못 가겠다고 핀잔의 농담을 하자 짜게 먹어야 약수를 많이 마신다기에 일부러 짜게 간을 맞추었다고 지혜가 있는 여자는 시집도 좋은 데 간다고 호호거렸다.

점심이 끝난 후 술 파티가 벌어졌다. 술잔을 서로 건네면서 처음 만난 여자들은 남자에게 남자들은 여자에게 잔을 건네면서 젊음이 주는 즐거움으로 눈웃음을 보내고 있었다.

술기가 얼큰하게 오르자 이번엔 게임 놀이를 하자는 것이었다. 빙 둘러앉은 자리에서 노래하며 박자에 맞추어 수건돌리기를 하자는 것이었다. 수건을 돌리다가 걸려든 사람은 동료들이 시키는 대로 해야 한다는 법칙을 세웠다. 누가 만들었는지 손수건으로 다람쥐를 접어 만들었는데 머리도 귀도 꼬리도 있어 흡사 다람쥐 같았다. 정말 예술

감각이 뛰어나게 만들었다. 우리들은 동요 산토끼를 부르며 박자에 맞추어 다람쥐를 돌렸다. 다람쥐는 손과 손을 깡충깡충 건너뛰며 잘도 돌아갔다. 노래가 끝이 나는 순간 다람쥐가 손에 와 멈추면 걸리는 것이었다. 그래서 노래가 끝이 날 때쯤엔 다람쥐는 이 손에서 저 손으로 홱 던져지고, 그러면 자기 손에는 서로 안 멈추었다고 우기고 끝이 난 후에 다른 손으로 던져지면 위법으로 두 배의 범칙금을 받는다고 강한 법을 만들었다.

첫 번째 걸려든 사람은 내가 처음으로 만난 여자였다. 누군가가 '방아다리 약수'라는 글자를 힙으로 써보라고 짓궂게 시키자 우리들은 와! 웃음을 터트렸고, 그녀는 일어나 우는 체 표정을 짓더니 엉덩이를 내밀고 일껑거리며 방아다리 약수라고 히프로 썼다. 우리는 또 파대 웃음을 쳤고, 그녀는 쓰고 난 엉덩이를 흔들며 춤까지 추었다. 개그맨 이상으로 유머도 있고 비윗살 좋은 여자였다. 다람쥐는 다시 노래에 맞추어 깡충깡충 이 손에서 저 손으로 넘어가며 얼룩송아지도 불렀고, 한창 유행하던 섬마을 선생님도 불렀다. 그러다 노래가 끝이나 걸려들면 폭소를 터트렸다. 얼굴이 발그스레 취기가 오른 여자들은 이제 갓 스물 내외의 앳된 숙녀들이어서 서로 호기심 찬 눈으로 이성을 냄새 맡으며 까르르 까르르 즐거워하고 있었다.

몇 바퀴를 돌고 난 다람쥐 놀이가 이번엔 내 손에 멈추었다. 내가 걸려들자 처음 만난 여자들은 와! 소리를 질렀고, 나는 불을 뒤집어쓴 듯 얼굴이 화끈거렸다. 이럴 때 사지만 멀쩡하다면 얼마나 재미있고 흥에 겨운 자리인가. 시키면 시키는 대로 코믹한 연기를 하면 즐거워할 텐데…. 여자들은 일어서서 춤을 추라고 했다. 나는 우물쭈물 뭉그적거리며 앉아서 노래를 부르겠다고 했다. 나를 아는 사람들은 내 사정을 알고 받아주는데 처음 만난 여자들은 안 된다며 펄쩍 뛰었다. 내가 당황해하는 것을 보고 미영이가 내 손을 덥석 잡고 일으켰다.
"오빠 일어나 같이 추는 거야. 자 이렇게."
그녀는 내 손을 잡고 이끌어주었다. 나는 마지못해 미영이 손에 이끌려 일어섰지만 내 모습을 본 그 여자들은 의아한 눈길로 나를 바라보며 수군거렸다.
나는 털썩 주저앉고 싶은 심정을 간신히 버티고 돌아갔다. 쩔룩쩔룩 돌아가는 내 꼴이 그들의 눈에는 강릉 단오제 야외 서커스 공연장에서 관중들을 웃기는 난쟁이와 곱추춤이리라. 공을 튕기고 접시를 돌리며 불춤을 추는, 그래서 관중들의 시선을 끌고 박수를 받는…. 장애를 밑천으로 남의 눈을 즐겁게 해 주지만 나는 못나게도 그들의 시선을 피해 다른 곳으로 도망치고 말았다.
"오빠 왜 그래? 나 때문에 자존심 상했어?"
미영이가 뒤따라왔다.
"아니야 피곤해서 그래. 내 걱정 말고 어서 가서 놀아."
"오빠가 자리에 없으니 판이 식잖아. 그리고 오빠 마음 이해해. 그까짓 거 다리 좀 불편하면 어때서 그러는 거야. 오빠가 그렇게 약한 사람이야? 오빠 다리 보고 비웃는 사람 있으면 그 사람이 더 웃기는 사람이야. 그까짓 다리 좀 불편하면 어때? 마음이 가장 중요한 거야. 마음이 삐뚤고 병들어 봐. 그것이 무서워? 오빠 마음 누구보다 건강하고 아름답다고 생각해. 자 일어서서 어서 가자고 알겠지 오빠?"
그녀의 애틋한 마음에 나는 자리에서 일어섰다. 머리 위 나무에서는 두견새가 서럽게 울고 있었다. 무슨 사연이 있어 저토록 구슬프게 울고 있는지….

파도가 세차게 뱃전을 때리고 있었다. 쿵! 쾅! 쾅! 우지직 치받는 파도가 뱃머리를 들어 올리자 뱃속에 똥물까지 올라올 지경이었다. 차라리 수질로 인해 모든 것을 잊을 수만 있다면 파도야 얼마든지 높게 쳐라 그래서 가슴속에 응어리진 고통을 모두 토해내리라.

"처음엔 다 그런 법이야, 바다에 익숙해질 때까지 수질과 싸워 이겨내야 옳은 뱃놈이 되는 기라."

고기가 잘 낚이지 않는지 잠시 낚시를 고정해 놓고 담배를 피워 연기를 날리던 노인이 말을 하고 있었다.

노인을 알게 된 것은 포항식당이란 간판이 붙은 밥집이었다. 뱃자리를 알아보기 위해 배 위에 오르내리다 오후가 되어, 라면 하나 삶아 요기를 하고자 포항식당이란 곳에 들어갔을 때 홀 한쪽 구석에 초췌하게 보이는 늙은 어부가 술을 마시고 있었다. 라면을 하나 삶아 달라 주문을 해 놓고 나도 막걸리 한 되를 시켰다. 라면이 끓는 동안 막걸리가 먼저 나왔다. 술을 한 잔 따라 마셨다. 싸아한 알코올이 위를 타고 창자에 들어가니 착잡한 기분이 전환되었다. 그때 라면이 나왔다. 라면을 들고 나온 아주머니를 망설임 없이 잡았다.

"저 아주머니, 배 좀 타보려고 왔는데 어디 뱃자리 하나 구할 수 없을까요?"

술이 한 잔 들어가 얼큰한 기분에 그렇게 물었을 때 주인아주머니는 노인을 가리키며 우리 집에 단골손님으로 배 타는 사람이니 잘 말해 보라는 것이었다.

나는 따라 마시던 주전자를 들고 노인 탁자로 갔다. 노인은 주전자가 바닥이 났는지 좌우로 흔들이 마지막 남은 술을 따르고 담배에 불을 붙이고 있었다.

"어르신 제가 술 한 잔 드려도 될까요?"

노인은 의문에 찬 눈으로 나를 보더니
"이게 무슨 술인가?"
하고 묻는 것이었다.
"저 배를 타 보고 싶은데요. 아는 사람이 없으니 뱃자리를 구할 수 없군요. 어르신 아는 데 있으면 하나 소개해 주십사 하구요."
　노인은 내 행동에 의아한 눈으로 바라보더니 배를 타 보았느냐고 묻고 있었다. 나는 처음이라고 하자 노인은 손을 내저으며 아예 다른 일을 하라고 충고하고 있었다. 새파란 청년이 뭐 때문에 배를 타려 하느냐고 그리고 배 타는 것이 아이들 장난이 아니라고, 사나운 파도에 휘발레 뒈지는 사람이 얼마나 많은데 배를 타려느냐고 경고하고 있었다. 그렇지만 오랜 설득 끝에 노인으로부터 자리를 얻어 함께 배를 타게 된 것이었다.

2. 대화퇴 원양바리

며칠이 지났다. 이제 막 걸음마 배우는 아이처럼 위태위태한 어느 날 배는 원양바리(먼 바다에서 10여 일 이상 조업) 떠난다는 것이었다. 아직까지 멀미 기운이 가시지 않고 두통 환자처럼 머리가 지끈지끈하고 어질어질하며 속이 더부룩하여 소화까지 잘 안 되었다.

낮과 밤을 뒤집어 생활하다 보니 그 환경에 빨리 적응하지 못하고 피로가 누적되는 일상의 스트레스, 한숨 푹 자고 나면 좀 덜할 것 같아 다락방으로 기어 올라갔지만 잠은 오지 않고 눈만 뻐근하게 아팠다. 조금 후 아래 홀에서 진 노인의 목소리가 들려왔다. 내가 염려되어 일찌감치 식당으로 나온 모양이었다.

"기래 원양바리 같이 갈 수 있간?"

노인은 나보다 더 걱정하고 있었다. 그것도 소개해 태운 사람이 은단 먹은 병아리처럼 비실거리며 십여 일을 버텨낼지 의문이고 멀리 나가 조업을 못 하면 선주나 선장 대하기 면목 없을 것 같으니 오히려 나보나 너 걱정을 하는 것 같았나.

"너무 염려 마십시오. 열심히 해보겠습니다."

"기래 한 번 독하게 맘먹고 부딪쳐보는 기다. 그래서 이번 고까이

(한 번 조업하는 횟수를 말함) 갔다 들어오면 그때는 진짜 뱃놈이 되는 게야. 기리고 조업하는 동안 먹고 생활할 그릇과 부식은 내가 준비할 테니 쌀 몇 되만 갖고 오라우. 석유곤로, 밥솥, 국 냄비는 다 있으니 끼니."

"그럼 조업하는 동안에 손수 끓여 먹어야 하나요?"

"기렇지. 규모가 조금 큰 배는 화장(배 안의 요리사)이 있어 공동으로 식사를 하지만 소규모 어선들은 제가끔 해결하지. 기래서 배를 타다 보면 어쩔 수 없이 스스로 끓여 먹게 되고 자연히 요리사가 되는 게야."

배는 오후 두 시 경에 출항한다고 했다. 진 노인은 자기 집에 보따리를 가지러 가자고 앞장섰다. 경사가 시작되는 언덕부터 판자촌이 시작되었다. 그렇지만 멀리 바다를 바라볼 수 있는 전망 좋은 집이다. 마당 아래로는 지붕들만 다닥다닥 붙어있고 그 아래로 시원스러운 바다가 펼쳐져 있었다. 방 한 칸에 부엌이 딸린 작은 집에서 노인은 혼자 살고 있었다. 식사와 그리고 외로움을 달래기 위해 마시는 술은 포항식당에서 해결하고 배가 출항하지 않을 때는 이곳 작은 집에서 북녘 하늘을 바라보고 두고 온 가족들을 그리며 남북통일을 염원했지만, 어언 20여 년이란 세월이 하루같이 흘렀다는 것이었다. 그래서 대화퇴 어장으로 올라가 속초보다 뱃길로 가까운 곳에 하염없이 수평선을 바라보며 잡아 올린 고기를 방생하여 통일을 염원한다는 것이었다.

넝마주의 광주리처럼 대나무로 커다랗게 짠 광주리에 잡다한 생필품이 가득 들어있었다.

나는 광주리를 짊어졌다. 몇 가지 생필품을 더 사야 한다기에 가겟집에 들렀다. 담배 한 보루와 됫병 소주 하나를 더 샀다.

"이만하면 둘이서 열흘은 족히 지나겠지."

노인은 흡족한 웃음을 띠었다.

배에 도착하니 많이들 나와 있었다. 모두들 준비한 식도구들이 광주리마다 가득하다. 원양바리 떠나면 혼자 끓여먹는 사람도 있지만 대부분 마음 맞는 사람끼리 두서너 명씩 어울리기에 식사 때가 되면 요리 솜씨를 발휘하면서 서로 권한다는 것이었다.

기관장은 시운을 하고 있었다. 동력을 높여 뭉클뭉클 시키면 연기도 토해내고 집어등도 켜 보았다. 그리고 언제 실었는지 기름도 몇 드럼 적재해 놓았다.

사무장은 선원들 명단을 체크하고 있었다. 언제나 제일 꼴찌로 오는 윤 씨만 나오면 된다. 윤 씨는 터덜터덜 걸어오고 있었다. 소낙비가 퍼부어도 뛰지 않는다는 윤 씨, 빨리 오라고 소리쳐도 그는 거북이걸음이었다.

배는 얼음공장으로 들이댔다. 어창에 얼음을 가득 채우고 물통엔 식수를 가득 채운다. 갑판 위에는 고기 상자를 높게 적재하고 대화퇴 어장을 향해 동력을 올린 것이다. 갈매기들이 뱃전을 낮게 선회하고 있었고 배는 하얀 물거품을 뒤로하며 힘차게 전진하고 있었다.

몇 시간 동안 선상에서 해풍을 즐기며 덕담을 나누던 선원들이 하나둘 방짱(선실)으로 들어가고 있었다. 방짱이래야 이물(선수) 쪽에 한 칸과 부릿찌 밑에 한 칸을 사용하는데 20여 명이 잠을 자기란 여간 비좁은 것이 아니었다. 모두들 들어가면 바로 누울 수가 없어 모로 누어 칼잠을 자고들 한다. 그들은 항해하는 동안 잠깐이라도 한숨 자 두어야 빔새낏 심부(빔을 새워 새벽까지 꾸준히 낚음)를 하자면 졸리지 않는다고 하면서 퀴퀴하고 비릿한 이상야릇한 악취가 숨통을 조여 나로서는 숨도 제대로 못 쉴 판인데 다른 사람들은 잘도 자고 있었다.

어둠이 내리고 얼마를 항해한 배는 이윽고 다 왔다는 벨을 길게 울리고 있었다.

"땡. 땡. 땡. 땡."

잠을 자던 선원들이 하나둘 밖으로 나오고 있었다. 하품하는 사람, 담배를 피워 무는 사람 모두가 피로에 지친 표정이지만 하나같이 황금어장을 만나 고기다운 고기를 퍼 올려 보려는 것은 일관하리라.

집어등이 켜지고 물풍이 던져졌다. 풍은 어김없이 물살을 받으며 바다 깊숙이 가라앉고 있었다.

모두 어구를 설치하고 있었다. 나도 뱃전에 어구를 설치하고 낚시를 풀었다. 낚시는 수직으로 가볍게 들어갔다.

노인은 광주리를 풀어 솥단지를 꺼냈다. 저녁 준비를 할 모양이었다.

"어르신 제가 배워서 하겠습니다."

"아니다. 아직 멀미 후유증이 있어 힘들 텐데 내가 하는 것이 오히려 편하디…."

노인은 팔소매를 걷어붙이고 바닷물을 퍼 쌀을 씻고 있었다. 미안하지만 어쩔 수 없었다. 노인 말대로 아직 멀미 기운에 바다도 돌아가고 배도 돌아가는 느낌이었다.

모두들 곤로를 내놓고 솥과 냄비를 올려 밥을 하고 국을 끓였다. 바다 위에서 밥을 하고 반찬을 만들어 먹는다는 건 얼마나 낭만적이고 별미일까. 멀미만 없다면 유람선 타고 먼 바다로 여행 나온 기분일 텐데….

늦은 밤이라 모두들 시장기를 느꼈는지 밥이 채 뜸도 덜 든 것 같은데 솥단지를 가운데 놓고 둘러앉아 제가끔 그릇에 밥을 푸고 있었다.

노인도 밥솥을 갖고 왔다.

"자 시장할 텐데 우리도 한 술 먹세."

오징어 한 마리 썰어 얼큰하게 고추장을 풀고 끓인 국을 자기 몫한 그릇과 내 몫 한 그릇 퍼 놓았지만 먹을 수가 없었다. 배는 고픈데 멀미 기운이 목구멍에 도사리고 있어 도저히 받아들이질 않는다. 하지만 노인의 성의를 생각해서라도 몇 수저 먹어야 했다. 국 양재기에 밥을 퍼 말아 입에 넣었다. 밥알이 서걱거리며 모래 씹는 기분이다. 억지로 몇 숟갈 먹고 수저를 놓았다. 노인이 나를 측은히 바라보고 있었다.

"밥이 보약인 기라 밥을 든든히 먹어야 멀미도 이길 수 있고 밤새껏 심부도 할 수 있는데. 그렇게 못 먹고 어떻게 버티겠나?"

"시일이 흐르면 차츰차츰 좋아지겠지요?"

"이번 고까이가 고비인데 일주일 정도 넘겨야 할 텐데…."

모두들 먹은 그릇을 씻고 노인도 물을 길어 설거지를 시작하였다.

"설거지만은 제가 하겠습니다"

내가 먹은 그릇을 주섬주섬 챙기자 노인이 밀쳐냈다

"몸이 성할 때 그때 자네가 도맡아 하게. 그래야 좀 편할 테니."

"네 그때는 제가 모든 걸 배워 도맡아하겠습니다."

설거지 한 물을 바다에 버리자 고기떼들이 모여들어 밥알을 낚아채고 있었다. 손가락 굵기만 한 새끼오징어와 새끼고등어, 갖가지 아기 고기들이 모여들었다. 마치 운동회라도 하듯 같은 어종끼리 편을 지어 놀다가 어미 고기들이 모여들자 어디론지 사라졌.

지루한 밤이 가고 새벽이 오고 있었다. 칙칙한 회색빛의 바다가 점점 옅어지더니 수평선 너머로 동이 트기 시작했다. 동트는 아침은 언제 보아도 장관이다. 하늘과 바다가 맞닿은 곳으로부터 빨간 홍시 빛으로 물들어 오더니, 갓난아기 웃음 같은 미소를 살며시 먹으며 해님이 바다 위로 얼굴을 내밀고 있었다.

해가 뜨면 오늘 하루 작업은 마무리 짓는다. 오징어는 야행성이기 때문에 낮에는 물지 않는다. 그러기에 해가 뜨면 낚시를 감아올리고 해가 지면 또 낚시를 드리운다.

모두들 어구를 떼어내고 있었다. 나도 다이를 떼어 한쪽에 놓고 고기상자에 오징어를 세어 넣고 얼음을 채웠다. 멀미와 싸우며 낚은 것이 고작 일곱 상자. 다른 사람에 비해 절반도 안 되었다. 배를 청소하고 아침밥을 준비하느라 쌀을 씻고 간밤에 대나무 낚시로 낚아 올린 복어와 고등어를 손질해 국을 끓이고 있었다. 복어는 독이 있어 전문적 상식 없이는 위험하다고 한다. 오랜 경험을 가진 선원들이 독이 든 부분을 모두 제거하고 국을 끓였다.

모두들 복어국과 고등어 국을 맛있게 먹고 있지만 나는 속이 거북스러워 아침을 걸렀다.

배는 또 어디론가 항진하고 있었다. 해가 떠오른 쪽으로 선수를 두고 가는 것을 보아 동쪽으로 항해하는 모양이었다. 오후가 되면서 배의 흔들림이 점점 격해지고 있었다. 육지를 멀리 할수록 파도는 더 높아졌고 철썩철썩 파도를 받는 뱃머리가 높이 들렸다 떨어질 때마다 물의 파편들이 우수수 우수수 갑판으로 쏟아지고 있었다. 소낙비처럼 휘몰아치는 물보라를 피해 선원들은 하나둘 선실로 들어가지만 나는 역겨운 냄새 때문에 우의를 뒤집어쓰고 밀려오는 파도를 내다보고 있었다. 둘 둘 둘. 거대한 자기 몸뚱아리를 말아 올리며 무섭게 덤벼드는 파도, 배는 성난 말처럼 길길이 뛰면서 파도를 넘고 있었다. 나도 무서운 공포에 어쩔 수 없이 악취 심한 방에 들어가 한쪽 구석에 쪼그리고 있는데 모두들 태평스럽게 코를 골고 있었다. 얼마를 항진한 배는 저녁때가 되어 어장에 도착했다는 벨을 울렸다.

나는 먼저 밖으로 나왔다. 아직도 해는 서쪽 하늘에 몇 발 남아있고 파도는 소용돌이치며 끓어오르고 있었다. 어떻게 이런 파도 밭에서 조업할 수 있단 말인가. 그런데 다른 어부들은 넌지시 웃음을 띠고 있었다. 파도가 높을수록 고기가 잘 문다고 만선할 좋은 기회라고 껄껄거렸다.

"바로 여기서부터 대화퇴라는 기라. 원양바리 나온 배들이 다 예서 조업을 하디. 그런데 풍랑주의보가 내렸나 파도가 예사롭지 않구먼."

노인은 태평스럽게 말했다. 하기야 20여 년 동안 배를 탄 경험이 있으면 이보다 더 무서운 파도를 숱하게 접했을 것이고 이런 파도쯤은 아무것도 아니라는 듯이 얼굴 하나 흐트러지지 않았다.

뱃사람 모두가 다 그랬다. 먼 바다에 나오면 풍랑을 만나는 것은 예사로운 일이고, 며칠씩 기름을 태우며 나왔다가 풍랑이 거세다고 들어간다면 적어도 그 경비를 어디서 충당하겠는가. 태풍 아닌 풍랑쯤은 바다 위에 그대로 머물면서 싣고 나온 고기 상자를 다 채울 때까지 조업한다는 것이었다. 낚시는 배 밑으로 삐딱하게 파고 들어갔고 반대편에선 바깥쪽으로 삐딱하게 대각선을 이루고 있었다. 파도가 높고 해류가 셀 때 풍이 해류를 제대로 받지 못해 일어나는 현상이라고 했다. 선장은 배를 다시 움직여 풍을 고쳐 넣었다. 삐딱하게 들어가던 낚시가 수직으로 제대로 들어가고 있었다.

나는 또 멀미가 심해지기 시작했다. 선실에서부터 악취 때문에 속이 메슥거리더니 심하게 흔들리는 배의 핏칭(선수와 선미가 널뛰는 것을 말함)으로 뱃속의 음식물이 위를 타고 입안까지 올라오고 있었다. 얼마 동안 파도 밭에서 조업하던 배는 고기가 흉어라고 다른 어장으로 노미리(황금이징을 찾아 옮김)한다는 것이었디. 우리는 양이치 토굴 같은 방으로 또 기어들어갔다. 두어 시간 동안 다른 어장으로 이동하는데도 코를 고는 선원들이 마냥 부러웠다.

엉금엉금 기다시피 내 자리로 돌아가 다이를 설치하고 몇 번 돌리다가 뱃전을 붙잡고 토해보았지만, 위에선 노란 물만 올라올 뿐 시원스레 토해지지도 않았다. 임시방편으로 바닷물을 조금 떠 마셔보라고 한다. 두레박으로 간신히 떠 올려 마셔본다. 너무 짜다 못해 소태처럼 쓰기만 하다.

파도와 멀미와 싸우며 늦게까지 낚시를 돌려보았지만 고기는 탐탁하게 올라오질 않는다. 선원들은 맥이 풀렸는지 담배를 꼬나물고 모여 앉아 재담을 나누고 있었다. 바로 그때였다.

"다데기(떼를 지어오는 어군)다!"

하고 이물 쪽에서 소리가 들려왔다. 그러자 담배를 피우며 이야기를 나누던 어부들이 잽싸게 자리로 돌아갔다. 그들은 어느 결에 낚시를 풀기 시작했다. 낚시마다 물줄기를 쏟아내며 주렁주렁 매달려오는 고기들. 나도 기다시피 내 자리를 찾아가 낚시를 풀었다 감아올리자 낚시가 잘 감기질 않았다.

"저 어르신 낚시가 왜 잘 감기질 않아요?"

한 손으로 배 난간을 붙잡고 한 손으로 물레를 거머쥐고 노인에게 물었다.

"너무 많이 물었구먼. 잘못하면 낚싯줄 끊어먹기 쉬우니 반대로 약간 풀어주라우. 기럼 물었던 고기가 떨어져 나가디. 급하게 풀면 다 떨어져 나가니끼니 살짝만 풀어라우."

다른 때 같으면 자기 물레를 고정시켜놓고 상세히 가르쳐 주겠지만 다데기가 온 이상 한 번 감아올리면 최소한 20마리 이상 낚여 올라온다. 그 때문에 잠깐 사이라도 많은 득과 손해가 있기 때문에 그렇게 가르쳐주며 물레만 돌리고 있었다.

물레를 거꾸로 살짝 돌리니 낚시가 가볍게 뜨는 느낌이더니 다시 감아올리자 끈끈하게 딸려 나오며 오징어가 물을 뿜었다. 한 마리, 두 마리, 세 마리 주렁주렁 줄다리기를 하며 매달려 올라오는 오징어가 20여 마리 낚여 올라왔다.

한 틀의 낚시 숫자가 50여 개인데 다데기의 어군이 왔을 때 낚시를 내리면 낚시마다 물고 있다 그렇기에 숙달된 어부는 감각만으로 몇 마리 물었다는 것을 알고 외로 풀어 몇 마리쯤 떼어낸다. 그런 후 30여 마리 정도는 거뜬히 감아올린다. 초보자의 경우 너무 욕심을 내어 한꺼번에 많이 올리려고 과욕을 부리다 보면 낚싯줄 끊어먹기 일쑤이다.

우현에서 쏘아 올리는 오징어 먹물이 좌현에서 낚는 어부들에게까지 퍼부어지고 좌현에서 튀는 먹물이 우현 어부들 얼굴에 물총을 놓았지만, 아랑곳하지 않고 어떻게 해서든지 한 마리라도 더 낚으려고 치열한 경쟁이 불붙었다.

그러나 나는 더 버틸 기력이 없었다. 멀미가 창자를 뒤틀어 잠시 쉬었다가 다시 낚을 계산으로 물레를 고정시켰다.

먹물을 피해 부릿찌에 바싹 붙어 앉아 머리를 대고 있으려니 아랫배까지 살살 아파져 대변까지 보고 싶었다. 그러나 이 높은 파도와 쉴 새 없이 올라오는 오징어 낚는 틈에 엉덩이를 훌렁 걷고 뱃전에 걸터앉을 수가 없었다. 바다에 익숙한 뱃놈 외에 나 같은 초보자는 바지에 변을 볼지언정 그것마저 힘들었다.

나는 사타구니 사이로 두 손을 찌르고 새우처럼 모로 쓰러져 끙끙 앓고 있었다. 다데기도 돈도 만사가 귀찮았다. 뱃멀미가 이렇게 무서운 줄 몰랐다. 심힌 감기나 몸살에 비힐 바가 아니었다. 오징이가 쓴 아내는 소낙비 같은 먹물이 얼굴에 닿을 때마다 옷소매로 닦아냈고 갑판에 떨어진 물은 웅크리고 누운 사이로 파고들어 한기를 느꼈다.

얼마를 그렇게 누워 앓고 있는데 갑자기 머리맡에서 벼락 치듯 불같은 호령이 고막을 찢었다.
"야! 이 새끼는 뭣 하는 놈이야? 엉~"
선장이었다.
맹수에 놀란 토끼처럼 후다닥 일어나려고 하였지만, 몸이 말을 듣지 않았다.
"그래 내가 묻고 있잖아? 뭐 하는 놈이냐고? 이 배가 너의 유람선이라도 되는 줄 아냐? 자빠져 자려거든 너희 집 방에서 편안히 자빠져 잘 일이지 지랄 염병하려고 배에서 자빠져 자?"
"죄, 죄송합니다, 머, 멀미 때문에."
나는 반쯤 일어나 앉으며 더듬거려 말했다.
"그래 멀미가 나면 그렇게 가만 자빠져 있니? 이런 다데기가 오면 그래도 억지로라도 하고 쉬어야지. 여기가 어딘데 그렇게 태평스럽게 자빠져 있냐? 엉? 이 새끼야! 내가 멀미 고쳐주지. 거 물 좀 갖고 오라."
그렇게 맹수처럼 무섭게 으르렁거리면서도 물을 갖고 오라기에 나는 한 가닥 희망을 걸었다. 그래도 20여 명을 통솔하는 선장이니 비상 구급약을 갖고 다니며 위급한 환자에게는 약을 주려나 하고 감격스러워할 때 난데없이 물벼락이 머리에 쏟아졌다.
헉! 하고 숨을 몰아쉬는 순간 또 한 두레박이 부어졌다. 배 청소할 때 바닷물을 퍼 올리는 고무 두레박으로 물세례를 퍼부은 것이었다. 물에 빠진 생쥐처럼 옷이 흠뻑 젖어 있는 내게
"그래 어떠냐? 멀미가 고쳐졌나? 이 씹새끼야."
선장은 잡아먹을 듯 맹수처럼 목덜미를 세우고 으르렁거렸다.
"여기는 바다 산업 현장이야. 그 어느 현장보다도 더 치열해 알겠

어? 멀미가 난다고 이런 다데기가 와도 가만 자빠져 있으면 어떡하니? 이런 때 고기는 일 년 내내 몇 번 안 와. 돈다발을 퍼 올리는 거나 다름없어. 뱃놈들이 제일 바라는 것이 무엇인지 알아? 복권 당첨도 아니고 바다에 나가 다데기를 만나는 게야. 고기 많이 퍼 올리는 것이 뱃놈들의 목적이니까. 그런데 이런 때 고기를 보고도 안 퍼 올리면 선주는 뭐 먹고 사냐? 배 한 번 원양바리 뛰는데 그 경비기 얼마나 깨지는 줄 알아? 빨리 일어나라 씹새끼야."

나는 머리를 떨어뜨렸다.

그래 배 안의 법도가 이렇다면 받아들이는 수밖에 없었다. 로마에 가면 로마법을 중동에 가면 중동의 법을 따르랬다고 이 비참한 현실을 받아들이기에는 너무도 안타깝고 냉정하지만 어쩔 수 없었다.

물에 빠진 생쥐 같은 내 꼴이 무엇이 그리 우스운지 몇몇 놈들은 손뼉을 치며 박장대소를 하고 있었다. 다만 옆자리 진 씨 노인과 몇 사람만 안쓰러워 할 뿐이었다.

나는 비틀비틀 뱃전을 붙잡고 일어섰다. 목으로 흘러든 물기가 축축하면서도 염기가 부석부석했고 다리가 후들후들 떨렸다. 잠깐 누워있었던 게 두어 시간은 되었을까. 서로들 얼마나 잡았는지 각자 칸막이로 막아놓은 널빤지가 모자라 다른 칸으로 넘어가면 못 넘어가게 상자로 칸막이를 덧붙이고 손해 보지 않으려고 야단들이었다. 다만 내 자리만 조금 쌓인 채 뻣뻣하게 굳어있었다.

나는 탈진한 상태에서 눈을 감았다. 조금 정신을 가다듬고 하늘을 바라보았을 때 하늘에는 별이 초롱초롱 떠 있었다. 그리고 절망하지 말리고 손짓을 보내고 있었다.

별….

인간은 누구나 이 세상에 태어날 때 제가끔 별을 하나씩 타고 나온다는 말을 들은 적이 있다. 그렇다면 내 별은 어느 것일까? 적막한 깊은 밤 별빛처럼 부드럽고 검푸른 밤하늘을 바라볼 때면 나는 그 어디엔가 반짝이고 있을 내 별을 찾는 버릇이 있다. 아마도 그 별이 나를 닮았다면 슬픔과 고통으로 점철한 내 운명을 같이 살고 있다면 미미한 바람에도 꺼져버릴 듯 작고 희미한 별이 아니겠는가? 별들이 소곤대는 소리를 자장가처럼 들으며 나는 동심의 세계로 치닫고 있었다.

내가 태어난 곳은 강원도 깊은 산골이었다. 봄이 오면 황새(왜가리)가 파란 하늘에 원을 그리며 앞산 위를 날아 마을 동산(황새봉)에 둥구리를 틀면 '이랴!', 하고 소 모는 소리가 평화로운 마을에 메아리 친다.

황새가 날아와 서식하는 마을은 길사스럽다고 마을 어른들은 좋아하며 보호하고 있었다. 독수리나 매 같은 맹금류가 나타나 황새 병아리를 공격하면 어미 새는 하늘을 날며 꽤액거리며 방어를 하고, 마을 어른들은 하나같이 후여-- 후여--, 이곳저곳에서 소리를 지르면 맹금류는 멀리 북녘 하늘로 사라지곤 하였다.

나는 이런 산골에서 국민학교를 졸업하고 가난 때문에 중학교에 진학 못 하고 안 촌에 있는 서당에 다니게 되었다. 천자문을 옆에 끼고 아침마다 훈장(訓長)님께 절을 하고 한학과 예의범절을 배우고 있었다.

서당 앞에는 이삼백 년은 되었을 심배나무 한 그루가 하늘을 받들 듯이 우뚝 서 있고, 바로 심배나무 아래 기역(ㄱ)으로 아담하게 지어진 초가집이 있었는데 미영이라는 소녀가 살고 있었다. 미영이는 붙임성이 있는 성격으로 서당 친구 모두와 잘 지내곤 했지만 나하고는 유독 가까운 사이였다.

서당에 가다 미영이와 마주치면 미소를 지으며 아침 인사를 했고, 그러는 그녀가 좋아
"어! 미영아 안녕."
하고 서로 아는 척을 했다. 어느 날 소녀는 배나무 밑에 다가와 매미를 잡아달라고 했다. 나뭇가지 끝에 매미가 울고 있었다.
이제 막 사춘기로 접어드는 소년과 소녀는 그런 사이로 성장하고 있었다.
"어디 있는데?"
"응, 저기….'
미영이가 손끝으로 가리키는 곳을 쳐다보던 나는 살금살금 다람쥐처럼 나무에 기어오르기 시작했다.
"오빠 위험해, 올라가지 마!"
"괜찮아, 저까짓 쯤이야 뭐."
나는 의기양양해서 나뭇가지 높이 올랐다. 위험하다고 상을 찌푸리고 쳐다보는 미영이를 내려다보며 매미를 낚아채려는 순간, 배나무가 거꾸로 물구나무서는 현기증을 느끼며 나는 정신을 잃고 말았다.
나무에서 떨어졌을 때 학우들은 내가 죽었다고 모두 도망쳤고, 미영이가 급히 뛰어가 자기 어머니에게 알렸다는 것이다. 바닥에 쓰러진 나는 머리가 깨져 피로 뒤범벅이 되었고, 그런 나를 안아다 응급치료를 하고 나서 우리 집에 연락해 병원에 옮겼다는 것이었다.
"어머니, 어머니….'
꼬박 하루가 지나 정신이 들어 눈을 떴을 때는 사면이 흰 벽으로 둘러싸인 병원이린 것을 알 수 있었다.
걱정스레 내려다보는 어머니는 그래도 이만하길 다행이라고 눈물을 훔치고 있었다.

깨진 머리, 결리는 옆구리, 골절된 다리, 모두가 중상으로 십여 일 동안 치료를 하였지만, 다리만은 별 차도가 없었다.

 그 후 부모님은 용하다는 한의를 찾아 커다란 나를 업고 다니며 무수한 침을 맞았지만 내 다리는 영영 나아지질 않았다.

 나는 땀에 흥건히 젖어있는 어머니 등에 업혀 서서히 운명이란 것을 실감할 수 있었다.

3. 무작정 가출하다

　절룩 절룩 절룩. 정상적이 아닌 걸음으로 절름발이란 불명예스러운 훈장 하나를 무겁게 짊어지고 발끝으로 기우뚱거리며 걸어야 했기 때문에 고무신이 발에 붙어있지 않고 늘 발끝에 질질 끌려 다니다가 벗겨지기 일쑤였다. 그럼 나는 벗겨진 고무신을 주워 들고 맨발로 길을 가다가 사람들을 만나면 다시 신고, 또 벗겨지지만 신을 버린 채 집에 가야만 했던 것이었다. 그러면 어머니는 보물찾기라도 하듯 내가 다닌 길을 끝까지 찾아다니며 신발을 찾아오곤 했던 것이다. 그리고 하얀 끈으로 신과 발을 묶어주는 것이었다.

　끈으로 신과 발을 묶으니 신은 벗겨지지 않았지만 발뒤꿈치가 패이고 발가락에 물집이 생겨 아파 견딜 수가 없었다. 나는 다시 끈을 풀고 맨발로 다니기 시작했었다.

　그럼 어머니는 아무렇게나 버려진 신을 주어다가 다시 신겨주며 다독거리곤 했었다.

　"정호야! 왜 자꾸 그래? 발이 아프고 힘들어도 신어 버릇을 해야지 자꾸 벗으면 어떡하는 거야. 응? 소나 개나 고양이 닭 같은 동물이나 맨발로 다니지 사람이 맨발로 다니는 것을 보았느냐?" 하면서 발꿈치에 얇은 헝겊을 대고 끈으로 다시 꽁꽁 겹쳐서 매듭을 지어 묶어 놓는 것이었다. 이번에는 얼마나 단단히 묶었는지 발이 아파 아무리 풀려해도 풀어지질 않았다. 나는 방으로 들어가 반짇고리에 있는 가위로 싹둑 잘라버렸다. 들에서 일하다 들어온 어머니는 나의 꼴을 보고 화가 머리끝까지 난 모양이었다.

"왜 또 맨발로 다녀? 엄마가 발이 아파도 참고 신어 버릇을 하라고 했지? 신은 어디다 버렸어? 어서 앞장서서 신발 찾아와. 그리고 그 끈은 어디다 버렸어?"(아버지 바지 대님 끈이었다)

어머니 목소리는 파르르 떨고 있었다.

"그까짓 거 신겨지지도 않는 신발 찾아다 뭣해요? 차라리 맨발로 다니는 게 낫지."

그렇게 어머니께 반항했다.

"이 녀석이. 오냐오냐하니 뭣이 어쩌고 어째?"

하면서 뒷마당으로 돌아간 어머니는 싸리나무 한 옴큼을 들고 나타났다. 나는 설마 때리겠느냐 하면서 어머니를 힐끔 쳐다보았는데, 어머니는 하얗게 상기된 얼굴로 바들바들 떨면서 그렇게 무서운 인상을 하는 것을 처음 보았다.

허연 이빨을 드러내 보이며 자기 몸 두세 배나 되는 사슴이나 영양을 사냥하는 늑대처럼 그렇게 입을 실룩거리더니 나의 손을 홱 낚아채고 어디론가 끌고 가는 것이었다.

나는 팔려 가는 개처럼 끌려가지 않으려고 다리를 버텼지만 아픈 다리 때문에 힘을 쓸 수가 없어 어머니의 완강한 힘 앞에서는 속수무책이었다. 신발 있는 데까지 끌고 간 어머니는

"자 신어 어서!"

하고 불같이 호령하였고, 고집스럽게도 나는 까짓것 발이나 파먹고

발에 붙어있지도 않은 신발 신어서 뭣 하느냐고 버티고 있었다.
 그러자 어머니는 들고 있던 싸리나무로 사정없이 내리 갈기는 것이었다.
 처음에 나는 왜 때리느냐고 반항을 했지만, 어머니는 미친 사람처럼 마구잡이로 내리쳤다. 성한 다리도 그리고 물수건으로 찜질을 해주던 아픈 다리도 가리지 않았다. 어머니는 제정신이 아니었다.
 "그래 벌써부터 반항이냐? 어디 실컷 해 보아라."
 욕설을 하며 모질게 때렸고 그러는 어머니가 너무 무서워 다시는 안 그러겠다고 두 손을 싹싹 빌면서 어머니를 쳐다보았는데 어머니 두 눈에선 피보다 진한 눈물이 줄줄 볼을 타고 흘러내리고 있었다. 어쩌면 생피 같은 눈물을 삼키며 울음을 참느라고 어금니를 악물고 입술을 비트는 것을 나는 똑똑히 보았다. 그리고 장애자를 둔 어머니 마음을….
 "어머니 다시는 안 그럴게요. 신발 잘 신을게 울지 마세요."
 "그래 미안하다 정호야! 많이 아프지?"
 그 후부터 두꺼운 고무줄로 신과 발을 묶고 다녀야 했기 때문에 발등이 낙타 등처럼 잘록해지고 진물이 났다. 또 엄지발가락이 건실하면 곪아 신을 신지 못해 질금거리고 울면 어머니도 따라 눈물을 훔치곤 했던 것이다.
 한 해를 그렇게 절름거리며 걷다가 이듬해 다시 서당에 다니게 되었다. 훈장님과 학우들은 쯧쯧 혀를 차며 안타까워하지만 또 어떤 짓궂은 아이들은 쩔룩쩔룩 흉내를 내며 놀려 대기도 했었다.
 그러나 이 모든 고통을 이겨낼 수 있었던 것은 미영이 어머니와 미영이의 온후한 애정 때문이었다.
 미영이 어머니는 친아들처럼 따뜻한 사랑을 베풀어 주었고 초등학교를 졸업하고 가사 일을 돌보는 미영이는 틈만 있으면 내게로 다가와 아픈 다리를 바라보고 용기와 격려를 해주곤 하는 것이었다.
"오빠! 나를 붙잡고 뒤꿈치로 땅을 꽉 디뎌 봐."
그녀는 그렇게 말하며 정상적으로 걸어보라고 강요하지만 일어서면 힘줄이 당기어 발끝으로 걸어야 했다.
"안 돼, 안 된다니까. 일어서면 자연히 발꿈치가 들리잖아."
"오빠가 힘을 덜 써서 그래. 꽉 힘을 주라니까."
나는 안 된다고 짜증을 내면, 미영이는 미안해 어쩔 줄 모르며 얼굴을 붉혔다.
한 해 두 해 한문을 공부하던 나는 서당에 대해 별 흥미를 느끼지 못하고 늘 외톨이가 되어 갔다. 쩔룩이는 다리 때문에 학우들과 어울리지 못하고 내성적으로 된 나는 서당에 가기 싫어졌다.
아버지께서는 한문이라도 열심히 배워두면 훗날 면서기라도 할 수 있을 거라 말했지만 내 생각은 달랐다. 그것은 옛날 말이지 한문만 공부하여 면서기가 된다는 것은 얼토당토않은 일이었다. 차라리 한문을 집어치우고 중학과정 강의록을 구해 독학하여 검정고시에 합격하는 게 면서기 시험 보는 데 낫다고 생각했다. 그래서 나는 한문을 집어치우고 중학과정 강의록을 공부하기 시작했다.
영어, 수학, 지리, 한자를 터득하면서 앞으로 검정고시에 합격하면 국가공무원 시험을 칠 수 있다. 국가공무원이 된다면 누가 나를 얕잡아 보겠는가. 나는 그렇게 생각하고 있었다.
나는 막연하나마 가슴이 부풀도록 미래 청사진을 구상해 보면서 활짝 가슴을 펴 보기도 했었다.
이듬해 미영이는 가사일을 돌보다 서울로 공장 생활을 하러 떠났다. 미영이는 야간 중·고등학교가 있는 산업체에서 일하며 공부를 하여 간호사가 되는 것이 꿈이라고 했다. 자기 목표를 달성하기 위해 서울로 떠나는 것이다.

나는 마음속으로 생각했다. 미영이는 마음이 고우니 간호사가 될 거라고. 그리고 가난하고 힘없는 사람들의 대변자 되어 음지에서 고생하는 많은 사람들을 위해 봉사 정신으로 열심히 할 거라고….

그녀가 집을 떠나자 나도 공연히 마음이 흔들리기 시작했다. 공부가 머리에 들어오질 않았다. 다리를 절름거리면서 공부나 열심히 해어떤 자격증을 획득한다 한들 장애자인 나를 어디서 채용하겠는가. 공부도 좋지만, 다리부터 치료해야 한다. 서울에는 크고 유명한 병원이 많을 텐데 어떤 수단을 써서라도 큰 병원에서 진료를 받아보고 싶었다.

나는 공부는 뒤로 미루고 운명에 부딪혀 보기로 했다. 이대로 주저앉지 말고 도전해 보는 거다.

고향을 떠나던 날은 비가 내리고 있었다. 가로수가 줄지어 늘어선 신작로를 달리는 버스에 몸을 싣고 멀어져가는 고향의 모습에 몇 번이나 눈시울을 붉혔는지 모른다. 한마디 말도 없이 떠나간 불구자식 때문에 숱한 밤을 눈물로 지새우실 어머니…. 빗물이 주룩주룩 흘러내리는 차창에 기대어 몇 번이나 어머니를 불러보았는지 모른다.

서울에 도착했을 때는 사방이 어둠으로 싸여있었다. 휘황찬란하게 꾸며진 쇼윈도, 오색으로 반짝이는 네온사인, 거리를 걷는 이들의 밝은 웃음과 옷차림은 생전 처음으로 서울에 발을 디딘 나를 어리둥절하게 만들어 놓았다.

몇 시간을 주차장 근처에서 서성이던 나는 밤이 되자 하숙을 하기 위해 어느 골목길로 접어들었다.

"어서 오세요. 하룻밤 쉬고 갈 손님인가요?"

붉고 축축한 전깃불 밑에 모여 앉아있던 한 여자가 상냥하게 나를 맞아주었다.

영문 모르는 나는 그녀를 따라 좁은 골목으로 들어갔다. 집 앞마다 아가씨들이 나를 쳐다보고 있었는데 서울에는 예쁘고 늘씬한 아가씨도 참 많다고 생각할 때

"들어오세요."

하고 안내하는 방은 일반 하숙하는 방이 아니었다. 윗목에 엎드려 있는 트렁크 위에 놓여있는 화장대며 옷걸이에 걸려 있는 분홍빛 여자의 속옷. 아차! 하고 정신을 가다듬은 나는,

"아, 아니 하숙집인 줄 알았는데 실례했어요."

하고 돌아서려는데 그녀는 홱 하며 낚아채듯 나를 잡았다.

"왜 이래? 여기까지 왔으면 기분 풀고 가야지. 보아하니 얌전하게 생겼는데 숫총각 아니야? 내가 사랑을 가르쳐줄 테니까 여자라는 것을 배우라고! 알았어?"

"저 전 돈이 없어요. 죄송해요."

나는 그곳을 빠져나오려고 문기둥을 붙잡고 사정하는데 등 뒤에서 깔깔거리고 웃던 여자들이 등짝을 확 밀어 넣었다.

꼬꾸라지듯 방안에 끌려든 나는 울상이 되어 봐 달라고 사정을 했다.

"뭘 봐 달라는 거야. 이 맹초야 고분고분 시키는 대로 하면 될 게 아니야. 돈 얼마나 갖고 있어? 지갑 내놔 봐. 내 화대비 계산하고 돌려줄 테니."

"돈 없어요. 정말이에요."

그녀는 나를 윽박지르더니 화장대 서랍에서 담배 한 개비를 입에 물고 불을 붙였다. 그리고 담배 연기를 허공에 후 날리더니,

"여보, 우리 자기 이렇게 냉정만 하면 난 슬퍼진단 말이야. 공연히

시간 끌지 말고 바지나 벗어."

하고 다시 연기를 내 얼굴에 살짝 뿌리며 내 허리띠를 잡아당겼다.

사실 난 그때까지 여자를 모르는 동정이였다. 그녀의 말대로 얼간이 맹숭이였다. 그래서 더 무섭고 더 떨렸다. 여자를 알았다면 족히 누나뻘은 될 저 호리호리하고 날씬한 여자에게 모든 것을 다 줄 텐데. 나는 죄인처럼 그렇게 사정하며 벌벌 떨고 있었다.

"야, 이 촌놈아! 이 새끼야 잘 봐 줄라고 했더니 기분 잡쳤어. 뭐 이런 얼간이가 있냐? 내가 사람 잡아먹는 저승사자라도 되는 줄 아니? 왜 사람을 보고 겁을 내? 이 병신새끼야. 원 재수 금 가려니 별 얼간이가 마수로 걸려들어 속을 썩이네."

그렇다. 나는 병신이고 얼간이다. 여자가 하라는데도 하지 못하는 병신 얼간이. 이제 사춘기를 벗어나 성인 문턱에 들어서는 내 눈에 늘씬하고 아름답게 보이는 저 여자에게서 도망치려고 생각만 하니 얼간이 멍청이가 분명했다.

"알아서 하라고. 오늘 너 때문에 장사 망쳤으니 배상을 하든가 연애를 하든가 둘 중에 하나를 택하라고 알겠어?"

그녀는 아예 엄포를 놓았고 나는 죄인처럼 불안에 떨고 있을 때 어떤 중년 여인이 내 앞에 나타났다.

"하숙하려는 총각이야? 그럼 하숙집으로 가야지. 여기는 아가씨들하고 노는 집이야. 그래 하숙비는 있어?"

하고 친절하게 물어왔다.

그 여인을 만나자 구세주라도 만난 기분이었다. 그렇게 용을 쓰던 아가씨도 말수가 적어졌고 조금 후엔 다른 곳으로 갔는지 보이지 않았다.

"하숙하려면 날 따라와요."

그 여인은 앞장을 섰고 나는 그녀를 따라 하숙이란 조그마한 아크릴판이 붙은 집으로 들어갔다.

"저녁은?"

아무 생각 없습니다.

"그래도 좀 먹어야지. 서울은 무서운 곳이야. 그러니 중요한 소지품, 돈은 다 나에게 맡겨요. 내가 잘 보관해 놓았다 줄 테니."

마치 누님처럼 따뜻하게 대해주는 아주머니가 너무도 고맙고 믿음직스러웠다. 그래서 일자리도 부탁해보았다.

"글쎄. 금방이야 어렵겠지만 어떤 자리를 원하는지 알아보면 있을 테지 뭐."

"네, 고맙습니다. 아주머니."

판자로 다닥다닥 잇댄 방을 한 칸 정한 나는 돈 몇 천 원을 주인아주머니에게 보관을 하였다. 비상금으로 이천 원을 주머니에 넣고 어서 빨리 일자리가 나타나기를 기다리며 하루하루 3일을 보냈는데 아무런 대답이 없었다. 그러자 4일째 되던 날

"저…. 아주머니, 일자리 어떻게 좀 알아보셨나요?"

하고 물어보았다.

"응, 몇 군데 알아보았는데 자리가 마땅치 않아. 헌데 총각 그 방도 다른 사람 들어온다 했는데 나가줘야겠어. 다른 데 가서 알아보면 일자리야 있겠지."

아주머니는 그렇게 말하였다.

나는 입이 바싹바싹 타들어 갔다. 아주머니를 믿고 일자리도 부탁해보았는데 나가 달라니, 맡겼던 돈을 하숙비 제하고 달라고 했다.

"얼마를 맡겼지?"

"8천 원요. (당시)"

"그럼 찾아갈 것도 없네."

"네?"

나는 놀라며 반문했다.

"하룻밤 자고 아침, 저녁밥 값 제하고 쫀쫀하게 계산하면 내가 더 받아내야 하는 것 아니야?"

나는 어이가 없었다. 입술이 바싹바싹 타 들어가는 것을 침으로 적시며 다시 물었다.

"하룻저녁 하숙비가 얼만데요?"

"천이백 원."

"그럼 3일 저녁 삼천육백 원 하고 밥값이 그렇게 많아요?"

"답답하네. 첫날 저녁 어디서 나를 만났지? 아가씨들 한 시간에 얼마씩인 줄 알아? 내가 선불 줘서 총각 같은 사람 그냥 보내주지 어림도 없어. 나를 잘 만난 줄 생각해. 아무리 시골 청년이로기시니 그런 것쯤은 알아야지."

그렇게 다정스럽던 여인의 목소리는 칼날처럼 시렸다.

나는 눈앞이 캄캄했다. 서울에 가서 일자리를 찾아 돈을 벌면 염원이던 이 다리를 수술해 보겠다던 꿈이 한순간에 와르르 무너졌다. 나는 쩔룩쩔룩 골목을 빠져나와 기동차길 옆에 섰다. 삐익―. 요란한 소음을 뱉으며 전차는 어디론지 떠나가고 있었다. 이제는 세끼 밥을 먹고 잠을 자는 것이 문제였다. 청계천 기동차 철로를 건너서 무작정 걸어 판잣집이 다닥다닥 붙어있는 뚝방을 기어올랐을 때 한 할머니가 큰솥에 죽을 끓이고 있었다. 그곳엔 몇몇 남루한 차림의 소년들이 그것을 맛있게 먹고 있었다. 설로 입에 도는 군침을 꿀꺽 심긴 나는 앞으로 다가가 얼마냐고 물었다. 5원(당시), 불과 5원짜리 꿀꿀이죽 한 그릇에 생기를 되찾은 나는 둘러앉은 소년들을 잠시 살펴보았다. 나보다 조금 아래로 보이는 그들은 다 떨어진 작업복 차림의 행색에도 불구하고 건강하고 생의 의욕에 차 있었다.

미지근하고 들척지근한 죽으로나마 허기를 채운 나는 판잣집이 줄지어 있는 뚝길로 걸어갔다. 그곳에는 창고 같은 허름한 건물이 있고 그 옆에는 짚가리가 수북이 쌓여 있었다.

"오늘 저녁은 이곳에서 자기로 하자."

해가 지기를 기다린 나는 돼지 새끼처럼 짚가리 속으로 파고 들어갔다. 훈훈한 온기가 초가을 싸늘한 한기를 막아주었다.

다음 날 아침 눈을 뜨자 그 허름한 창고가 새끼를 꼬는 새끼공장인 것을 알 수 있었다. 아침 일찍부터 여러 사람이 바쁘게 움직이는 것을 본 나는 혹시 이런 곳에서 일자리를 얻을 수 있지 않을까 하는 생각으로 불쑥 문을 열고 안으로 들어섰다.

평소에 부끄럼을 잘 타고 내성적인 내가 어디서 그런 용기가 났는지 모른다.

"아저씨, 여기서 일 좀 할 수 있을까요?"

주인은 의문의 눈길로 내 초라한 행색을 훑어보더니 이런 일을 해 보았느냐고 물었다.

시골에서 농사일을 했기 때문에 충분히 이겨나갈 수 있다고 말을 하자 그럼 짚을 추리는 일을 해 보라는 것이었다. 이름도 없는 새끼공장의 제일 말단의 자리였지만 나는 하늘이라도 날 만큼 기뻤다. 며칠이 지나자 익숙지 않은 일에 손톱이 갈라지고 손 눈에 피가 맺혔지만, 꾹 참고 열심히 일했다. 얼마 동안은 밤늦게 일을 끝낸 공장에서 짚을 깔고 담요 한 장을 덮고서 잠을 잤으나 날씨가 점점 추워지자 이웃에 있는 무허가 하숙으로 자리를 옮겼다.

금방이라도 쓰러질 듯한 판잣집에 시멘트 포대로 누덕누덕 바른 단칸방인데 하룻밤 하숙비가 30원, 밤이면 노동자들이 서로 모여들어 자칫하면 자리를 빼앗기기 일쑤였다.

가을이 깊어지자 나는 주인과 함께 삼발이 소형트럭을 타고 농촌으로 볏짚을 사러 다니게 되었다. 황금물결 일렁이는 들판, 들국화의 자태가 오롯한 들길을 대할 때마다 고향 생각이 떠오르고 그리운 어머니 모습이 가슴을 쳤다. 그러나 나는 입술을 깨물며 다짐하고 있었다.

그토록 따뜻한 어머니 곁을 떠나온 것은 결코 이런 꼴로 돌아가려는 생각에서가 아니었다. 어떻게 해서든지 불구의 다리를 치료하고 자랑스럽게 어머니 앞에 나타나야 한다.

그러나 나의 결심이나 생각을 받아들이기에 현실은 너무도 차가웠다. 애초에 공장에서 일하기 시작했을 때 주인은 당분간 식비 정도 받으며 일해주면 후엔 그만한 보장을 해주겠다더니 깊은 겨울이 되어도 일체 아무런 말이 없었다. 조심스럽게 말을 꺼내 보았으나 마음에 들지 않으면 나가 달라는 의외의 대답뿐이었다.

나는 그곳에서도 빈손으로 쫓겨나야 했다. 며칠을 일자리 찾아 헤매다가 무허가 하숙에서 알게 된 아저씨의 소개로 장위동에 있는 조그마한 목재소에서 일할 수 있게 되었다.

나무를 제재하면 톱밥을 손수레로 퍼 나르고 나무도 운반하고 하는 힘든 노동이었다.

처음 주인은 내 쩔룩거리는 다리를 보고 손수레를 끌 수 있는 힘든 일을 할 수 있겠느냐고 꺼렸다. 그러나 남보다 일찍 일어나 주위 청소를 깨끗이 해 놓고 부지런히 움직이자 믿는 눈길을 보이기 시작했다. 그리고 한 달이 지나자 월급이라며 봉투를 건네주었다. 처음 받아보는 월급봉투에 눈물이 날 정도로 감격했다.

선배 기능공과 월급 차이는 많이 났지만, 부지런히 기술을 배워 기능공이 되어 많은 월급을 받아 이 염원을 풀어보리라.

겨울이 가고 봄이 왔다. 주인은 내 근면성에 아낌없는 격려를 보내며 부지런히 기술을 배워보라고 했다.

이렇게 일에 흥미를 갖고 차츰차츰 기술을 배워갈 무렵 또 다른 검은 질투의 바람이 몰아쳤다. 어느 직장이고 이런 일이 없는 것은 아니겠지만 함께 일하는 기능공들이 주인의 믿음이 내게 쏠리자 흑심을 품기 시작한 것이다.

강군과 김군이 거의 내 또래인 그들이 존댓말을 하지 않는다고 시비를 걸어왔다. 나는 그들의 비위를 건드릴세라 존댓말을 깍듯이 써 주었고 어느 정도 낯이 익어가자 반말을 섞어 대했었다. 어느 직장이건 선·후배 차등의 권리는 당연하겠지만 거의 내 또래이고 보면 서로가 친밀감을 갖기 위해 좋을 거라고 생각했던 때문이었다.

그러나 그들은 그런 내가 못마땅했던지 아니면 나의 기를 꺾으려는 것이었던지 그들이 내게 내뱉는 말은 그만 나를 얼음 동상으로 만들어버렸다.

"야, 이 쩔름발아. 너 요즘 왜 그리 기가 등등해서 난리야. 누구 백 믿고 그래? 간땡이가 부어도 단단히 부은 모양이지. 병신 육갑을 한다더니 너를 두고 하는 말이야."

아아, 용광로 옆에 선 나의 몸이 왜 이다지 쭈뼛해서 옴짝달싹할 수 없을까. 차라리 귀머거리가 되었더라면 이런 말을 안 들어도 되었을 텐데. 그러나 나는 그들의 언어 하나하나를 똑똑히 듣고 있다.

그래 나는 절름발이다. 이 세상에서 가장 천대를 받는 병신이다. 이 절름발이에게 무엇을 어쩌라는 거냐?

나는 아무런 말도 못 하고 그들을 바라보았다. 그들은 도도한 모습으로 나를 노려보았는데 그 시선이 마치 사나운 맹수 같았다.

"이 새끼야. 너는 벙어리니? 왜 말을 못 해."

그 소리와 함께 홱 하고 주먹이 날아왔다.

"병신새끼야. 더 기어 올라 봐라."

나는 반항 없이 그들의 잔인한 몰매를 받아들이며 땅 위에 쓰러졌다. 그래도 그들은 여전히 마구 차고 짓밟았다. 코피가 터지고 입안에선 피가 흘렀고 온 상처투성이다. 병신이기에 아무런 잘못도 없이 당해야만 하는 나는 기진맥진 정신을 잃을 정도였다.

"앞으로 조심해. 만약 더 기어올랐다가는 그때는 국물도 없어. 이 좆만 한 새끼야."

그들은 무서운 짐승들이었다. 사람의 탈을 쓴 그들이 사라지자 나는 겨우 정신을 차려 기어서 그 자리를 떠났다. 아무런 잘못도 없이 왜 당해야 한단 말인가? 가슴 가득히 채워진 울음을 마음껏 쏟아낸 나는 무서운 생각을 하게 되었다.

죽이자 저놈들을 죽이고 나도 죽는 거다. 아무 잘못도 없는 내게 그렇게 무자비하게 때리다니. 사람이 극에 다다르면 자신도 모르는 사이에 범행을 저지른다더니 나는 악에 북받쳐 칼을 찾았다. 그것은 가슴에서 활활 타오르는 복수의 불길을 막을 수 없었기 때문인지도 모른다. 눈물은 계속 볼을 타고 흘러내렸고 내 행동은 광적으로 변했다. 그러나 그들은 보이질 않았다. 방에도 공장 부근에도 없었다.

몇 시간이 흐르자 불타던 혼이 사그라져 버렸고 칼은 땅에 떨어지고 말았다. 아아 이 거친 세파를 뚫고 힘차게 살아보려 했는데 무기력하게도 생의 의지는 흔들리고 있었다. 모욕의 상처는 진물을 질질 흘리고 있었다. 이제 더 젊어지고 간다고 해도 종래에는 더 깊숙한 상처로 뿌리박힐 것이다.

나는 번뇌가 커지기 전에 썩어 문드러지기 전에 가자, 죽음의 길로 가는 것만이 고통에서 벗어나는 길이라고 생각했다.

"어머님 죄송합니다. 말 한마디 남기지 않고 어머님 곁을 떠나온 것도 한으로 얼룩진 다리를 치료해 보려고 떠났었는데 이렇게 주저앉고 말았답니다. 못난 불효자는 지금 죽음을 생각하고 있습니다. 죽음, 그 후의 세상에서는 몸이 성하지 않다고 멸시받지 않으리라고 생각합니다. 나의 이 다리를 고쳐보고 싶습니다. 하지만 이것이 어머님의 깊은 마음을 다치지 않게 하는 것 같습니다."

내 눈에선 눈물이 멈출 줄 몰랐고 그 너머에서 어머니가 다가오고 있었다.

"정호야. 그러면 안 된다. 이 망할 것아. 참아야 한다. 너만이 그런 게 아니야. 그 모든 것을 인내하고 꿋꿋이 살아야 한다."

그렇지만 나는 모든 것을 체념하고 버스에 올랐다. 서울역에서 내린 나는 다시 영등포 방면의 차를 타고 노량진 부근에서 내렸다. 얼빠진 사람처럼 휘청거리며 한강변을 걷던 나는 인적이 드문 곳을 찾아 한강에 뛰어들었다.

그러나 죽음조차 쉽게 허락되지 않는 이 끈질긴 삶, 내가 정신을 차렸을 땐 한 낯선 아저씨가 지켜보고 있었다.

"젊은이 이게 무슨 짓인가? 장래가 구만리 같은 사람이…."

"아저씨는 대체 누구시길래 제가 가야 할 길을 막으십니까?"

"그만 두게. 내일이면 벌써 후회할 말이야. 아무튼 더 정신이 들 때까지 누워 있게."

6·25 사변 때 가족들과 헤어진 후 가끔 낚시로 외로움을 달랬다는 아저씨 얼굴에는 짙은 고독을 읽을 수 있었다.

나의 의지는 순간 꺾여버렸고 다시 고향으로 내려와야 했다.

4. 태풍 앞에 초조와 싸우다

　배를 타고 어부의 길을 모색하며 바다 생활을 한 지도 벌써 한 달이 넘었다. 그렇게도 창자를 뒤틀던 멀미도 조금씩 나아져 갔고, 핫바리(고기를 제일 못 잡는 어부를 말함)를 면치 못했던 낚시 실력도 조금씩 나아져 중간바리는 할 수 있었다.
　다만 아직까지 적응하지 못하는 것은 대소변이었다. 소형 어선이라 화장실이 없이 아무 데서나 바다를 향해 소변을 보고 엉덩이를 훌렁 까고 뱃전에 걸터앉아 대변을 봐야 하기 때문에 그것들이 익숙지 않아 애를 먹곤 했다. 밤새 작업을 하다가 오줌이 마려워 바지춤을 내리고 자지를 꺼내면 오줌이 나올 듯 말 듯 하다가 바지춤을 올리기를 몇 번, 오줌소태에 걸린 환자처럼 요도가 찌릿찌릿하여 여러 날을 고생하다가 가까스로 소변은 볼 수 있었지만 아직까지 대변은 어설펐다.
　바지를 내리고 뱃전에 걸터앉으면 파도가 높을 때 배의 롤링으로 기우뚱거려 바닷물이 엉덩이를 때리면 바다에 빠질까 봐 간이 오그라들고 나는 손에 힘을 잔뜩 주어 뱃선을 잡아야 했기 때문에 변이 나오기는커녕 도로 들어갈 지경이었다. 모든 게 어설프고 생소하게만 느껴졌고 그것들을 하나하나 터득하여 배워가던 어느날 선장이 산작꼬(10여 개를 손으로 던지는 낚시)를 한 틀 들고 내 앞으로 다가왔다.
"이젠 좀 알 만하지?"
산작꼬 낚시로 고기를 낚아 올리다가 오징어가 잘 낚이지 않으면
"이까가 다 피난 갔나."
하면서 꾸준히 낚아 올려 언제나 상바리를 하는 선장 솜씨는 대단했다.
한 뼘 길이 되는 날렵하게 깎은 나무 끝에 바늘이 달린 낚시를 10여 개 정도 고리와 고리를 연결하여 한 손에 차례차례 거머쥐고 강아지 방울만 한 춧돌을 홱 던지면서 동시에 낚시를 풀어준다. 낚시는 원을 그리며 바닷속으로 들어가면 슬근슬근 톱질하세 흥부의 톱질하듯 당기었다가 늦추었다가 다시 당기면 오징어가 서너 마리씩 물려 올라왔다.
물속의 낚시 유인이 얼마나 고기를 속이느냐에 따라 그 낚는 숫자도 많은 차이가 났다. 그래서 산작꼬 낚시는 가벼운 대나무나 오동나무를 얇게 깎아 그 끝에 바늘을 달아놓는다. 선장은 한참 낚아 올린 고기를 내 자리에 털어주고 산작꼬 낚시를 한 틀 건네주며 가르쳐주는 것이었다.
"자, 이렇게 하나하나 가지런히 갖추어 쥐고 춧돌과 동시에 홱 던지게."
능숙한 선장은 자유자재지만 초보자인 나는 바늘에 손이 찔릴까 봐 거미발처럼 잔뜩 웅크리고 던지니 낚시가 헝클어지고 보기와는 딴판이었다. 나는 잘 안 된다고 울상을 하자, 낚시가 많아 초보자는 힘이 든다며 서너 개를 잘라내고 7개 끝에 춧돌을 달아 훨씬 쉽고 재미있었다.

"그래도 나는 자네가 도중 하선할 줄 알았네. 그런데 끈기가 대단하구먼? 몸도 성치 않은데 말이지. 그래 다리는 언제 그렇게 다쳤나?"

나는 어려서 다쳤다고 간단하게 대답해 버렸다.

"육신이 성한 사람도 멀미가 심해서 도중하차하는 사람이 부지기수인데 그래도 끝까지 버티는 것을 보니 지구력이 대단하구먼. 암, 그래야지 사나이가 칼을 뽑았으면 끝까지 싸워야지."

선장은 그렇게 호의를 베풀어 주었다.

멀미에 못 이겨 쓰러져 끙끙거리고 앓을 때 물벼락을 부으며 초식동물을 한입에 삼켜버릴 듯한 맹수가 아니었던가. 그런데 그 험악한 모습은 어디로 사라지고 포근하고 따뜻한 애정으로 감싸주는 어머니 같았다.

행방마저 알 수 없는 불구자식 때문에 숱한 밤을 뜬눈으로 지새우실 어머니, 날이면 날마다 장독대 위에 정한수 한 그릇 떠 놓고 일구월심 돌아오기를 비는 어머니…. 하지만 바다에서 생활하다 보니 안부 편지 한 장 띄울 수 없었다.

"무슨 생각을 그렇게 하는가? 애인 생각하는가?"

선장이 나를 바라보며 물었다.

"아, 아닙니다. 저 같은 놈에게 어떤 골빈 여자가 따르겠습니까? 여자하고는 거리가 멉니다."

"그래도 여자는 하늘같은 위대한 존재야. 여자 없이는 아무것도 이룰 수 없으니까. 짝을 지어 아이를 낳고 웃음소리가 밖으로 새어 나오고 아무튼 고기를 열심히 낚아 돈을 모으면 여자들은 널렸지. 특히 바닷가에는 아가씨부터 과부에 이르기까지 온통 여사 세상이니까 다리가 좀 불편하다고 여자가 안 따르는 법은 없거든. 돈만 잘 벌어봐. 얼굴 예쁘고 마음씨 착한 여자도 얼마든지 만날 수 있어."

선장은 낚시를 드리우며 계속 이야기를 늘어놓았다.
"고기가 푹푹 올라올 때는 육지 돈벌이에 비할 바가 아니지. 하루저녁 잘만 퍼 올리면 뭍에서 버는 것보다 서너 곱도 넘을 때가 있으니까. 사나이치고는 한 번은 해볼 만한 직업이지. 오입하고 싶으면 여자 지천으로 널렸겠다. 오징어만 푹푹 올라오면 되니까."
"네. 열심히 배워보겠습니다. 그리고 언젠가는 상바리(배에서 제일 많이 잡는 어부를 말함)도 해 보겠습니다."
"암, 그래야지. 그래서 일류 뱃놈이 되어 보라고…."
처음엔 그렇게 안 되던 산작꼬도 며칠 하니 요령이 생겨 휙 던지면 원을 그리며 바다 표면으로 날아가 서서히 가라앉으면 경심을 슬슬 풀어주었다가 슬근슬근 당기면 오징어가 몇 마리씩 낚여 올라왔다. 그렇게 재미를 붙일 때 무슨 오이까(큰 오징어를 말함)가 물었다고 버썩버썩 힘주어 잡아 올리는데
"낚시 간다."(낚시가 서로 얽혔으니 당기지 말라는 신호)하는 소리가 부릿찌 너머서 들려왔다.
영문을 모르는 나는 계속 끌어올리는데
"낚시 간다."
이번엔 더 큰 앙칼진 소리가 들려왔다. 무질하게 올라온 낚싯줄을 거머쥐고 보니 오이까는커녕 로라낚시가 한 뭉텅이 엉키어 딸려 올라왔다. 나는 어찌할 바를 몰라 엉거주춤 뱃전을 붙잡고 배 밑에 낚시를 푸는데 등 뒤에서 찢어질 듯 앙칼진 소리가 고막을 찢었다.
"야! 이 씹새끼야! 좆도 모르는 주제에 무슨 산작꼬여? 낚시 가는 줄도 모르는 주제에."
붉으락푸르락하는 그의 험악한 인상에 기가 팍 죽은 나는

"형, 미안해."

하고 진실로 미안해서 어쩔 바를 모르는데

"야! 이 새끼야 낚시를 이 지경으로 만들어 놓고 미안하다고만 하면 어쩔 셈이야? 미안이고 나발이고 이 줄이나 붙잡아."

성난 황소처럼 씩씩거리는 그의 언행이 더럽고 불쾌했지만, 초보자인 내 부주의로 벙어리가 되어 그가 시키는 대로 낚싯줄을 붙잡고 서 있었다.

그는 신경질적인 성격으로 누구와도 대화가 잘되지 않았는데 하필이면 내가 걸려들었다. 씩씩거리며 푸느라 얼굴이 붉으락푸르락 상기되어 있는데 옆의 진 노인이 허허 웃으며

"원 자네 성미 한번 급하네. 살살 풀어야지 신경질만 부리면 어떡하나?"

라고 말했는데 그는 노인을 한참 째려보더니,

"씨벌 좆도 아닌 게 남은 약통 올라 죽겠는데 늙은이가 뭘 안다고 참견이야."

그렇게 마구 지껄여댔다.

"자네가 하도 답답해서 그러네."

"씨벌. 재수 금 가려니, 별것들이 다 참견하네. 답답한 건 당신이요 늙어 꼬부라지도록 배를 타고…."

그는 성난 짐승처럼 씩씩거리며 마구 내뱉었다.

"어허 저놈 보래. 아무리 삼강오륜(三綱五倫)이 바다에 침몰된 선상이라 해도 어디 함부로 주둥이를 놀려. 고얀 놈 물속에서 얽힌 낚시가 누구 것이 먼서 가서 얽혀섰는시 어떻게 아나? 이해하고 서보가 웃으면서 풀어야지. 저런 놈 때문에 선내의 좋은 분위기가 다 파멸된다

니까."

　노인은 사려 깊고 당당하게 말했다. 후줄그레한 행색으로 활처럼 꼬부리고 앉아 물레만 돌리던 노인의 눈에서 오늘따라 섬뜩한 광채가 번득이듯 했고 힘없던 목소리가 쇠처럼 쩌렁쩌렁했다. 신경질적인 그는 기가 죽었는지 아니면 자기의 언행이 잘못된 줄 자각하는지 아무 대꾸 없이 낚시만 풀고 있었다. 노인은 담배 한 개비를 꺼내 물고 불을 댕겼다. 그리고 한숨 같은 연기를 후 토해내더니 이야기를 늘어놓았다.

　"함경도 문천이 고향이었지. 그곳에서 인민학교 교편을 잡다 다시 군관학교에 들어가 장교로 임관하고 결혼하여 아이를 낳고 깨가 쏟아질 때 6·25가 터졌어. 나는 장교로 최전방에서 전쟁을 치러야 했고 인민민족 해방을 운운하며 남으로 남으로 내려왔지. 그때는 금방이라도 남한을 함락할 것 같았는데 영천 금호강 전투에서 전멸되다시피 하고 남은 몇몇 인민군이 아군에게 포로가 되었지. 그리고 거제 포로수용소에서 지내다가 휴전협정이 되고 군사재판에 회부되어 옥고를 치르다가 풀려났어. 그리고 가족들이 보고 싶어 북으로 고향 찾아 올라오다 발이 묶인 곳이 속초라는 곳이었지. 38선이 너무도 완벽하게 가로막아 더 이상 넘어가지 못하고 하루하루 휴전선이 무너질 때를 기다린 것이 어언 20여 년이란 긴 세월이 흘렀어."

　그는 후~ 하고 담배 연기를 허공에 날리고 있었다.

　"어서 빨리 통일이 되어야 할 텐데. 그래서 가족을 만나야 할 텐데…."

　노인은 혼자 기도문을 외우듯 중얼거렸다. 바다의 경기란 변동이 심해 한번 좋았다간 후엔 어떤 불황을 몰고 온다는 예고 없이 수시로 변했다. 오징어 낚는 법을 터득하며 그 알 수 없는 바다에 대해 조금씩 배워갈 무렵 태풍이 몰아친 것이다. 멀리 조업하러 나갔던 배들이 도망치듯 속속들이 항구로 귀항하고 있었다.

통신망을 갖추지 못한 우리 배도 모두 들어가는 배들을 보고 의문스럽게 생각하면서도 풍을 놓았다. 그때였다. 무선을 갖춘 중형급 배 한 척이 다가와서 태풍경보가 내렸으니 빨리 들어가라고 알려주고 육지로 향해 멀어져 가고 있었다. 다급해진 우리 배도 풍을 올리고 동력을 높여 파도를 가르기 시작했다. 따닷! 따닷! 따닷! 따불 엔진소리가 요란했고 검은 구름이 자기 몸뎅어리를 말아 올리며 하늘을 뒤덮고 있었다.

어둑어둑 어둠이 내리자 선원들은 모두 선실로 들어갔다. 나도 따라 들어갔다. 고리타분한 냄새에 자는 둥 마는 둥 잠을 설치고 밖으로 나오니 파도는 점점 거세지고 있었다. 아직도 속초까지 들어가자면 족히 이틀은 걸릴 것이다. 오후가 되면서 파도는 점점 높아졌고 선복을 때리는 소리가 우지컹 우지컹 금방 파손될 것처럼 들렸는데 설상가상으로 파도를 넘던 배가 기관 고장을 일으켰다. 선원들은 하얗게 상기된 얼굴로 서로 눈치만 살필 뿐 아무런 말도 하지 못하고 있었다.

"빨리 엔진을 돌려라, 선원들 목숨이 모두 네 손에 달려 있다!"

라고 선장이 외쳤지만, 기관장은 기침만 쿨럭쿨럭하면서 여태 귀신이 안 잡아가더니 이제 바다 귀신이 잡아가는 거라고 기계를 만지면서 자포자기하고 있었다. 술도 마시지 않고 식사 후 꼭꼭 약봉지를 들고 살았는데 나중에 폐병 환자란 것을 알게 되었다. 불편한 다리로 인해 사살을 시도해보았고 어려운 고난이 따를 때마다 죽음을 부르짖던 나도 이 막다른 길 앞에서는 살아야 한다고 몸부림쳤다. 그렇게 뇌까리며 밀려오는 공포에 떨고 있었다. 배는 파도에 떠밀리어 아슬아슬한 곡예라도 하듯 모로 섰다가 바로 서고 몇 번씩 그렇게 떠밀려 가는데 부기관장이 기관실로 급히 들어가 손을 보더니 다행히 통통거리며 엔진이 돌아가기 시작했다. 노후한 배의 엔진이 영영 걸리지 않고 파도에 밀려 파선되어 물귀신이 되는 줄 알았는데 그래도 살 운명들만 모였는지 위험한 고비 고비를 넘기며 이튿날 오후 늦게 속초항에 들어올 수 있었다.

5. 고향 친구를 만나다

바다를 휩쓸고 간 태풍은 콜레라 병을 남겨 놓았다. 시청과 보건소에선 콜레라 경보령을 내렸고 항구의 입·출항을 봉쇄했다. 갑자기 출항 금지령이 내려지니 해변은 하루아침에 적막강산이었다. 떠들썩하던 어판장도 사람의 왕래가 없어 조용했다. 하루 이틀도 아니고 그것도 콜레라 경보령이 해제될 때까지 당국에서 출항을 금지했다. 선주들은 야단법석들이다. 외지에서 온 배들도 많았다. 그러나 어쩔 수 없는 일이었다. 그 넓은 속초항 내엔 발이 묶인 배들로 초만원을 이루었다.

나는 빈둥거리며 놀 수밖에 없었다. 세끼 눈칫밥을 먹으며 들락거리던 어느 날 하숙집 아주머니가 나를 불러 세웠다. 밀린 외상 식대는 차후에 갚기로 하고 당장 나가 달라는 것이다. 나는 고기가 잡힐 때까지 봐 달라고 매달렸지만 어쩔 수 없이 쫓겨날 수밖에 없었다.

하숙집에서 밀려난 나는 아무 데고 갈 곳이 없었다. 하는 수 없이 같이 배를 타며 배에서 잠을 자고 밥을 끓여 먹던 병섭이를 찾아가 사정을 했다. 그러자 그는 나를 쾌히 받아주었고 오히려 얌얌하던 참에 잘 되었다고 했다. 그와 함께 배에서 생활하며 그의 깡통 석유곤로에 밥을 하고 국을 끓였다.

　낮엔 갑판에서 풍 한쪽 귀퉁이를 펼쳐 태양을 가리고 생활하지만, 밤으로 바닷바람이 몹시 차가웠다. 어쩔 수 없이 방짱으로 들어가야 하는데 역시 비릿한 생선 냄새와 이상야릇한 냄새가 숨통을 막았다. 그러나 명섭이는 쿠룩쿠룩 코까지 골면서 잠을 자고 있었다. 바람이 부는 밤이면 바닷물이 일렁거려 배끼리 부딪히는 소리가 삐거덕! 삐거덕! 소름이 끼칠 정도로 싫었다. 철썩 쏴~구르르 간간이 들리는 그 소리는 오징어잡이를 하던 순진한 총각의 원한 같은 소리로 들려서였다. 배를 타고 나갔던 총각이 풍랑에 휩쓸려 시신도 못 찾는 원한 귀의 울음소리 같은…. 으스스한 저 소리, 그래도 옆에 누운 명섭이는 자기네 집 아랫목처럼 잘도 자고 있었다.

　나는 잠을 잘 수 없어 방짱 뚜껑을 반쯤 열고 밖으로 나왔다. 썰렁한 바다엔 간간이 바람이 일고 여기저기서 배 부딪히는 소리가 간헐적으로 들렸다. 저쪽 끝에 매어있는 배에선 앙칼진 여자의 목소리가 들려왔다.

　"야! 이 새끼야, 술을 시켜 먹었으면 술값을 줘야 할 게 아니야? 뭐 외상을 해? 언제 봤다고 외상이야?"

　조금 후에 남자의 목소리도 들려왔다.

　"왜 이래? 고기 많이 나올 땐 친절하더니 왜 안면몰수야? 누가 술값을 안 준대? 배가 출항하면 벌어서 갚으면 될 게 아니야?"

　"그래 돈 잘 벌 때는 좋은데 가서 처먹고 외상만 우리 집이냐?"

　날카로운 여자의 소리가 어두운 허공을 찢었다. 그들은 서로 악다구니를 하더니 조용해졌다.

　저기 항 밖 남해에서 올라온 배에선 사람이 죽었다는 소리도 들렸다. 일단 콜레라 환자가 발생한 배는 다른 배와 격리해 놓았다. 보건소에서는 불이 날 지경이었다. 수많은 어선을 소독해 주고 선원들에겐 예방주사를 놓고 확인증을 끊어 주었다. 확인증이 없으면 배를 탈수 없다는 엄포를 놓기도 했다.

어느 날이었다. 보건소에서 주사를 맞고 힘없이 골목을 돌아가는데 누군가가 어깨를 툭 쳤다. 햇볕이 밝은 날은 신경과민으로 백내장이라나, 눈이 부셔 나는 손으로 빛을 가리고 확인했다. 그는 고향의 둘도 없는 친구 석인이었다.

"아니? 석인이가."

우리는 손을 흔들어 얼싸안았다.

그러나 배에서 비린내가 푹 절은 초라한 작업복 행색으로 그를 대하자 얼굴이 붉어졌다.

"야! 이 짜샤!"

"어쩐 일이야 여기까지?"

"나 배 타러 왔네."

"아니 배를 타다니…."

그는 잠시 놀라는 표정이더니 곧바로 활짝 웃었다.

"하기야 배도 종류가 각기 다르지, 설마 바다의 배가 아니고 온돌방의 배를 타러 왔다 이거겠지…."

"…."

"하하하, 거참 좋 얘기군, 그랬으면 얼마나 좋겠나? 그렇지만 거센 파도와 한번 싸워보고 싶네."

"그만두게 가뜩이나 몸도 건강하지 못한 자네가."

석인이란 놈은 웃으며 반류했지만, 그의 유머처럼 따뜻한 온돌방 아랫목에서 포동한 여인의 배를 타고 환락의 바다에서 마음껏 노를 저을 수만 있다면 얼마나 가슴 뿌듯할까. 성어기에 한 열 상자, 아니 스무 상자만 낚으며 6/4제라 선주 기름 값으로 여덟 상자 떼어주고 열두 상자만 값 좋은 때 팔면 만여 원 정도는 가질 수 있었다. 그렇게 되면 저○○동 어느 아가씨와 하룻저녁 풋사랑도 할 수 있을 텐데. 무일푼의 신세라는 것은 이렇게 따분한가.

"올라가세."

"어디로?"

"형님도 속초에 계시지, 운수업을 하고 있기에 도와주는 핑계로 신세지고 있는 중이야. 자넬 보면 무척 반가워 할 거야."

"다음에 가기로 하지. 내 꼴 좀 보게. 작업복을 빨아 입지도 않은 행색이야. 다음에 기회가 있으면 한 번 들리지."

"아무 소리 말고 어서 따라오게나."

그는 내 몰골을 아랑곳하지 않고 앞장섰다. 나도 더 고집을 부릴 수 없어 석인이를 따랐다. 그곳은 조금 경사진 골목길이었다. 석인이 형은 유자 넝쿨로 담장을 가린 아담한 한옥에서 살고 있었다.

"어머! 삼촌이 어쩐 일이유?"

그의 형수는 수도에서 물을 긷다 말고 우리를 보고 쫓아 나오신다."

"형수님 보고 싶어서 작업복 차림으로 왔습니다."

"어머 그래요? 어서 들어가세요."

"짜식 핑계 한 번 좋다. 놈이 속초에 배 타러 왔답니다."

"위험한 배를 타다니요?"

가뜩이나 동그란 형수의 눈이 더 커지면서 만류하는 것이었다.

"오랜만에 만나셨으니 술부터 하셔야죠."

형수는 둥그런 쟁반에 맥주 몇 병과 마른안주를 가져왔다. 우리는 오랜만에 회포로 맥주잔을 들며 향수에 젖고 있었다. 어려서부터 우리는 불알친구였지. 발로 엮은 옥수수 우리에서 호롱불을 켜고 잠을 자며 무엇이 좋은지 키들거렸지. 그리고 남의 집 참외밭에서 참외 서리도 하고 가을이면 아랫마을 과수원에서 사과 서리도 했었지.

"석인아, 너 생각나니? 어느 달 밝은 날밤 누나들과 과수원에 사과 서리 갔다가 주인 영감에게 들켜 도망치던 일 말이야."

"생각난다. 구름 사이로 비치는 달빛을 받아 과수원 밑은 어두침침했었지. 어느새 나무 밑에는 주인집 개가 쭈그리고 앉았는데 우리를 보고도 짖지를 않아서 참 순한 개라고 우리는 목소리를 낮추어 검둥아 검둥아 가만있어. 하기도 했었지."

그때

"이놈들 나무에서 떨어질라."

하고 주인 영감 목소리가 들렸지.

"나무에 오르던 우리는 질겁하고 도망쳤는데 나무에 높이 올랐던 누나들이 급하게 내려오다 가지에 치마가 걸려 찔찔 울던 것 말이야."

"하하 자네도 잊지 못하고 있군. 그 개란 것이 시커먼 군인 오바를 뒤집어쓰고 잠복을 하던 주인 영감일 줄이야."

"그리고 또 하나 있지. 화투 놀이 하다가 아버지께 들켜 윗목에 꿇어앉아 손들고 벌 받던 일 말이야. 하하 아무튼 좋은 추억이군. 그래도 성냥개비는 내가 제일 많이 땄을걸."

우리는 술에 취해 늦도록 이야기를 했었다.

콜레라의 극성은 누그러지지 않았다. 꽤 많은 날짜가 지났는데도 콜레라 경보는 해제되지 않아 타지에서 올라온 선주들은 식생활을 해결하기 위해 고리대금업자를 찾아 배를 저당 잡히고 돈을 빌려 생활을 이어가는가 하면 빈두리 고구마 밭에서는 밤이면 고구마를 개가 시키기도 하지만 어떤 밭은 고구마를 모조리 캐고 그 자리에 편지까지 써 놓았다는 얘기도 들렸다(선주는 도망치고 식량은 동이 나니 어쩔 수 없이 끼니를 때워야 고기 날 때까지 버티었기에 염치불문하고 캐가니 용서해 주십사하고 그리고 돈 벌면 꼭 갚겠다고 이름과 주소를 적어 놓고 갔다는 얘기도 들렸다).

우리도 식량이 거의 다 떨어져 가고 있었다. 그래서 생각한 것이 선주를 찾아가 사정해 보기로 하고 명섭이와 같이 선주집으로 갔다.

"선주님 면목 없는 부탁입니다만 양식 살 돈이 없습니다. 조업이 시작될 때까지 식량 살 돈 좀 빌려주십시오."

"난 그런 돈은 못 빌려주네."

한마디로 딱 자르는 것이었다.

우린 다시 매달려 보았다.

"그럼 선주님 쌀 한 말 값만 빌려주십시오."

"필요 없네, 그런 사람이 어디 자네들뿐인가? 그런 귀찮은 소릴 하려거든 그 배에서 내리게."

그는 칼로 자르듯 말했다. 돼지만도 못한 놈, 순간 달려들어 선주 놈의 멱살이라도 잡고 흔들고 싶었지만 없는 것이 죄라고 꾹 참고 돌아섰다.

성어기에는 어획고를 많이 올리려고 술과 고기를 푸짐하게 사주며 법석을 떨며 심지어 겸업으로 하는 자기 어구 상에서 필요한 물건을 얼마든지 외상으로 가져가라고 나팔을 불던 선주가 아니었던가? 그랬던 선주가 그토록 인색하고 차가운 줄 몰랐다.

우리는 하는 수 없이 지갑을 털어 국수를 사다가 끓였다.

사무장이 배로 나왔다가 우리가 끓여 먹는 국수를 들여다보고 김치도 없이 먹느냐고 물었다. 선주를 만나 사정을 해보았으나 오히려 놀부의 심산으로 우리를 대하더라고 자초지종을 얘기하자 사무장은 한숨을 내뱉으며 나쁜 자식, 그렇게 몰인정할 수 있느냐면서 자기네 집으로 당장 가자는 것이었다.

특수부대 요원으로 복무하다가 제대 후 별 할 일이 없어 배를 타고 사무장 노릇을 하고 있었다. 그는 우리를 자기네 집으로 데리고 가는 것이었다.

용호동 산비탈을 한참 올라 게딱지처럼 다닥다닥 붙은 판자촌에 부엌 하나 달린 단칸방에서 살고 있었다. 부인은 우리를 대접하려고 밥을 해주었다. 점심을 먹고 일어서는데 부인을 시켜 조그마한 자루를 가져오라고 했다. 어디서 찾았는지 쌀자루를 하나 갖고 와서 부엌에 쌀통을 여는 것을 보니 통에 반쯤만 남았는데 몇 됫박을 퍼서 우리에게 주는 것이었다. 넉넉지 않은 쪼들리는 살림살이를 알고 사양했지만 사무장은 화를 내면서 갖고 가라는 것이었다. 비록 한 말도 안 되는 쌀이지만 그 쌀의 가치와 무게는 영원히 잊을 수 없었다. 명섭이는 어깨에 둘러메었다. 나도 명섭이 뒤를 따라 판잣집 골목길로 내려갔다. 항내에는 정박 중인 배들이 한눈에 들어왔다. 저 배들 안에서도 고통과 가난에 신음하는 어부들이 얼마나 많을까 생각하며 비탈길을 내려오고 있었다.

6. 이산 어부의 방생

무서운 전염병이 한 바퀴 쓸고 간 후 다시 오징어잡이가 시작되었다. 잠을 자듯 침묵을 지키던 속초 해안은 깊은 잠에서 깬 듯 활기가 넘쳤다. 각처에서 모여 있던 배들은 그릉그릉 동력 소리를 내며 바다로 나가고 있었다.

명섭이와 나는 진 노인을 찾아가 함께 타기로 하고 같이 배에 올랐다. 처음 출어할 때는 거진 대진항을 지나 북쪽으로 선수를 둔다. 38도 경계를 넘어 저도 어장엔 고기가 대풍이라고 모든 배들이 그쪽으로 향한다. 하지만 최전방 비무장 지대이다 보니 배들이 자유로이 드나들 수 없고 일 년에 몇 번 문을 열어 거진 대진항 가까운 어민들에게 특혜를 준다는 것이었다. 그런데도 어부들은 목숨을 건 아슬아슬한 어획이 빈번히 일어나고 있었다. 해군 해경 함정이 밤낮 지키고 있는 눈을 피해 도둑고양이처럼 살금살금 기어들어 갔다가 발각되어 경고를 받고, 또 어떤 배는 너무 깊이 들어갔다가 북한 경비정에 나포되었다는 뉴스도 있었다.

지난해 여름 방학을 맞아 할아버지 댁에 놀러 왔던 학생이 용돈을 벌겠다고 할아버지가 쓰던 어구를 갖고 선원들을 따라 바다로 나갔다가 북한에 납북된 사실이 있었다. 연락이 두절되자 해군 경비정과 헬기까지 동원되어 며칠을 수색하였지만 찾지 못해 반경을 넓혀 재수색하려 할 때 대남 방송이 나왔다는 것이다.

○○호 선장과 선원 모두 일체 단결하여 자유를 찾아 월북했다는 것이다. 이 청천벽력 같은 소리에 가족들은 가슴을 치며 울분을 터뜨렸고 생떼 같은 학생을 잃은 부모의 마음은 어떠했겠는가. 적십자를 통해 귀환시키라는 통보를 보냈지만 인민 자유를 찾아 월북한 자들을 보낼 수 없다는 답이 왔을 뿐 다른 조치는 없었다는 것이다.

진 노인은 연안으로 배를 몰 때면 아이들처럼 신명이 난다. 북한의 산들이 뿌옇게 시야에 들어오면 금강산이 보인다고 손으로 가리키며 좋아한다. 그러다가 배가 더 못 들어가고 선수를 동쪽으로 돌려 산들이 점점 시야에서 사라지면 바다가 꺼질 듯한 한숨을 토해내며 탄식 같은 넋두리를 늘어놓는다.

"저렇게 눈앞에 보이는데도 왜 왕래를 못 하는가? 육지에는 철조망이 가로막아 못 넘어간다지만 바다에는 철조망도 그물도 없는데 왜 못 들어가야 한단 말인가? 우리 배 속력으로도 몇 시간이면 닿을 거리를 이십여 년이 되도록 가슴에 한으로 남게 하다니…."

그는 후우~ 길게 한숨을 내뱉고 다시 넋두리를 늘어놓고 있었다.

"분단은 왜 만들어 놓았는가? 그렇게 두 동강 내놓았으면 아물려 붙일 줄도 알아야지. 소련도 미국도 강 대 강 자기네 힘만 내세워 이권만 주장하면서 모든 책임을 회피하는 사이 우리 한반도만 강대국 사이에 눌려 납작하게 말린 오징어 꼴이 되어 동족끼리 서로 총을 겨누고 올고 있지 않느냐 말이야. 흐흐흐."

그는 바닷속 저 밑바닥에서 들려오는 음울한 바다 울림처럼 쓸쓸한 웃음을 흘렸다.

해는 하늘과 바다를 가로질러 희미하게 보이는 산속으로 타는 듯 붉은 노을을 뿌리며 숨어들고 있었다. 바다에서 바라보는 저녁노을처럼 아름다운 것이 이 세상에 또 있을까? 너무 아름답다 못해 낙조 시간엔 서글픈 감정마저 이는 것이니 눈물이라도 쏟아질 것 같은 감정을 누르며 서쪽 하늘을 망연히 바라본다. 놀은 점점 엷어지더니 황혼에 자리를 내주고 회색빛으로 물들기 시작한다.

초저녁이 되는 해상에는 어로작업 등들이 밤하늘에 샛별처럼 여기저기서 살아나기 시작한다. 별들의 숫자만큼이나 무수한 저 불빛 속에 풍어의 환호로 고래고래 고함치는 배도 있을 것이고 흉어로 바다가 꺼져 내려앉을 듯한 한숨을 토해내는 어부도 있을 것이다. 오랜만의 조업이라 서로들 풍어의 기대로 어구를 설치하고 있었다. 그런데도 진 노인은 연거푸 담배만 피워 물며 늦게 어구를 설치하고 있었다. 저도 어장을 돌아오면서 아이들같이 밝은 모습은 어디에도 찾아볼 수 없었다. 착 가라앉은 자세로 힘없이 물레만 돌리고 있었다. 심심찮게 올라오는 오징어들은 한 달 새 굵었는지 팔뚝 같은 오이까만 물려 올라오고 있었다. 새벽녘이 되자 노인은 청소할 때 쓰는 두레박으로 물을 하나 길어 올렸다. 그리고 굵직한 오징어 몇 마리를 두레박 안에 풀어놓았다. 오징어들은 좁은 공간에서 퍼들적이며 유영하고 있었다. 노인은 가방을 뒤져 무언가를 꺼내는데 화투장 크기만 한 얇게 깎은 목각이었다.

"아저씨 이게 뭡니까?"

나는 궁금해 물어보았다.

"응 패야, 오징어 목에 달아 주려고."

"네?"

나는 놀라며 나무 쪼가리를 자세히 들여다보았다. 거기에는 '진명근 살아서 속초 아바이 마을에 있다. 임자도 무탈하갓지? 너무너무 보고 싶소.'라고 쓰여 있고 뒷면에는 '문천군 옥정읍 고길리 ○○번지. 아직 그 집에서 살고 있갓지?'라는 글자를 조각칼로 또박또박 공들여 판 흔적이 뚜렷했다.

"자 좀 도와주지 안캇나? 한 마리씩 건져 올려 꽉 붙잡고 있으면 내래 패를 목에다 달아맬 테니…."

그러는 그의 얼굴엔 향수에 한이 맺힌 무어라고 표현하기 힘든 비애 같은 것이 가득 담겨 있었다. 나는 오징어를 한 마리씩 건져 올렸다. '피피' 고무풍선 바람 넣었다 빠지는 소리를 내면서 손아귀에서 불끈불끈 힘을 주고 있었다.

"기래 힘이 좋아야 짐을 지고 리북까지 들어가지. 기래서 리북 어부에게 낚여 내가 여기 살아 있다는 것을 알려줘야디."

노인의 손은 떨고 있었다. 너무 흥분한 탓일까. 명섭이도 다가와 돕고 있었다.

"이놈이 목걸이를 잘 차지 않으려고 그래. 아마도 지한테는 버거운 짐이 돼갓지."

"그렇겠지요. 나무패가 물에 불으면 무게가 곱은 될 테니까요."

명섭이도 말하고 있었다.

"기럼 다른 어떤 좋은 방법이 없을까?"

"네, 대형 문방구에 가면 코팅이라는 것이 있어요. 우리들 주민등록증처럼요. 자기가 하고 싶은 글을 종이에 적어주면 특수 종이에 복사하여 특수 필름으로 봉합해 기계로 압축해 놓기 때문에 물에 들어가노 빳빳한 상태로 한동안은 버틸 거예요."

"아, 그런 것도 있구먼. 기런데 개인도 마음대로 할 수 있갓어?"

"그럼요."

"기럼 내일 당장 나 좀 아르켜 주라우. 많이 만들어서 많은 고기에 달아 방생하다 보면 언젠가는 답을 받아 볼 날 오갓지."

노인은 웃으며 고기를 바닷물에 풀어 넣었다. 정신을 잃었던지 잠시 떠 있던 오징어들은 바닷속으로 유유히 사라지고 있었다.

다음날 노인과 함께 우리는 중앙동 큰 문구사를 찾았다. 아침 등교 시간이라 학생들이 학용품 사느라 각 코너마다 재잘거린다. 한참 만에 아이들이 빠져나가자 진 노인과 함께 주인에게로 갔다. 주인 내외는 아직 삼십도 채 안 되어 보이는 젊은 부부였다. 내가 명함 크기보다 조금 작게 코팅을 만들려한다고 하자 어디에다 쓸 거냐고 묻는다. 그러자 진 노인이 오징어 다리에 맬 것이니 조그맣게 만들어달라고 말을 하자 주인은 무슨 영문인지 이해 못 하고 다시 묻고 있었다.

"오징어 허리에다 매어 방생할 즉 편지인 셈이지. 오징어가 배달부 노릇을 잘 해줘야할 텐데…."

노인이 말을 하자 주인은 감격했는지 노인을 바라보다가

"저의 부친께서도 이산가족입니다. 어머니 앞에서도 아무 내색하지 않지만 고향에 대한 그리움은 늘 가슴에 살아있는 모양입니다. 술만 드시고 취하시면 북에 계신 할아버지 할머니 이야기를 하시며 눈물을 흘리실 때도 있습니다. 얼마나 한이 서리면 그러시겠어요. 제가 성의껏 해 드릴 터이니 내용을 적어주세요."

노인은 연필을 잡았다.

'님자, 지금도 그 마을 그 집에서 살고 있갓지? 내래 님자와 헤어져 전쟁마당에서 대포알 총알이 비 오듯 쏟아지는 속에서 인민군 전우들이 피를 흘리며 살려달라고 아우성치며 죽어갔지만 그래도 내래 님자 애절한 기도 덕분인지 구사일생으로 살아남았소. 하지만 남침했다는 죄명으로 오랜 옥살이를 하다가 풀려나 고향을 찾아 올라오다 38선이 너무 완벽히 가로막아 더는 못 가고 머무는 곳이 속초 아바이 마을이요. 한 해가 지나면 38선이 허물어지갓지. 또 한 해가 가면 하고 기다리며 속은 것이 30년이 다 되어 간다오. 아이들도 잘 자라 주었겠지. 너무 많이 보고 싶소. 어서 빨리 38선 장벽이 허물어져 가족들을 만나야 할 텐데….'

주인은 노인의 글을 읽고 한동안 침통한 표정을 짓더니

"정말 마음이 아픕니다. 헌데 너무 사연이 길어서 아무리 작은 글씨로 넣는다 해도 명함 크기보다 더 커질 것 같아요. 그렇게 크다 보면 고기들이 헤엄치는데 힘에 부칠 텐데요."

"아마도 그렇갓지. 물살에 저항을 받지 않게끔 조그맣고 날렵하게 만들어야지. 그러니 사장님이 알아서 축소를 해서 잘해주시오."

주인은 대답하고 심각하게 고민을 하더니 계란 크기만 하게 타원형으로 제작을 하여 그 안에 글씨를 넣어 견본으로 하나 만들어 노인에게 보였다. 노인은 돋보기를 꺼내 쓰고 읽고 있었다.

　　전쟁터에서 구사일생으로 살아남아 속초 아바이 마을에서 살고 있
　지. 진명근
　　뒷면 : 문천군 옥정읍 ○○리 유정숙
　　아직 그 집에서 살고 있갓지….

라고 줄여서 써 놓았다. 노인은 코팅 쪽지를 읽다 눈시울을 붉히더니 이내 웃음을 되찾으며

"됐어. 많이 만들어 수+려. 한 백 상 아니 이백 개. ㅗ래서 하루에 대여섯 마리씩 이백 마리 목에 패를 달아 방생하다 보면 몇 마리라도 이북 어부에게 내 소식을 전해주겠지."

노인은 가족상봉을 한 것처럼 흥분하고 있었다.

갓바리는 길어야 4~5일이다. 어선들의 수가 너무 많아 연안에 몰리면 고기들이 씨가 줄어들어 점점 잡히질 않는다. 그러기에 조금 조금씩 먼 바다로 나가다 일주일 정도면 원거리 장비를 갖추고 원양조업을 하는 것이다. 보조 식수통을 하나 더 세우고 물을 가득 채우고 얼음 공장에서 얼음을 받고 고기 상자를 갑판에 까맣게 적재하고 대화퇴로 향해 동력을 올린 것이다. 언제 다시 만나 보아도 경이로운 바다 파충류 등피 같은 잔잔한 파도들이 몸을 뒤채며 부서지고 있다. 이러다가도 성깔이 한번 났다 하면 이빨을 드러내고 시퍼렇게 날이 선 칼을 휘두르며 덤벼든다. 그러나 오늘은 갓 시집온 새색시처럼 얌전한 자태를 드러내고 있다.

명섭이는 저녁 준비를 위해 쌀을 씻고 있었다. 샘물처럼 깨끗한 먼 바닷물은 미네랄과 플랑크톤이 풍부해 일반식수로만 하는 것보다 영양가가 더 많다는 말도 들린다. 해수로 씻은 후 식수는 약간 부어 염분을 가시고 물을 붓는다. 식수 절약을 위해서다. 진 노인도 소매를 걷어올리고 있었다.

"아저씨 우리가 다 할 터이니 가만 계세요. 한 식구가 된 것만으로도 얼마나 흐뭇하고 행복해요. 여럿이 식사하면 밥맛도 좋구요."

명섭이가 진 노인을 쳐다보고 말하고 있었다.

"내래 상전 대우만 받으면 안 되지. 한 식솔이 되었으면 내 몫도 무언가 할 게 있어야디."

"그럼 석유버너에 불이나 붙여 주세요."

"기래 기래. 나도 꿈적거리고 얻어먹어야 염치가 있디."

노인은 석유곤로를 갖고 와 불을 붙였다. 우리가 밥을 시작하자 다른 팀들도 삼삼오오 어울린 식구끼리 밥을 짓고 있었다. 해가 서쪽 하늘에 걸려 있을 때 식사를 마치고 낚시를 손본다. 그리고 회색빛 어둠이 바다에 드리우면 조업이 시작된다. 한 마리라도 더 낚기 위해 꾸준히 물레를 돌리며 심부(새벽까지 한숨도 안 자고 낚는다는 뜻) 한다. 그러다 새벽이 오면 잡은 고기를 상자에 넣고 얼음을 채워 어창에 넣는다. 이럴 때 제일 신이 나는 사람은 진 노인이다. 미리 물 두레박 하나에 오징어 대여섯 마리 살려두었다가 며칠 전 코팅한 쪽지를 오징어 목에 걸어 방생하는 작업을 한다. 언제나 내가 고기를 건져 올려 다치지 않게 살짝 움켜쥐고 있으면 노인은 가방을 열어 복사한 패를 오징어 목에다 걸어 방류를 한다. 오징어들은 패를 달고 물속으로 깊이 깊이 사라지고 있었다. 처음에 다른 어부들은 부질없는 짓거리 그만하라고 고기만 축내지 어떻게 이북까지 끌고 가겠느냐고 노골적으로 비난을 하고 있었다. 선장 선주가 좋으니 가만 놔두지 다른 선장 같으면 어림도 없다고 말하였다. 그렇지만 노인은 못 들은 척하면서 날이면 날마다 새벽녘 물통에 고기를 넣었다가 청소가 끝나면 패를 달아 놓아주는 것이었다.

손가락질하고 비웃던 선원들도 노인의 지극정성에 감탄 받았는지 굵은 왕오징어가 물려 올라오면 물을 길어 살려두었다가 새벽녘에 노인에게로 갖고 온다. 그리고 같이 패를 달아 방생을 한다. 고기는 한이 서린 작은 편지를 달고 물속 깊숙이 사라지고 있었다.

"기래 멀리 멀리 가서 이북 어느 어부에게 낚여다오. 기래서 내 안부를 전해다오."

노인은 웃음인지 울음인지 허망하게 껄껄거리며 망연히 바다를 바라보고 있었다.

7. 남바리

무서운 전염병이 한 바퀴 쓸고 간 후 다시 오징어잡이가 시작되었다. 잠을 자듯 침묵을 지키던 속초 해안은 깊은 잠에서 깬 듯 활기가 돌았다. 각처에서 모여 있던 배들은 따닷 따닷 동력소리 내며 바다로 바다로 나가고 있었다.

명섭이와 나는 다른 배로 자리를 옮겼다. 남녘 목포에서 올라온 중형선이었다. 고기도 꽤나 잘 잡힌다는 배로 소문이 나 있고 명섭이 고향이 가까운 지방의 배로 명섭이가 수소문하여 같이 옮기게 되었다. 명섭이는 집이 나주라고 했다. 나주의 특산물인 나주 배 이야기를 곧잘 하였는데 사귀어오던 여자친구와 헤어지고 잠깐 바람 쐬러 올라왔다가 뱃놈이 되었다고 한다. 딱 일 년만 타고 집에 가서 배 농사를 지을 것이라고 말했다. 우리는 어구며 잡다한 물건들을 목포 ○○호로 옮겼다.

콜레라 경보령에 의해 근 한 달여 동안 발이 묶여 있는 탓에 몇몇 선원들이 먼 호남까지 내려가 함흥차사 격으로 소식마저 두절되었다는 것이다. 연락할 주소도 없어 애매모호한 일이었다. 어쨌든 떼돈을 벌어보겠다고 천 리도 넘는 먼 길을 왔다가 생고생만 하고 간 그들은 더욱 허전할 것이다.

　배를 타면 금방 떼돈을 번다고 믿었다가는 큰 낭패를 당하기 쉽다. 배를 타는 선원 대부분이 못 잡는 것은 말을 않고 어쩌다가 황금어장을 만나 한두 번 퍼 올린 노다지를 줄줄이 늘어놓는다. 하기야 하룻저녁 다데기(떼오징어)를 만나 한두 바리(한 바리가 50두름 1,000마리) 퍼 올리면 돈으로 환산할 때 육지에서의 막노동 품값 서너 배도 넘는다. 그렇지만 그 다데기의 풍어란 한 달에 한두 번 있을까 말까 하다. 어떤 땐 서너 두름도 못 잡을 때가 허다하다. 그러기에 바다에 목숨을 담보로 싸우기 때문에 하룻저녁 많이 떴다 하면 방석집 고급요정을 들락거리며 피보다 더 소중한 돈을 물 쓰듯 마구 뿌린다. 그러기에 장마철에 오징어 썩는 특유의 냄새가 몸에 절어 코로 숨을 잘 못 쉴 지경인데도 술집 여인들은 길을 막고 온갖 아양을 떨며 집으로 끌어들인다. 그리고 사이사이에 끼어 앉아 시퍼런 지폐를 뜯어내기 위해 헤픈 웃음을 흘리며 수단과 방법을 가리지 않는다.

　사나이들은 술 한 잔 들어가면 큰 부자라도 된 듯 목숨을 걸고 번 돈을 한 움큼씩 여자들 앞에 뿌린다. 여자들은 호호거리며 돈을 줍느라 야단들이다. 그러다가 또 고기가 안 잡히는 날이면 하루 세끼 쌀 한 톨 살 돈이 없는 어부들, 어쩌면 그런 현실을 체험하고 귀향한 선원들은 두 번 다시 배를 타지 않는다고 맹세하며 바다 쪽으로 오줌도 안 눌 것이라 생각이 들기도 했다. 공연히 남의 말만 듣고, 물귀신이 안 되어 돌아가는 것만도 다행한 일인지도 모를 일이었다.

　우리는 이물 쪽에 자리를 잡았다. 집어등 불빛을 보고 고기들이 모여들기 때문에 이물(선수)이나 고물(선미)에서 잘 낚인다. 그러기에 고물은 항상 선장이 차지하고 이물은 사무장이나 본 선원들이 차지한다. 처음 타는 선원은 기관실 옆자리다. 기관실에서 기계를 식히는 냉각수가 기관실 옆으로 흐르기 때문에 잘 안 낚인다는 말이 있다. 그렇지만 잘 낚는 선원은 안 좋다는 자리에서도 상바리를 한다.

첫날 울릉도가 아련히 보이는 곳에서 조업하였다. 느낌에는 꽤 멀리 나왔는데 조업하는 불빛은 한도 끝도 없이 바다를 메우고 있었다. 하늘의 잔별 숫자만큼이나 집어등 숫자도 많았다. 반짝반짝 하늘의 별들이 소곤거리면 바다에 뿌려진 별들도 무어라 쳐다보고 웅얼거리다가 회색빛 여명이 오면 하늘의 별들도 바다의 별도 아쉽게 사라진다.

태풍이 바닷속을 한 번 뒤집어 놓으면 고기가 풍년일 줄 알았는데 먼 바다고 가까운 바다에서고 영 시원찮았다. 며칠째 갓바리 조업을 하던 우리 배도 조업이 시원찮아 보이자 출어준비를 하고 대화퇴로 올라갔다. 참 이상도 하지, 지난 출항 때는 그렇게도 험한 파도가 몸을 뒤채면서 금방이라도 우리 배를 삼켜버릴 것 같았는데 이번엔 잔잔한 호수처럼 물비늘을 뿌리며 우리를 대하다니, 먼 바다는 늘 그렇게 변화무상하다.

선장은 이 넓은 바다 어디쯤에 고기 구덩이가 있을까 점을 치면서 몇 번이고 노버리(다른 곳으로 배를 옮김)를 해보았지만 고기가 지난번처럼 올라오지 않았다. 먼 거리의 기름을 때고 온 이상 이른 시일 안에 만선을 해야 하는데 선장 고민은 깊어지고 있었다.

낮으론 선단끼리 무선으로 연락을 하여 서로 만나 선미와 선미끼리 닻줄로 묶어놓고 고기가 어디쯤에 많을지 정보도 교환하고 넘나들며 반찬거리도 나누어 먹고 낚싯대로 복어도 낚아 올리고 방어도 낚아 올려 회를 쳐서 술안주도 하고 파도가 잔잔한 날은 신선놀음이었다. 그러다가 또 파도가 높게 일면 뱃놈으로 돌아간다.

우리 배는 근 열흘 정도 작업을 하여 상자를 채워 입항했다. 먼 거리니만큼 이른 시일 내에 만선을 해야 선원들에게 돌아오는 몫이 넉넉하지만 10여 일 동안 작업시일이 길어지다 보면 연료비 얼음값 상자값 제하고 나면 선원들에게 돌아갈 것은 뻔한 것이었다. 그러기에 풍어의 고기가 나오지 않는 한 원거리는 자제하고 당일바리로 5~6시간 배질하여 밤새 고기를 낚다 새벽에 들어간다.

  우리 배는 새(북쪽방향)를 바라보고 배질하고 있었다. 멀리 설악산을 바라보며 간성을 지나 고성 앞바다로 기수를 하고 올라가는 것이었다. 그곳은 휴전선이 그어진 바다이기에 언제나 해경 함정이 지키고 있어 더 안으로는 들어갈 수 없어 고기가 우글거린다는 것이었다. 그래서 뱃놈들은 그 위험한 속에서도 밤으론 경비정을 피해 살금살금 들어가 고기를 낚다가 경비정에게 걸려 잡은 오징어를 다 빼앗기고 혼쭐이 나기도 했고 너무 들어가다가 이북 경비정에 끌려가 아직까지 돌아오지 못한 배도 있다고 했다.

  초가을이 되면서 항내에 가득하던 배들이 점점 줄어들기 시작했다. 고기가 흉어로 남쪽으로 이동한다는 것이었다. 우리도 속초를 떠났다. 한도 많았고 사연도 많았던 속초항을 뒤로 하고 주문진을 거쳐 묵호항에 배를 들이대었다. 묵호 역시 어선이 많질 않았다. 북단에서 내려오는 배들이 잠시 머물다가 떠나가는 배들이 정박하고 행여나 하는 마음으로 며칠 짚어보다가 고기가 잡히면 며칠 더 머무르고 안 잡히면 떠나는 곳이었다. 속초에서 묵호까지 육로로는 꽤나 먼 거리지만 배에서 작업하는 어장은 별 차이가 없는 것 같았다. 울릉도가 아스라이 보이고 조업하는 불빛이 깜박깜박 비춰주는 바다, 저번 속초에서 조업하던 어장이다 보니 안타깝게도 오징어는 잡히질 않았다. 묵호에서 이삼일 조업하다 시원찮아 다시 아래로 내려왔다.

  이번에 정박한 포구는 죽변이란 조그마한 어촌이었다. 속초나 묵호처럼 시끌벅적하지 않고 한적한 게 마음에 들었다. 밤으로는 작업을 하고 낮으로는 빨래 몇 가지를 싸들고 시냇물을 찾아 외곽으로 나섰다. 명섭이도 내 뒤를 따랐다. 언덕 위에는 대나무 숲이 무성하게 자라 하늘을 찌를 듯이 곧게 자랐고, 언덕 너머 옥수수밭에는 옥수수가 영글어 벌떡벌떡 매달려 있었다.

"오늘이 음력으로 며칠쯤 되니?"

명섭이에게 물었다.

"그건 왜 물어?"

"응? 옥수수를 보니 불현듯 고향 생각이 떠올라서, 지금쯤 우리 밭에도 옥수수가 벌떡벌떡 영글어 있을 테고 영근 옥수수를 한 솥 가득 삶아 하모니카를 불며 맛있게 먹을 텐데…. 영근 감자를 갈아서 부침개도 부쳐 먹고, 우리 어머니 부침개 굽는 솜씨가 일품이거든. 뒷마당 텃밭에 기른 부추를 뜯어다 잘게 썰어 감자 간 녹말에 섞어 부쳐놓으면 둘이 먹다 하나 죽어도 모른다고…."

"야, 인마 한심한 생각 말고 술이나 한잔하자."

뒤따라오던 명섭이가 길가 조그마한 가게에 들러 봉지에 무엇인가를 넣고 왔는데 이 홉들이 소주 두 병과 새우깡을 사들고 왔다. 배에서도 밖에서도 명섭이는 형답게 모든 것을 잘 챙겼다.

"술이 있어?"

"그래 짜샤, 이런 야외에 나오면 적어도 깡소주라도 한잔하고 들어가야지, 안 그래?"

"명섭아 고마워."

우리는 넓은 바위에 마주 앉아 술을 따라 마셨다. 오랜만에 소풍 나온 기분이었다. 저 아래 바라보이는 다랑배미 논에서는 허리가 굽은 늙은 농부가 논에 피(벼 포기 사이에서 벼와 똑같이 생긴 잡초)를 골라내고 있었고 논이 끝나는 곳에 시냇물이 흐르고 그 안에서는 아이들이 홀랑 벗고 멱을 감고 있었다. 우리가 빨래하러 냇가로 가까이 가자 멱을 감던 아이들이 사타구니에 손을 가리고 옷 있는 쪽으로 도망가고 있었다. 씨도 여물지 않은 녀석들이 뭐가 부끄러워 아래를 가리고 도망치는지 웃음이 절로 나왔다.

비릿한 오징어 냄새가 푹 밴 옷가지를 시원스레 빨아 나뭇가지에 걸어 놓고 우리도 멱을 감았다. 이제는 물이 제법 차갑다. 여름과 가을이 교차되는 계절이라 아침저녁으론 싸늘하지만, 낮에는 볕이 좋아 나무에 걸어놓은 빨래가 반은 뿌득하게 말랐다. 빨래를 싸들고 배로 돌아가니 선원들이 모두 선상에 모여 새참인지 저녁인지 먹고 있었다. 명섭이와 나도 이 배를 타면서 깡통 곤로를 집어치우고 한 식구가 되어 화장(배 안의 요리사)이 만드는 음식을 같이 먹는 식구가 되었다.

"그것 갖고 오는 것이 뭐시여?"

노랭이라고 별호가 붙은 선원이 빨래 보따리를 보면서 물어왔다.

"뭐긴 뭐시여, 빨래지 보면 몰라라우."

명섭이가 퉁 하고 쏘아주는데도 그는 또 투덜댄다.

"아따 인정이라고 파리 좆만큼도 없구마이, 뭍에 갔다 오면 쬐끄만 쇠주라도 한 병 갖고 올 것이제 고로코롬 빨래만 갖고 와야 허겄어?"

노랭이 김 씨는 무엇을 바랐던 것인지 투덜거리고 있었다.

화장은 우리에게 밥 두 그릇을 차려주고 자기는 누름밥을 꾸역꾸역 먹고 있다. 어쩌다가 밥을 넉넉히 풀라치면 자기 몫이 적거나 없는 것이었다. 그래도 불평 한마디 없이 자기 밥이 없으면 누룽지를 긁어 물을 부어 먹는 그런 청년이었다. 중국집에서 짜장 뽑는 기술을 배우다가 멸치잡이 배를 타 보고 오징어잡이 배를 타고 화장 노릇을 한다는 것이었다. 이제 나이 스물 정도 앳된 청년인데도 자기는 굶을지언정

선내의 식구들을 위하는 마음씨가 천사처럼 거룩했다.

　오후 세 시가 조금 넘어서자 배는 동력을 걸어 출발하였다. 멀리 나가서 한 번 짚어보고 오늘 저녁도 공탕을 치면 또 남으로 내려갈 생각이었다. 선원들은 한결같이 오늘 저녁은, 또 내일은 하면서 만선의 꿈을 안아보지만, 그때마다 그 꿈은 물거품이 되어 바다 위에서 사그라들었다. 고기가 물레에 줄줄이 물려 올라오면 힘이 나서 멀미도 없고 힘이 절로 솟는다. 그러나 이놈의 고기가 다 어디로 숨어버렸는지 빈 물레만 돌리다 보면 졸음만 밀려오고 파도가 조금만 높아도 만성위장병 환자처럼 속이 메스껍다. 나는 겉트림이 올라와 두레박으로 바닷물을 퍼 올려 세수를 하고 한 모금 마셔본다. 처음 멀미를 심하게 할 때 임시처방으로 진 노인이 가르쳐준 것이다. 너무 짜다 못해 소태처럼 뒷맛이 쓰다. 그래서인지 잠시 멀미가 가라앉기도 한다.

　진 씨 노인과 헤어진 지도 두어 달이 되어가는데 궁금하다. 선 씨도 그리고 같이 일하던 다른 어부들도 모두가 궁금하다. 그들도 우리처럼 갖은 고생만 하는지 아니면 황금어장을 만나 목돈을 쥐었는지 궁금했다. 모두들 돈을 벌어 이 고된 어부 생활을 청산하고 다른 일터로 돌아가리라 생각이지만 그게 그렇게 쉽지가 않았다.

　배는 어둠을 가르면서 어디론가 계속 항진하고 있었다. 벌써 집어등을 밝히고 조업하는 배들을 몇 개나 지나갔다. 거기 배 선원들도 드문드문 앉아 물레를 돌리거나 우리 배를 보고 손짓을 하는 사람, 도시락 뚜껑을 들고 먹는 흉내를 내면서 한잔하고 가라고 손짓하는 사람, 그 배의 조업은 별로 신통찮게 보였다. 고기가 툭툭 올라온다면 자리마다 선원들이 앉아서 힘차게 물레를 돌리련만 저마다 다른 모습이었다. 우리 배의 선원들도 선상에서 그리고 방짱에서 자고 있었다. 밤새껏 심부를 하자면 눈을 붙여 한숨 자야 하는데 나는 그렇지 못했다.

눈만 감으면 온갖 망상들이 머리를 쳐들고 내 멱살을 움켜잡는 것이었다. 나는 그 망상들을 완강하게 거부하면서 하나, 둘, 셋, 넷, 여든, 아흔, 백 하고 숫자를 헤아리며 잠을 청해보지만 헛일이었다.

부모님은 어떻게 지내고 있을까? 무심하게도 소식 한 장 띄우지 못하고 바다에서 생활하는 것을 안다면 어머니께서는 얼마나 놀라실까. 포탄이 떨어지는 전쟁터에 자식을 보낸 것처럼 피를 말리는 고통으로 사실 것이라고 생각되었다. 언제 어느 파도에 휩쓸려 생을 마감할지도 모를 위태위태함 속에 아무리 떼돈을 번다한들 과연 그런 현장에 자식을 보내는 어머니가 있을까 생각하면서도 여태껏 무사하고 평안하게 잘 지내고 있으니 안심하시라고 이제 와서 서신도 보낼 수 없는 노릇이었다. 차라리 무소식이 희소식이라고 마음속으로 안부를 전할 따름이었다.

미영이 소식도 궁금했다. 서울에서든 아니면 고향에 내려가서든 이 지지리도 못난 인간을 잊지 않고 묘연한 행방에 안타까워하고 있을지? 아니면 소식 한 장 전하지 못한 나를 너무 야속하다고 까맣게 잊어버리고 믿음직스런 남자와 교제를 하고 있을지 모를 일이었다.

옆의 사람은 푸~푸~ 숨을 길게 풍구질하며 한밤중이었다. 저렇게 태평스러워야 뱃놈의 체질인데 신경이 예민한 나는 야속하고 태평스러운 그들이 부러웠다. 가뜩이나 고기가 흉어인 마당에 조업을 시작하면 밤새도록 심부름해야 밥값이라도 할 텐데 걱정이다.

"따릉! 따릉! 따릉! 따릉!"

브릿찌 안에 매달려 있는 벨이 어장에 도착했다는 신호를 보내자 기관이 서서히 멈추고 뒤이어 집어등이 환하게 밝혀졌다. 저번 타던 배는 수동으로 줄을 흔들어 벨 소리를 냈지만, 이번 배는 현대식으로 줄 대신 버튼을 눌러 신호를 보낸다. 그러면 기관장은 벨 소리에 한 치의

오차도 없이 전, 후, 좌, 우로 운전하는 것이었다. 자동차와는 대조적으로 선장과 기관장의 사인이 맞아야 풍을 띄우고 올리는 데 본 선원들이 쉬웠다. 갑판에 누워서 코를 골던 어부들이 눈을 비벼대며 일어났고, 창고로 쓰는 담불에서도 슬금슬금 사람들이 기어 나왔다.

언제나 그러하듯 본 선원들은 이물 한쪽 켠에 차곡차곡 포개져 있는 풍을 끄집어내어 바다에 서서히 띄우고 있었다. 풍이 가라앉은 위에는 어김없이 유리관으로 된 우끼가 둥둥 떠서 풍의 위치를 알려주고 있었다. 선원들은 서둘러 앞 담불 속에 들어 있는 자기 어구를 찾아내서 뱃전에 설치하느라 분주했다. 나도 행여나 풍어에 기대를 걸면서 어구를 내 자리 뱃전에 부착했다.

오늘 저녁만은 떠야 하는데 고기다운 고기를 달포째 못 퍼 올리는 선원들은 너 나 할 것 없이 풀이 죽어있었다. 오늘 밤이 다 가기 전 한방 바로 짚어 떼고기를 퍼 올린다면 달포째 수세미처럼 쭈그러들은 선원들의 얼굴이 밝아져 확 풀어질 텐데, 그놈의 고기들이 다 어디로 숨어버렸는지 안타까웠다. 그래도 고생스러웠지만, 지난번에 타던 배가 문득 생각이 났다. 작고 노후한 배였지만 그래도 새쪽으로 경비정 눈을 아슬하게 피하면서 깊숙이 들어가 배를 띄워 놓으면 어김없이 오징어가 올라오곤 했다. 운이 좋으면 한 달에도 서너 번은 다데기도 만날 수 있었다. 그러면 선원들은 고래고래 함성을 서로 뒤지지 않으려고 야단법석들이다. 그렇게 만선을 한 날은 인색하기로 소문이 난 선주도 돼지 다리와 소주 상자를 실어주는 것이었다. 참으로 흥이 났었는데 어찌된 영문인지 이 배를 타고서 통 고기를 잡지 못하는 것이었다.

새벽이 가까워 오면서 선원들은 졸린 눈을 껌벅거리며 맥이 풀려 애꿎은 담배만 피워 무는 것이었다. 선장도 풍어의 기대를 더 이상 못

하겠던지 도모에 부착해 놓은 어구를 떼어놓고 담배만 피워 무는 것이었다. 이제 오징어의 황금어장은 영영 황폐해 풍어의 기쁨을 맛볼 수 없는 것일까? 담배를 연거푸 몇 가치 피우던 선장은 기름값도 제대로 못 하니 만성의 적자라며 빨리 배의 본항으로 돌아가 다른 작업을 해야 한다면서 아랫녘으로 선수를 틀고 내려가는 것이었다.

해변의 어촌이 그림처럼 아름답다. 버스나 기차를 타고 해안선 도로를 따라 여행할 때 까만 연기를 뿜으며 파아란 물살을 가르는 어선이 어쩜 동화 속의 그림처럼 그렇게 아름답게 보일 수가 없었다. 내가 만약 화가였다면 한 폭의 그림을 그려보고 싶은 충동을 느낄 때가 있었다. 그렇지만 바다 위에 떠가며 해안선을 따라 옹기종기 작은 마을을 이룬 어촌들은 육지에서 보는 바다의 풍경보다 더 아름답게 느껴졌다.

늦은 아침을 짓는 연기인지 집집마다 보얗게 피어오르는 연기며 나지막한 산자락이 아늑하게 둘러싸인 작은 포구, 포구에 매어있는 작은 어선들, 어선 위로 자유롭게 비상하는 백조, 우리 배는 아름다운 풍경화 속으로 빠져들어 가듯 어느 포구로 들어가고 있었다.

후포라고 했다. 축항 너머 저쪽에는 몇 채의 공장이 눈에 들어왔다. 통조림 가공공장이라고 했다. 일제 때에는 왜놈들이 동해안에서 나는 정어리를 모두 수거하여 기름을 짜 원유 대신 기름으로 썼다는 얘기도 들렸다. 지금은 연한 하늘색 가운을 입은 여공들이 점심시간인지 떼를 지어 몰려나오고 있었다. 저런 공장에서 일자리 하나 구해 여자들 목소리를 들으며 일할 수 있다면 참으로 사람 사는 재미를 느낄 텐데, 잡히지도 않는 고기를 찾아 황량한 바다를 헤매는 어부들이 그리고 나 자신이 한심스럽고 측은하게 생각되었다. 규칙적인 생활을 하면서 일한 만큼 급여를 받으며 공장이 잘 돌아갈 때는 급여 외 보너

스 수당을 받고 밤으론 기숙사에서 잠 같은 잠을 잘 수 있다면 얼마나 좋을까? 아침저녁으로 출퇴근할 수 있다면 으스스한 선상의 생활보다 백번 나을 것 같았다. 그리고 많은 여공들 중 내 아픈 다리를 이해하고 미영이처럼 포근한 미소로 감싸줄 여자가 있을지도 모른다는 생각이 들었다. 그렇지만 그 모든 것이 헛된 망상이란 것을 깨닫고 나는 머리를 세차게 흔들었다.

그릉그릉 배는 동력을 높여 파도를 가르고 있었다. 본 선원들에 따르면 이곳을 떠나 남녘으로 내려간다는 것이었다. 며칠 동안 길게 이어진 축항 너머로 보이는 통조림 가공공장에서 점심시간과 퇴근 시간에 쏟아져 나오는 여공들을 바라보며 영자야 잘 있거라. 춘자야 잘 있거라. 하며 선상에 쌓인 외로움을 풀고 달래며 드나들던 곳, 공순이들도 이젠 추억으로 남긴 채 항구는 점점 멀어지고 있었다. 해안선을 따라 크고 작은 항포구를 거치며 남으로 내려오자 강원도가 점점 멀어져갔다. 고기는 잡히지 않을지라도 강원도 해역에서 조업을 할 땐 그나마 고향산하라고 위안이라도 돼 마음이 든든했는데 이젠 고향마저 멀어져 가니 마음 또한 허전해 가고 있었다.

반면 점점 가까워 오는 전라도 사람들은 식구들 볼 면목이 없다며 지금이라도 멋진 풍어를 만나 크게 한번 건져 올렸으면 하는 바람이 역력했다. 그러나 명섭이 표정은 밝지 않았다. 집에 가면 형님 내외분과 노모님이 계신데 주머니라도 두둑이 채워가면 형님 형수 보기 떳떳할 텐데, 빈털터리로 들어가면 누가 좋아하겠냐며 무표정이었다. 한창 바쁜 과수원을 생각하면 당장 때려치우고 집으로 달려가 형님 일이나 도와주고 싶었지만, 무일푼의 신세란 참 허망하기 짝이 없는 모양이었다.

나도 향수에 젖어 고향 생각이 났다. 지금쯤 감자를 캐고 옥수수를 베어 껍데기를 까고, 달 밝은 밤엔 미랏제라는 높은 산에 세초(우마초)를 울력을 지고 높은 산이라 우우~ 승냥이가 울부짖으면 우리들은 뒤에 안 처질라 줄행랑을 치다가 돌부리에 걸려 넘어지면서도 따라다닌 때가 그리웠다.

8. 재도전한 서울, 또 무를 꿇다

　입대했던 친구들이 제대를 하고 농사일을 돕다가 다른 곳으로 일자리를 찾아 나갈 때 나는 또 역마살이 걸려 날뛰기 시작했다. 독학으로 공부하겠다며, 머릿속에 잘 들어오지도 않는 강의록을 펼쳐놓고 끙끙거리며 앓다가, 어느 주간지 광고를 보고 마음이 또 요동치기 시작했다.
　'라디오 TV 인쇄 학원생 모집, 속성반 3개월, 정규반 5개월, 전 졸업생 1백 퍼센트 취업보장, 기능인만이 미래 행복을 누린다.' 그래 다시 서울로 가보자. 반겨주는 곳은 없어도 나의 뜻을 이루려면 서울, 그 서울이어야 한다. 한창 개발 중인 도시 복판으로 높은 빌딩들이 다투어 하늘 높이 올라가고 변두리에는 주택단지가 눈부시게 발전하고 있었다.
　나는 공사판에 뛰어들었다. 비록 다리는 절름거리지만 3~4개월 학원비를 마련하자면 그 어떤 어려움도 극복할 수 있을 것 같았다. 아버지 일을 돕느라 밭도 갈고 지게질도 하고 농촌의 일은 닥치는 대로 했기 때문에 이겨 나갈 수 있을 것 같았다. 처음에 질통을 지라고 했다. 나무상자로 만든 질통을 받침대에 올려놓고 오삽으로 자갈을 한 통씩 담아 이삼층 오르내리기란 쉬운 일은 아니었다. 허리가 빠개지고 다리도 아프지만 모든 것을 참고 이겨나갔다. 다행히 공사현장 작업반장이 같은 강원도 사람이라면서 강원도 사람들이 묵는 숙소를 알선해 주었고, 내가 열심히 하자 일자리도 꾸준하게 이어주었다.

　겨울이 가고 봄이 왔다. 겨울 동안 뜸하던 공사들이 다시 시작되고 있었다. 나는 목수 일을 배워 합판으로 오르내리는 계단을 만들어 주었다. 작업반장이 눈썰미가 있고 손재주가 있어 일을 빨리 배운다고 칭찬해 주었다. 몇 달 동안 꾸준히 일한 결과로 나는 목돈을 만들 수 있었다. 아! 아! 이제 이 돈이면 인쇄 출판학원에 등록할 수 있다. 학원을 졸업하면 인쇄소나 출판사에 취업할 수 있을 것이고 월급을 꼬박꼬박 모아 염원인 다리를 치료할 수 있을지 알아도 보고.

　'한국 최초 유일의 전자조립 및 인쇄학원. 용기 있는 선택이 행복을 약속한다.' 자석에 이끌리는 쇠붙이처럼 잘 간직하고 있던 이전의 광고 문구가 적힌 종이를 다시 꺼내 들고 충무로에 있는 ○○학원을 찾았다.

　한 시간 동안 헤매던 끝에 조그마한 빌딩 5층에 자리한 학원을 발견할 수 있었다. 노크를 하고 들어선 학원에는 50여 명의 원생들이 두 반으로 나뉘어 무언가를 열심히 배우고 있었다. 나는 안내하는 여직원을 따라 원장실로 들어갔다.

　"어서 오십시오. 잘 오셨습니다."하며 의자를 가리켰다.

　"우리 학원은 고등교육을 받지 않아도 배우기 용이하며 육체를 많이 움직이지 않는 노동입니다. 우리나라도 머지않아 선진대열에 끼게 될 것이고, 그렇게 되면 각 가정마다 TV나 전축, 냉장고, 에어컨 같은 각종 선사제품을 보납하는데, 그 수요가 점점 늘어날 것입니다. 그리고 인쇄기술만 익히면 아주 적은 소자본으로 자립할 수 있는 이점이 있습니다. 원장은 술술술 청산유수였다.

"속성반은 3개월 정규반은 5개월입니다. 금년 봄에 1기생이 나갔는데 저희가 일선 전자회사나 인쇄소에 뒤를 대지 못하고 있습니다."

나는 고개를 끄덕이며 열심히 듣고 있었다. 그러면서도 내 수중에 있는 돈의 액수를 5개월에 맞추어 보고 있었다. 속성반을 할 경우 빠듯하지만 정규반은 턱없이 모자랐다. 고등학교를 졸업한 원생은 속성반에 받아주는데 나 같은 초등학교 졸업반은 정규 5개월 코스였다. 나는 원장님께 내 사정을 털어놓았다.

"원장님! 가난한 시골 형편에 정규반 등록금은 마련하였습니다만, 5개월 동안 숙식할 돈이 모자랍니다. 수업 끝나고 교실을 청소해 주고 교실에서 좀 잘 수 없습니까?"

나는 원장의 눈치를 살피며 조심스럽게 물어보았다. 원장은 내 사정을 듣고 입맛을 쩝쩝 몇 번 다시었다.

"규정상 교실에서 잘 수는 없습니다. 농어촌에서 올라온 학생이 반이상 차지하고, 한결같이 모두가 빈곤한 형편에 등록금만 내며 벌어서 공부하겠다고 야근 일터로 나가는 사람도 몇 있습니다. 그들도 학원에서 기숙할 수 없느냐고 사정했지만 받아들이지 않았고, 딱히 사정이 아주 어려운 두 명만 청소를 하며 생활하고 있습니다. 그렇게 사정이 어렵다면 그들과 같이 생활하도록 해요."

원장은 안경 너머로 아래위를 훑어보며 그렇게 말했다.

"고맙습니다. 고맙습니다." 나는 몇 번이고 고개를 주억거렸다.

'그릉 그릉 그릉' 배는 동력을 높여 파도를 가르고 있었다. 오늘따라 파도가 높게 일고 있었다. 파고를 받으며 나가는 배는 연신 물보라를 뿌리고 물의 파편들이 우수수 쏟아졌다. 갑판 위에 모여 있던 선원들은 물보라를 피해서 하나둘 선실로 들어가고 있었다. 배를 탄 지 벌써 몇 달이 지났는데도, 창고로 쓰는 담불에 들어가면 매캐한 냄새와 비릿한 냄새가 역겨웠다. 선상에는 어둠이 내리기 시작했다. 너울너울이는 파도의 골자도 어둠에 묻혀 검게만 보였다. 어디로 가는 배인지 푸른 항해등을 켜고 가까이 지나고 있었다. 멀리 좌현으로는 조업하는 집어등들이 하나둘 반짝거리기 시작했다.

 조금 전까지 우의를 입고 바람을 쐬던 몇 명의 선원도 보이지 않았다. 나도 으스스 한기를 느끼며 선실로 들어갔다. 모두들 잠에 빠져있었다. 뭐라고 잠꼬대로 입맛을 다시며 웅얼거리는 사람도 있고, 코를 고는 사람도 있었다. 나도 그들 틈에 누웠다. 그러나 잠은 멀리 달아나고 있었다.

 나는 학원교실에서 자며 공부한다는 두 학생을 만나보았다. 내가 인사를 청하면서 같이 잠을 자는 신세를 져야겠다고 말을 하자 그들은 노골적으로 못마땅해 했다. 서로 마주 놓인 소파를 침대 삼아 잠을 자는데 내가 끼어드니 잠자리도 빼앗길 것 같아 그러는 모양이었다. 나는 그들에게 피해를 주지 않기 위해 수업이 끝나고 밤이 되면 의자를 맞붙여 놓고 잠을 자고 아침 일찍 일어나 청소를 했다. 그러는 나를 처음엔 경계를 하는 눈치더니 며칠이 지나자 소파에 자라고 사양하기도 했다.

 조립반은 내 또래의 강사가 가르치는데, 라디오 부품과 텔레비전 부품을 갖고 와서 하나씩 조립을 하며 구리인두로 납땜을 하여, 소리가 나고 화면이 나오게 하면서 원생들에게 실습을 지도하니 모두들 신기해하고 재미있어했다. 또 조판부는 원장님의 아들인 민 선생이 가르치는네, 처음에는 초등학교 교과서를 읽어주며 조판 짜는 법을 가르치고 있었다. 교실 벽 양면에 바둑판처럼 칸칸이 짜놓은 속에 정돈되어있는 활자를 수강생들이 바쁘게 오고 가며 활자를 찾아다 조판을 짜고 있었다. 어떤 원생은 열심히 배워서 신문사 출판부에 취업을 해 보겠다는 야무진 꿈을 키우는 원생도 있었다. 나 역시 부지런히 배우면 안 되는 것이 없을 것 같았다. 고학으로 사법고시에 패스하는 사람도 얼마나 많은가? 이곳 출신이라고 신문사 취업 안 되는 법이 있겠는가. 열심히 배워 자격증만 취득하면 방송국엔들 못 들어갈 것도 없겠지! 나는 열심히 배웠다. 잠은 교실에서 자고 식사는 라면 아니면 을지로 중부시장 좌판에서 몇 백 원 하는 수제비국으로 끼니를 때우며 열심히 배웠다.

그런 나에게 또 다른 시련이 찾아왔다. 평소에도 별로 좋지 않은 시력이 점점 나빠지는 것이었다. 조판을 짠 뒤 외로 되어있는 인쇄체를 읽고, 잘못된 오자는 빼내 다시 고쳐 짜야 하는데, 잘 분간을 못하니 여간 고통스러운 것이 아니었다. 이런 어려움 속에서도 학원에 입학한 지 3개월이 흘렀다. 그간 나보다 먼저 온 학생들은 하나둘 졸업과 동시에 취업이 되어 나갔다. 부원장 겸 출판부 민 선생은 내 처지를 보고 영 답답한 모양이었다. 이래서는 죽도 아니고 밥도 아니라면서 우리 인쇄소에서 인쇄기술을 배워보라는 것이었다. 인쇄소는 민 선생 자택에 딸려 있는 조그마한 가내공장이었다. 직원 한 명이 학원 교과서 따위의 인쇄물을 제작하여 통신학생들에게 보내주는 소규모 공장이었다. 그렇다고 이제 와서 모든 것을 중단하고 민 선생 말마따나 인쇄공장에서 인쇄 기술을 배운다는 것도 마음이 개운하지 않았다.

나는 안과를 찾아가 시력을 재고 안경을 맞추어 보기로 했다. 세종로에 있는 ××안과, 서울에서도 권위 있다는 안과에 들러 진찰을 받아보았다.

"과민성 백내장입니다. 너무 지나치게 신경을 쓰거나 예민한 감각에 사로잡혀 신경을 쓰면 이런 증세가 옵니다."

그러면서도 도수 안경은 안 된다는 것이었다. 나는 너무도 난처했다. 햇볕이 따가운 날은 더욱 눈이 부시고 안 보였다. 의사선생은 다시 말을 계속했다.

"도수 안경은 잘 맞지 않고 빛을 막아주는 선글라스 같은 색안경을 끼면 조금은 시원할 겁니다. 그리고 치료방법은 마음을 편안하게 하고 푸른 색깔을 많이 대하는 것이 좋습니다. 푸른 산과 바다 같은 곳을 대하며 생활하는 것이 도움이 됩니다."

나는 병원을 나왔다. 그리고 쩔룩쩔룩 걸음을 옮기며 내 자신을 돌아보았다. 절름거리는 다리병신에 눈까지 병신이 되다니 너무도 한심하고 막막했다. 그렇다고 너무 비관해서도 안 된다. 민 선생이 시키는 대로 민 선생 집에 가서 인쇄기술을 배우기로 했다. 나는 민 선생을 따라 성수동 자택에 있는 인쇄소에 들락거리며 일을 배우게 되었다. 기술자인 형이 하는 일을 도와주는 조수 역할이었다. 수동식의 기계라 딸각거리고 돌아가면 제본소에서 규격에 맞추어 절단해온 종이를 한 장씩 밀어 넣어 인쇄를 하는 재래식 기계였다. 기술을 배운다는 것보다 기술자 형의 심부름꾼에 불과했다. 을지로 인쇄공장이 밀집되어있는 곳에서 인쇄체를 찍은 납덩어리를 찾아오는 일, 그리고 인쇄를 찍어 책자를 만들면 제본소에서 규격에 맞추어 절단하는 일, 그것들이 하루의 일과였다.

성수동 자택에 드나들며 인쇄공장 일을 한 지도 한 달이 되어갔다. 아무런 승산도 비전도 없이 한 달이라는 세월이 무의미하게 흘러간 것이다. 벌써 5개월 같이 학원에서 수업하던 동료들은 서울에서 그리고 지방에서 취업이 된다고 좋아들 하고 있다.

나는 막막했다. 푸른 꿈을 안고 이번만은 꼭 성공하여, 보란 듯이 부모님 곁으로 돌아가고 싶었다. 그런데 이 모습이 뭐란 말인가? 아픈 다리를 이끌고 노가다 현장에서 악착같이 모은 돈으로 학원을 졸업하고, 보다 더 나은 미래를 개척해 보자고 노력했는데, 모두가 물거품이 되어가다니. 흐흐~ 나는 울면서 술을 마시기 시작했다. 을지로 중부시장 안쪽 포장집에서 이 홉들이 소주 두 병을 마셨다. 취해서 모든 것을 잊고 싶었다. 아니 정신없이 취해서 쩔룩거리는 다리를 기우뚱거리며 충무로 번화한 거리를 활보하고 싶었다. 허벅지까지 다 드러난 미녀들 숲에서 내 쩔룩이는 다리를 보란 듯 활보하고 싶었다. 그러나 정신은 더 명료해져 갔다.
"아주머니 술 한 병 더 주십시오."
"왜 이래 총각, 전엔 술이라곤 안 마시더니 두 병을 마셨는데…."
"한 병만 더…."
나는 인사불성으로 많이 취해 있었다. 다음날 눈을 뜨니 학원교실이었다.
"형, 웬 술을 그렇게 마셨어? 정신을 못 차리고 비틀거리기에 우리가 껴안고 왔어. 마침 저녁 때 수제비국 사 먹으러 시장에 나갔다가 형을 만났어. 왜 그래 형?"
"미안하다. 성재야, 경민아, 추한 꼴을 보여줘서. 그리고 너희들은 취업이 되어 지방으로 내려간다지?"
"응, 대전에 내려가서 조그마하게 인쇄소 하나 차릴까 해."
그 말에 나는 부러워서 말했다.
"그럼 사장님 되겠네. 그렇게 소규모로 시작하면 어쩌면 월급쟁이보다 더 나을지도 모르지. 아무튼, 열심히 하여 성공하기를 형이 빌어줄게."
"고마워 형, 그리고 너무 상심 말아. 형도 잘 될 거야."
"틀렸어, 눈 뜬 맹인처럼 시야가 점점 흐릿해지고 잘 보이지 않는데 모두가 다 도로아미라고."

　나는 그 후 인쇄소에 나가지 않았다. 그렇다고 교실에서 조판을 배우지도 않았다. 밖에 나와 거리를 배회하고 도보로 장충단공원 빈 의자에 앉아 무료한 시간을 보내다가 저녁 수업이 끝날 시간쯤이면 학원엘 찾아가 잠을 잤다. 그런 나를 원장님은 추궁하지도 않았다. 관심 밖으로 생각하는지도 모른다. 공원 긴 벤치에 망연히 앉아있으려니 별 잡념들이 머리를 헤집고 지나갔다. 그 중 미영이의 모습도 눈앞에 아롱거렸다. 학원을 졸업하고 취업이 되어 안정된 생활을 하면 한 번 찾아간다고 언젠가 적어준 주소를 일기장 속에 끼워 놓았었다.

　'성수동 5가 ××직물 주식회사'

　"오빠 서울에 오게 되면 꼭 들러주세요." 하면서 적어준 것을 보물처럼 간직하면서 성수동 사장님 집엘 들락거리면서도 이 근처 어디쯤에 미영이가 생활하고 있을 것이라고 생각하면서 나는 꾹 참았다. 그리고 내가 바라는 모든 것이 이루어졌을 때, 그때에 찾아간다고 결심을 한 것이 결국 이런 꼴이 되어버렸다.

　몇 번 망설인 끝에 용기를 낸 나는 다음날 미영이를 찾아갔다. ××직물경비실 앞을 쭈뼛거리다 경비실 안으로 들어갔다. 임미영을 만나러 왔다고 경비 아저씨께 부탁하였다. 지금은 작업 중이라며 연락을 해 놓을 테니 점심시간 맞추어 오라는 것이었다. 아직도 점심시간까지는 두어 시간을 기다려야 한다. 밖에서 서성거리며 두 시간이 왜 그리 긴지, 그렇게 지루할 수가 없었다.

　'만약 내 쩔룩거리는 꼴이 자존심을 상한다고 안 만나 준다면 어떻게 하나, 여기까지 찾아와 나를 곤혹스럽게 한다고 빨리 돌아가라고 하면…. 아니면 새로운 남자친구라도 생겼다면 나 같은 놈은 안중에도 없겠지….' 얼마를 서성거리다 시계를 보니 열두 시 십 분이 지나고 있었다. 다시 수위실 쪽으로 걸음을 옮기는데 하얀 가운을 입은 여자가 달려오고 있었다. 미영이였다.

"어머, 오빠!"

그녀는 넘어질 듯 뛰어와 나의 손을 잡고 깡충거리고 있었다.

"어떻게 된 거야, 연락도 없이…."

스무 살이 넘은 숙녀인데도 어린 소녀 그대로였다. 깡충거리며 뛰는 것과 두 손으로 가슴을 두들기는 것이며, 늘 소녀처럼 귀엽고 명랑했다.

"미영이가 보고 싶어서 더 참지 못하고 왔지."

나는 웃으며 그녀를 바라보았다. 그녀의 긴 머릿결 위로 하얀 실밥이 묻어있었다.

"어머, 숙녀의 머리에 실밥이 묻어있네. 어쩌지?"

"급하게 나오느라 거울도 못 보고 나왔거든 오빠 얼굴 보고 싶어서…."

"화장을 안 한 얼굴이 더 예뻐 보이는데. 자연 그대로 긴 머릿결이 싱싱하고."

"고마워 오빠! 참 점심은…."

"아직…."

"오빠! 배고프더라도 조금만 참고 기다려. 오후에는 휴무 처리하고 외출복 갈아입고 나올게. 우리 저쪽 뚝섬유원지 가서 식사하고 산책해."

"아니야, 나 때문에 결근 처리하면 안 돼. 오늘은 서로 얼굴 보는 것으로 만족하고 다음에 또 만나."

"오랜만에 오빠를 만났는데 어떻게 아쉽게 그냥 헤어져? 잠깐 기다려."

금세 미영이는 옷을 갈아입고 쪼르르 내 앞에 나타났다. 그녀의 긴 머리가 바람결에 날리며 비누냄새가 코에 와 닿았다. 언제나처럼 미영이는 내 손을 꼭 잡아주었다. 손의 감촉이 따뜻하게 느껴졌다. 그러나 내 자신이 위축되어 손을 빼려했지만, 미영이 손에 점점 힘이 가해졌다.

"오빠 서울에 왔다는 소식은 벌써 들었어."
"어떻게?"
"오래전에 집에 내려갔다가 막내도 따라 올라왔어. 그때 소식을 들었죠. 오빠도 서울에 올라와 학원에 다닌다고. 그래서 서울 한 지붕 아래 살면서 만날 수 없으니 안타깝다고 넋두리를 늘어놓았죠. 그래 하는 일은 잘 되어가?"
"그냥 그렇고 그래."
"그런 대답이 어디 있어. 빨리 배워서 성공해야지 안 그래 오빠?"
"그래 말이야, 그런데 다 틀렸어 아무리 발버둥 쳐도 현실이 받아주지 않는 걸 어떻게 해."
"정말 힘들어 오빠?"
"조금."
"그럼 우리 집에 같이 있어. 우리랑 같이 생활하면 좋잖아. 우리도 덜 외롭고 오빠도 우리 곁에 있으면 덜 심심하고. 아무튼 우리 집에 가서 푹 쉬고 새로운 마음으로 시작해요."

그래서 미영이를 따라 암사동 아담한 주택에 별채로 방과 부엌이 딸린 그녀의 집으로 갔다. 미영이를 따라 대문을 열고 안으로 들어가자 하얀 발바리가 사납게 짖어대고 있었다.

"뽀삐야, 니무 짖지 마. 잎으로 같이 시낼 오빠야."

하고 말을 하니 알아들었는지 강아지는 꼬리를 흔들고 있었다. 주인집 강아지인데 너무 영리하여 말귀를 알아듣는다고 했다. 두어 평 남짓한 방에 들어가니 윗목에 비키니 옷장이 있고, 옆에 앉은뱅이책상이 엎드려 있는 위에 몇 가지 화장품이 가지런히 놓여 있었다.

"동생들은?"

"미숙이는 다른 회사에 나가고 막내 미현이는 나와 함께 일하고 있어. 들어오면 오빠를 보고 깜짝 놀랄걸."

9. 풍어의 굿

　배는 파도를 가르며 야간항해를 계속하고 있었다. 다른 날 같으면 벌써 몇 번 짚어보고 항해를 할 텐데 어디론가 계속 가고 있었다.
　우수수 우수수 갑판 위에 날려와 떨어지는 물보라가 선실 천정에서 똑똑히 들려오고 있었다. 명섭이도 잠이 든 모양이었다. 조금 전까지도 궁시렁 궁시렁 몸을 뒤척이면서 잠을 청하는 것 같은데 시근시근 숨 쉬는 소리를 들으니 깊은 잠에 떨어진 모양이었다. 나도 자고 싶다. 옆의 사람처럼 평화롭게 코를 골며 자고 싶다. 한숨 푹 자고 나면 몸도 개운할 것이고 냄새 때문에 메슥거리는 속도 좀 풀릴 것인데 왜 나만 잠을 제대로 못 자는 것일까? 어창으로 쓰는 선실 뚜껑을 열어 놓으면 항해하면서 밀려오는 바닷바람에 선실 안의 공기가 조금은 정화되겠지만 우수수 떨어지는 물보라 때문에 그럴 수 없었다.
　나는 뒤척거리다가 우의를 입고 선상으로 기어나갔다. 어느 곳을 지나는지 등대불이 빙글빙글 돌아가며 배의 길을 알려준다. 조그마한 어촌의 불빛들이 은은히 어우러져 있었고 먼 바다 쪽으로 끝물을 이루는 어로 작업등들이 깜박깜박 빛을 뿌리고 있었다. 나는 부릿찌 아래 쪼그리고 앉아 야경을 바라보았다. 확 확 어둠 사이로 쳐서 올라오는 물의 파편도 부릿찌가 막아주어 젖어 들지 않았다. 나는 다리를 깍지 낀 채 쪼그리고 앉아 눈을 감았다. 고리타분한 지하 선실에 비하면 밤공기가 맑고 좋았지만 여전히 잠은 오질 않았다. 날이 뿌옇게 새어오고 있었다. 어둠으로 가득하던 바다도 파도의 이랑이 보이기 시작했다. 굵은 이랑들은 뱃머리를 덜컹덜컹 들어올리고 파도의 파편들은 하얗게 튀어 올랐다. 갈매기들도 잠에서 깨었는지 한두 마리 날고 있었다. 차츰 육지도 선명하게 드러났다. 잠을 자던 선원들도 선실에서 꾸역꾸역 기어나왔다. 멀리 등대가 눈에 들어왔다. 포항 등대라는 것이었다. 본 선원 누군가 포항 항구로 들이대라는 연락이 왔다는 것이었다. 배는 축항 끄트머리 등대를 돌아 배들이 밀집되어있는 포항 항구로 들어서고 있었다.

부두에 뱃머리를 들이대자 대머리가 번들번들 윤이 나는 60대 초반의 사나이가 올라오고 있었다. 선주라고 했다. 몇몇 선원들은 허리를 접어 인사를 했다.

"여그까지 오셨구마이라. 어찌 멀리까지 오셨어라."

선원들이 머리를 조아리며 아부를 해도 그저 덤덤한 표정으로

"고생들 많았제, 고기도 제대로 못 잡고 말시" 하고 선장실로 들어갔다.

선장실에서 큰소리가 들려오고 있었다.

선주와 선장이 언성을 높이는 것이었다.

"뭐시 잘했다고 말대꾸여 엉? 니 같은 놈에게 배를 맡겨놓았다가는 수협에 배가 통째로 넘어가겠다. 여름내 수협에서 꿔다 쓴 돈이 얼마인 줄 아니?"

"고걸 왜 나한테 말합디요?"

"네 놈이 배질을 잘해서 고기를 푹푹 잡아 올려 만선해 봐라. 어서

그렇게 대출을 받나? 어획 부진하고 기름값에다 부식값에, 여름 한철 빌린 돈이 얼마나 되는 줄 알겠냐?"

선주는 고래고래 소리를 질러대고 있었다.

"운이 없는 걸 어떡하겠소? 어느 선장치고 고기 조금 잡고 싶어 하는 선장이 어디 있겠소. 다 만선하고 싶은 욕심은 똑같은 거지요. 이 배 운이 여기까지라 생각혀야지 안 그렇겠소?"

"운? 운 좋아하고 자빠졌네. 다 네놈 배질이 서툴러서 그런 건 자각 안 하고 그래 그 넓은 바다도 물 흐름을 보고 배를 바로 띄워야 고기가 올라오지 무조건 아무 데서나 배를 띄우면 고기가 올라오냐? 그 광활한 바다도 난류와 한류의 흐름이 다른데 그 기류 어디쯤인가는 고기가 우글거리는 황금어장이 있을 텐데, 바로 짚어야지 아무 데나 띄우면 고기가 올라오냐 말이다."

"그럼 지는 그 책임을 지고 여기서 그만 내려야것소."

선장이 고기 못 잡는 책임을 지고 하선한다고 말을 하자,

"무엇이 어쩌고 어째야. 여기 뱃사람들 생계가 다 네놈 손에 달렸어. 여기 사람들 다 굶어도 좋다 이말이제? 내릴라면 내리라. 네가 내린다고 내가 손이라도 싹싹 빌 줄 알았냐? 방귀 뀐 놈이 되려 큰소리를 친다더니 어디서 함부러 주둥이를 놀려."

선주의 얼굴에는 힘줄이 툭툭 튀어 나왔다. 선주와 선장이 신경전을 벌이며 소리를 질러대자 눈치만 보고 있던 사무장과 본 선원들이 말리고 있었다.

"왜들 이러신다요. 서로 조금씩 양보하면 되겠구만이라."

사무장과 본 선원들이 밀리자 선주와 선장은 침묵을 시키더니 무슨 의논이 있었는지 사무장을 부르는 것이었다. 그리고 어떤 지시를 내렸는지 사무장은 알겠다며 본 선원들과 뭍으로 나갔다.

알고 보니 너무 고기가 안 잡혀 풍어제를 지낸다는 것이었다. 목포로 돌아가 갈치나 멸치잡이를 하려고 했지만 아직까지 포항에서 오징어 작업하는 배들 중 톡톡히 재미를 보고 있는 배가 의외로 많다는 것이었다. 그러고 보면 아직까지 오징어가 포항 앞바다 어디엔가는 어장이 형성되어 있다는 것이고 바로만 짚으면 승산이 있다는 것이었다.

어디다 연락을 했는지 새파란 여인들이 배에 오르고 있었다. 무녀들이라고 했다. 평상복을 입은 그들은 무당이라기보다도 연예인처럼 우아하고 아름다웠으며 오랫동안 여자에게 굶주린 선원들에겐 생침을 넘기기에 충분했다.

곧이어 숫무당(남자)들이 올라왔다. 북, 징, 꽹과리 같은 민속 악기를 들고 올라왔다. 제물을 실은 선장은 배를 저쪽 항내 조용한 곳으로 옮겨 정박했다. 이 물 쪽으로 병풍을 두르고 제물은 차려졌다. 금방 주문한 떡시루, 과일상자, 돼지머리를 상에 올렸다. 비록 숨이 끊어진 돼지머리지만 살아서 꿀꿀할 것처럼 유난히 웃고 있다. 천 원짜리 지폐가 물려지고 선주와 선장이 절을 한다. 숫무당들이 징과 꽹과리를 열심히 두드리고 무녀복으로 치장을 한 무당들이 춤을 추기 시작했다.

"비나이다. 비나이다. 용왕님께 비나이다. 사해 대왕님께 비나이다. 안전항해 해주시고 풍어로 만선하게 해 주옵소서."

무당은 부채를 들고 방울을 흔들며 껑충거리며 뛰고 있었다. 정말 신에게 잡힌 것일까, 갑판 위에서 껑충거리던 무당이 배 난간에 올라서서 뛰고 있다. 금방이라도 바다에 빠질 것같이 아슬아슬하게 돌아간다. 그리고 물에 떨어지는 시늉을 하더니

"억울하다, 억울해. 내가 풍랑에 쓸려 바다에 빠져 희생되어 오랜 날을 떠돌다 배를 만나 영혼이나마 뭍으로 간다고 따라왔지만 나를

외면하고 지나다니 에잇 괘씸하다."

무당은 '푸~우' 하고 숨을 길게 토한다.

그럴 때마다 선주와 선장은 돈을 놓고 절을 한다. 시퍼런 지폐가 상 위에 가득 쌓인다. 숫무당들은 신이 나서 징과 꽹과리를 격렬하게 두드린다.

정말 신이 있는 걸까? 무당이 신에 실려 족집게처럼 모든 걸 알아낸다면 무당이란 그리고 신이란 존재를 무조건 무시할 수만은 없었다.

언제인가 속초 해역에서 조업을 마치고 귀향하는 길에 어떤 물체가 배 뒤로 따라오고 있었다. 나가는 탄력에 따라오는 것 같았지만 뿌연 새벽이라 무슨 물곰이나 물개 같은 것이 배에 받혀 죽은 것이 떠다닌다고 무시하며 그냥 지나쳤다. 그러나 나이 많은 선원은 배를 돌려 확인해 보자고 했는데 젊은 패들이 우겨 그냥 들어왔다. 그 후부터 조업이 점점 부진해진 것이다. 무당 말대로 물에 빠진 죽은 영혼이 굿의 효과로 이제라도 좋은 곳으로 인도되었으면 하고 바라는 마음이고, 그 영혼이 우리 배를 도와 풍어의 깃발을 꽂았으면 하고 웃어본다.

배는 새로 태어나는 기분으로 황금어장을 찾아 출발하고 있었다. 낮이 되어 화장이 일찌감치 준비한 점심식사를 하고 출발하는 어부들은 왠지 들뜬 기분이었고 선장도 멀리 나가 짚어볼 심산이었다.

초가을 들어서면서부터 고기다운 고기, 조업다운 조업을 제대로 못한 선장과 그리고 선원들은 지금이라도 흉어를 풍어로 바꿀 수 있다면 선원들 얼굴에 환한 웃음이 넘칠 텐데, 모를 일이었다.

선주도 함께 나갔다. 몇 년 전만 하더라도 선주가 이 배 선장을 하면서 여느 배 못지않게 풍성한 어획고를 올렸다는 것이다. 본 선원에 따르면 바닷속 오징어들의 노는 위치를 알아 그 위에 띄우면 어김없이 고기가 올라왔다는 것이다. 실력이 좋든 운이 좋았든, 목포 해왕호 하면 고기 잘 잡기로 이름이 났고, 비어있는 자리가 없어 선원들도 우쭐했다는 것이다. 지금은 선주가 회갑이 지나고 나이 들어 몇 년 전부터 지금의 선장에게 배를 맡겼다는 것이었다.

선주가 직접 지휘하는 동쪽으로 선수를 두고 치닫고 있었다. 울릉도 근해였다. 해가 핏빛 노을을 뿌리며 서산으로 숨어들고 있었다. 노을은 차츰 저녁 황혼에게 자리를 내어주지만 내일 아침이면 어김없이 빛을 발산하며 동쪽 하늘에서 떠오를 것이다. 저녁노을이나 아침노을은 언제 보아도 감탄사처럼 황홀하고 아름답다.

집어등이 켜지고 있었다. 일렬로 매달려 밝은 빛을 발산하며 고기를 유도하는 불빛은 몇 킬로 밖에까지 고기 길을 밝혀줄 것 같았다. 어른 머리통 크기만 한 전구 한 등만 밝혀도 가정용 백 촉짜리 열 개는 족히 될 터인데 그런 전구를 몇 십 개씩 부릿찌 위에 일렬로 달아 바다를 밝히니 얼마나 대낮 같으랴. 바닷속 부유하는 잡어들이 눈에 들어왔다.

어미고기, 아기고기 많이 모여 자유로이 놀고 있었다.

모두들 어구를 끌어내어 제자리에 달고 있었다. 선주도 선장도 부릿찌에 나와 주위를 살펴보고 있었다.

굿을 하고 어쩌면 굿의 효과를 톡톡히 볼지도 모른다는 믿음 때문에 신의 존재를 긍정하면서 열심히 물레를 돌리고 있었다. 그러나 아무에게도 고기는 올라오지 않았다. 어쩌다 한두 마리씩 물릴 뿐이었다. 산작꾸를 꺼내어 던져 넣는 선원도 있었다.

"제기랄 굿을 해도 고기가 안 잡히니 어찌된 일이야."

고물 쪽에서 한심한 푸념이 들려오고 있었다.

물 흐름을 알아서 배를 대어야 어장이 형성되어 있다고 선장을 호되게 나무라던 선주도 밤이 이슥하여지니 상이 우거지처럼 찌그러들고 있었다.

차라리 선장은 의기양양해 하는 눈치다. 난류의 기류를 따라 배를 잘 대어야 고기가 올라온다고 호된 꾸지람을 들었던 선장이다. 지금은 선주가 같이 승선하고 있는 이상 선주의 지시를 받아 배를 몰았고 또 어느 지점에 띄우라고 지시했을 것이다. 선주 말대로라면 떼고기가 푹푹 올라오면 지난번 못 잡은 것은 배를 잘 운영 못해 못 잡았다는 근거가 될 텐데 도무지 잡히질 않는다. 선장 마음은 차라리 선주 앞에서만큼은 절대로 안 잡히는 것이 마음 편할 것 같았다.

밤은 점점 깊어졌다. 모두들 기대에 찬 눈들이 실망으로 변했다. 나도 물레를 고정시키고 명섭이에게로 갔다. 명섭이도 담배를 꼬나물고 빈 물레만 꾸역꾸역 돌리면서 하품을 했다. 고기가 연신 올라오면 새벽까지 한숨 눈을 붙이지 않아도 졸음 따위는 절로 사라진다. 그러나 고기가 안 올라오면 그놈의 잠귀신은 왜 그리 성가시게 찾아오는지, 끄덕끄덕 졸다가 뱃전을 헛짚으며 깜짝 놀라 잠을 깨고, 또 졸리고 하는 게 연속이었다.

따르릉! 따르릉! 벨이 울리고 있었다.

모두들 낚시를 감아올리라는 신호였다. 새벽 한두 시는 되었을 텐데. 항구로 막바로 들어갈 리는 없고 다른 어장으로 이동하는 모양이었다. 이번에는 어느 해상에 띄워야 고기가 우글거리는 어장에 바로 댈까.

시골에서 이웃 아저씨들과 봉령이란 약재를 캐러 간 적이 있었다. 아이들 손가락 굵기만 한 강한 철사로 끝을 뽀속하게 송곳을 만들고 자루를 만들어 땅속을 쑤셔대며 봉령을 찾는다. 소나무 베어낸 그루에 뿌리 끝으로 진액이 흘러내려 응고된 것이 봉령이다. 소나무 베어

낸 뿌리 하나를 보고 여러 명이 둘러서서 쑤셔댄다. 멀리 뻗어 흘러내린 것은 50미터도 더 내려가 맺힌다. 수없이 많이 쑤셔서 송곳에 봉령이 맞아야 한 덩이를 캔다. 별것도 아닌 것이지만, 송곳 끝에 맞는 맛은 고기가 무는 손맛만큼이나 짜릿하다. 그렇게 백호천정이 되도록 쑤셔도 한두 개 캐는 사람이 있고 나머지는 모두 허탕만 친다.

오징어 배도 마찬가지다. 이 광활한 바다 어디엔가는 고기가 우글거리고 있겠지만 땅속에 숨어있는 봉령보다도 더 찾기 어려운 것이다.

배는 푸른 항해등을 켜고 어디론가 계속 항진하고 있었다. 먼 바다로 나가는지 육지로 들어가는지 콤파스를 보는 선장 외엔 아무도 모를 일이었다. 그래도 오랜 경험이 있는 선원들은 하늘의 별자리를 보고 대략 짐작한다는 것이다. 하늘에는 북두칠성 오리온 모든 별들이 자리를 지키고 은하수도 동서로 길게 뻗어 흐르고 있었다.

어디쯤일까, 배는 서서히 엔진을 낮추고 있었다. 그리고 집어등을 밝힌 아래는 졸린 눈을 비며대며 거두었던 어구들을 다시 다느라 분주하다. 선장은 풍을 던진 본 선원들과 뭐라고 지껄이는데 선주는 부릿찌에서 아예 밖으로 나오질 않았다.

풍어제를 올릴 때 무당이 뱃전을 사뿐사뿐 나비처럼 날지 못하고 바다에 빠질 것처럼 위태롭게 뱃전을 돌면서 용왕신과 해왕신을 제대로 못 모신 것 같고, 고지서를 태울 때 멀리 하늘 높이 날아가야 하는데 멀리 날아가지 않고 가까이 떨어지는 것이며 모두가 불길한 징조라고 했다. 천 원짜리 지폐를 한입 물고 있는 돼지머리가 유난히 크게 웃으며 금방이라도 살아서 돌아다닐 것 같은 좋은 징조라고 찬반의 길흉을 점치면서 배를 바로 세우기 바쁘게 낚시를 바다에 풀어 넣고 있었다. 달달달 낚시는 롤러를 타고 끊임없이 풀렸다가 또 감겼다. 그러나 고기는 이곳에도 올라오지 않았다. 오징어가 없다면 다른 고기라도 물어주어라. 방어나 농어나 복어 같은 다른 고기라도 잡아 술값이라도 벌 수 있으면 좋겠다. 그러나 다른 고기들은 단 한 마리라도 걸려 올라오는 법이 없다. 싱싱하게 꿈틀거리는 미끼를 끼워야 다른 놈들은 무는데 그러고 보니 오징어는 참 멍청하고 미련한가 보다. 먹지도 못할 쇠붙이를 먹이인 줄 알고 낚아채다가 최후를 맞고 보니 보기에는 민첩하고 영리하게 생겼지만 보기와는 정반대다.

새벽이 오고 있었다. 하룻밤 내 고기다운 고기를 잡지 못하고 또 하루가 지나가고 있었다. 모두들 팔에 맥이 풀린 모양이었다. 나도 힘이 빠졌다. 차라리 안 잡힐 바엔 빨리 뭍으로 돌아가 편안히 한숨이라도 자는 것이 더 편할 것 같았다.

새벽어둠이 서서히 걷혀갈 무렵 그래도 행여 미련을 못 버리고 돌려대던 몇몇 어부의 물레에서 몇 마리씩 오징어가 올라오고 있었다. 다시 집어넣자 이번에는 더 많이 낚여 올라온다.

"다데기다. 다데기다."

선원들은 다투어 서로 낚시를 드리웠고 끈끈하게 물려 올라오는 오징어로 배 안은 새로운 활력이 넘치고 있었다. 모두들 얼굴에 생기가 돌았고, 팔에 힘이 넘쳤다. 칙, 칙, 뿜어대는 오징어 먹물이 분수처럼 튀어 올랐다. 어떤 어부들은 항구로 들어간다고 갑바를 벗어놓고 있다가 미처 갑바를 입지도 못하고 물레를 돌리다가 오징어들이 뿜어대는 물에 흠뻑 젖었어도 춥지 않고 힘이 났다. 오징어만 많이 물려 올라오면 그만이었다.

새벽은 뿌연 어둠을 털어내며 동이 트기 시작했다. 해가 떠오르지 않고 줄기차게 오징어만 올라왔으면 좋겠다. 오랜만에 만난 다데기를 만선할 때까지 해는 바다 밑에서 얼굴을 내밀지 않았으면 좋겠다.

그러나 해는 어김없이 아침놀을 뿌리며 바다 위로 얼굴을 내밀고 있었다. 해가 떠오르자 대낮처럼 밝던 집어등도 햇빛에 밀리어 그 빛이 희미해졌고 활기차게 올라오던 오징어도 뜸해졌다. 아마도 오징어는 야행성이다 보니 낮으로는 해저 깊숙이 들어가 잠을 자는지 낮으론 물리는 법이 없다. 꾸준히 두어 시간만 물어준다면 만선의 깃발을 꽂고 개선하는 장군처럼 항구로 들어갈 텐데. 잠깐의 다데기로 많이 잡은 선원이 30여 두름, 그래도 그 어느 때보다 풍어였다.

 나도 잡은 고기를 대충 세어보았다. 28두름 11마리. 한 시간 남짓 낚아 올린 고기치고 짭짤한 수입이었다. 늦게라도 굿의 효과를 보았는지 아니면 선주 말대로 난류의 기류 어장이 잘 형성된 곳에 바로 대었는지 모를 일이었다.

 아침 해가 두어 발 떠오르자 오징어는 뚝 끊어졌다. 한 마리라도 더 낚아 올렸으면 하는 아쉬움으로 빈 물레를 돌리던 선원들도 하나같이 어구를 뱃전에서 떼어냈다. 그리고 뭍으로 향하고 있는 것이었다. 선장은 낮 동안 이곳에 풍을 놓고 기다리다가 다시 한 번 짚어보고 들어갔으면 하고 말하지만 얼음을 싣고 나오지 않은 이상 오징어가 하루를 넘기면 그 가치가 떨어질 것이고 하는 수 없이 선장은 조업한 위치를 해도에 잘 암기해 놓고 들어갈 것이다.

 대여섯 시간을 항해 끝에 항구에 들이댈 때는 한나절이 되어서였다. 모든 경매가 끝이 나고 상인들은 고기 상자를 다른 곳으로 운반하고 있었다. 고기가 많이 잡히지 않으니 오징어 금은 다른 데 비해 월등히 높다는 것이다. 아직 제 물량을 확보하지 못한 상인들이 우르르 몰려든다. 부리나케 고기 상자를 부두에 하역하고 경매사가 목청을 돋운다.

 "자 방금 들어온 싱싱한 오징어가 왔습니다. 울릉도 오징어 가격을 낮게 먹이면 차례가 안 갑니다."

 상인들이 둘러선 속에 경매사는 목청을 돋우고 청승을 부리고 있었다. 상인들은 손을 들어 손가락을 움직이며 얼마라는 금을 매기는 모양이었다. 그리고 몇 번이 낙찰되었다고 하자 모여 있던 상인들이 어느 결에 헤어졌다.

우리들은 배 청소를 말끔히 하고 식당으로 몰려갔다. 오늘은 특별히 고기를 좀 잡았으니 식당에서 외식을 하고 일찍 나간다는 것이다. 선원들 사기도 높일 겸 소주도 곁들여 한 잔씩 하고 미리 나가 그 위치를 잘 지키고 있다가 잡는다며 서두르고 있었다.

그 위치를 정확히 찾아낼 수 있을는지, 어쨌거나 콤파스로 방향을 잘 맞추어 나갈 것이다. 들어올 때 6시간 걸렸으니 나갈 때도 6시간 배질하여 다른 어선이 자리 잡기 전에 미리 나가 풍을 치고 정박해 놓을 것이다. 초가을의 해는 아직까지 바닷속으로 숨어들지 않고 붉은 노을을 뿌리며 늦장을 부리고 있었다. 배들이 지나가며 무어라고 손짓을 하고 있었다. 어쩌면 좋은 명당자리에 띄워 놓았다고 하는지 아니면 고기가 없으니 먼 바다로 나가라고 하는지 무어라고 손을 흔들며 지나가고 있었다.

성미 급한 선원들은 지난 새벽 떼고기를 생각하고 일찍감치 다이를 설치하고 바다 깊숙이 낚시를 풀어 넣어 본다. 아직 해가 지자면 한 시간은 더 걸릴 텐데. 오늘따라 낙조 시간이 지루하게 느껴질까.

해가 한 발은 남았는데 집어등이 밝혀진다. 선장 마음도 급한 모양이다. 선주는 고향으로 돌아갔는지 오늘은 안 따라 나왔다. 멀리 다른 배들도 집어등 빛이 반짝반짝 늘어난다. 선원들은 지난 새벽의 풍어를 기대하면서 물레를 열심히 돌려본다. 그러나 어군들은 어디로 가고 어쩌나 한두 마리씩 올라오고 있었다. 빌어먹을 새벽녘 나네기들은 다 어디로 도망쳤는지 아니면 선장이 방향을 잘못 짚어 엉뚱한 위치에 배를 띄워 놓았는지 도무지 알 수 없는 일이었다.

시간은 벌써 자정이 되어가고 있었다. 선원들 입이 딱딱 벌어지는 것이 보였다. 고기가 제대로 물려 올라오면 졸음 따위는 어디로 도망가는지 새벽녘까지도 눈들이 말똥말똥한데 고기가 안 물릴 때면 눈에 개가 풀린 듯 눈꺼풀이 무거워진다. 나도 눈이 자꾸만 감긴다. 눈을 감은 시야에는 미영이가 나타났다.

10. 미영이 자매들과 함께

나는 염치없이 미영이 집으로 갔다.

미영이, 미숙이, 미현이 세 자매가 아기자기하게 사는 집. 내가 들어가자 미숙이 미현이가 반가이 어깨에 매달린다. 막내 미현이도 단발머리 소녀가 아니었다. 오히려 언니들보다 더 우람하고 성숙해 보였다.

"오빠! 서울에 있으면 우리와 함께 살아요. 같이 있으면 우리도 덜 외롭고 오빠도 덜 심심하잖아."

그녀들도 미영이와 같은 의사였다.

"그래, 너무 너무 고맙지만 내가 오면 너희들이 불편하잖아?"

"아니야, 오빠가 우리들 지켜주면 우리도 든든하고 오빠도 덜 외롭고 여자들만 사는 것을 알면 못된 남자들이 가만 놔두겠어? 그래서 오빠와 같이 있으면 빈정빈정하는 놈들이 감히 넘보지 못할 것 아니야."

"그래, 내가 아무 자리라도 일자리 구할 때까지 같이 있기로 하자."

그러나 일주일이 지나고 열흘이 지나도 일자리를 구할 수 없었나.

나는 할 수 없이 그들의 신세를 지면서 함께 생활하기로 했었다.

그러나 단칸방이니만큼 잠자리에서 불편한 점이 이루 말할 수 없었다. 아무리 친남매처럼 생활하자고는 해도 따지고 보면 피도 한 방울 안 섞인 남남들이 아닌가. 잠자리만큼은 조심스럽고 불편했다.

 그래도 그녀들은 아랫목에 자리를 마련해 주는 것이었다. 나는 불편하여 윗목이 좋다고 올라가면 그래도 오빠가 어찌 윗목에서 자느냐며 떠밀리고 하다가 결국 아랫목에 눕고 만다. 그러면 또 옷을 벗고 시원하게 누우라는 것이었다. 다친 다리도 창피스럽고 또 불편해서 바지바람으로 자겠다고 고집을 부리면 자기네들이 불편해서 안 된다고 입을 모으며 보란 듯이 겉옷을 훌훌 벗어버린다. 그리고 잠옷으로 갈아입고 죽 눕는 것이었다.

 나는 그들과 그렇게 시작하고 있었다. 그들은 열쇠 하나를 내게 맡겨 놓고

 "집 잘 보세요. 볼 일 있으면 문단속 잘 하고 다녀오세요."

 하며 손을 흔들며 출근을 한다.

 그들을 보내고 나는 느지막이 시내를 배회한다. 학원에 미련 따위를 버려야 하는데도 그곳에 잠깐 들려보고 일자리를 찾아 헤매었다. 하지만 건강한 사람도 일자리를 못 구해 허덕이는 자가 얼마나 많은데 나 같은 장애자를 누가 채용해 준단 말인가. 길 건너 이층에 직업소개소 간판이 보인다. 망설이다가 그곳에 들려본다. 여자들, 특히 미혼녀들은 잘 소개되는데 나 같은 놈은 이런 곳에서도 무용지물인 모양이었다.

 충무로 4가 빌딩이 운집한 골목길로 접어들었을 때 빌딩 모서리에 붙여놓은 광고물이 눈에 들어왔다. '전자사원 구함, 능력 있는 자 우대함, 월 충분한 보수 보장됨' 전화를 돌려 보았다. 예쁜 여자 목소리였다.

 "사무실에 방문하여 영업부장님과 면담하기 바랍니다."

4층에 있는 사무실을 찾았다. 전화를 받던 여자와 남자 두 명이 앉아 있다. 차임벨, 인터폰, 개폐기, 도난방지기 등을 받아 설치해 주는 전자회사다. 내가 다리 장애가 있다고 사정 이야기를 털어놓자 보행에는 어려움이 없느냐고 묻는다. 타인들이 보기에는 불편스럽지만 보행과 일하는 데는 별 어려움이 없다고 말을 하자 그럼 이력서를 제출하고 내일부터 일을 해보라는 것이었다. 마음이 들떴다. 일자리가 있다는 사실과 과연 내가 이겨낼 수 있을까 하는 의문이 가슴을 두드렸다.

저녁 늦게 들어가니 세 자매가 모여앉아 저녁식사도 않고 나를 기다리고 있었다.
"왜 이렇게 늦었어? 오빠."
"돌아다니다가 을지로 방면에서 차를 타다 보니 곧바로 오는 차가 없어서 갈아타고 오다 보니 이렇게 늦어지네. 미안해."
"아니 그런 게 아니고, 오빠 오면 술도 한잔한다고 소주 한 병, 맥주 세 병 갖다 놓았거든. 그리고 오빠, 큰언니는 우리보다 오빠가 더 좋은가 봐. 오삼불고기 양념 재워놓고 오빠를 기다리고 있지 뭐야. 언니는 오빠가 더 좋은 모양이지….”
"설마, 언니가 너희들보다 오빠를 더 좋아하겠니? 동생들을 더 사랑할 테지. 아무튼, 고맙다."
"그건 농담이고 오빠 많이 드셔야 해요."
막내가 그렇게 말을 하고 있었다. 우리는 둘러앉아 식사하고 소주, 맥주를 따서 잔에 따랐다. 나는 소주를, 서들은 맥주를 잔에 가득 채우고 내게 건배 제의를 하라는 것이었다. 잔을 모두 들어 올렸다.
"이렇게 따뜻하게 베풀어 주니 너무도 고맙구나. 앞으로 화기애애한

속에 늘 건강하고 웃음 가득하길 바라면서 파이팅!"
서로 잔을 부딪쳤다.
"오빠도 건강하시고 모든 일 잘 되세요."
미숙이도 한마디 하고 있었다.
안집 아주머니는 다 큰 총각이 같이 생활하니 친남매인 줄 안다. 오빠가 와서 든든하겠다고 그리고 비둘기처럼 다정한 게 보기 좋다고 말했다. 그러나 때때로 그들의 마음을 상하게 할까 봐 걱정되었고 특히 밤으론 마음이 조여들곤 했다. 별로 방이 넓지도 않은데 윗목에 트렁크 비키니 옷장 같은 것이 있으니 세 자매가 누우면 적당한 자리를 내가 끼어드니 누우면 서로 닿을 정도다. 그래도 조금 후면 옆에선 새근새근 숨소리가 들린다. 모두들 잠이 든 모양이었다. 나는 몸을 뒤척이다 늦잠에서 깨어나니 동생들은 이불을 반듯하게 개어놓고 미영이는 부엌에서 아침 준비하느라 칼도마 소리가 똑딱인다.

아침을 먹고 나도 함께 출근을 한다. 천호동 시내버스 정류장까지 걸어가는 길은 행복하다. 동생들과 함께 팔짱을 끼고 정류장에서 나는 다른 노선버스를 탄다.

사무실에서 출근부에 도장을 찍으면서부터 경색된다. 오늘은 어디로 가야 좀 팔 수 있을까? 방향을 잘 잡아야 하는데 어디로 가려는지 뚜렷이 정해지지도 않은 길, 발걸음이 가는 데로 방향을 잘 잡아야 한다.

선배 사원들은 한결 발걸음이 가볍고 자신감 넘친다. 인간이 저토록 자신감 넘치고 생동감 있어야 하는데 나는 모든 것이 위축된다. 우선 걸음걸이부터 부자유스러우니 그렇고 마음도 잔뜩 움츠러든다.

을지로 쪽으로 걸어 올라간다. 회색 콘크리트로 높게 올라간 건물들, 저 안엔 숱한 사무실이 운집해 있고, 많은 사람들이 바쁘게 움직이고 있을 것이다. 나는 빌딩 안으로 들어선다. 그러나 수위들이 막고 들여보내질 않는다. 그래서 은행이나 무역회사 같은 큰 빌딩은 되도록 피하고 작은 빌딩을 골라 올라간다.

사무실마다 잡상인 출입금지란 표어들이 문마다 붙어 있어, 노크를 하기에도 마음이 움츠러든다.

그렇게 하루해를 보내고 사무실에 오면 다른 사원들은 열 몇 개씩 주문받았다고 한다. 나는 고작 두세 개, 영업부장 보기 민망하다. 부장은 첫 숟갈에 배부르겠냐고 차츰 하다 보면 이력이 생기고 좋은 결과가 있을 것이라며 위로한다.

집에 돌아오니 미숙이가 혼자 있다.

"오빠! 오늘 결과가 좋았어? 외판원이 생각보다 무척 힘이 든다던데…."

"그래, 네 말이 정말 맞는 말이야. 나같이 내성적이고 소심한 사람은 할 직업이 못돼. 가는 곳마다 나가 달라며 등 떠밀고, 방금 왔다 갔다 하고, 어디 비빌 데가 있어야지, 내 성격상 맞지 않아. 어디 한 자리에서 안전하게 하는 자리라야 되는데, 눈만 좋았어도 어느 인쇄소나 출판사 같은데 일자리를 구했을지 모르는데 나는 참 복이 없나 봐."

그때 미영이, 미현이가 들어오며 손을 흔들었다.

특히, 미영이는 자기네 자매끼리 있을 때보다 신경을 많이 쓰는 것 같았다.

퇴근길에도 두부나 콩나물 오이 같은 반찬거리를 사들고 왔고, 아침이면 일찍 일어나 앞치마를 두르고 밥 짓고, 반찬 하느라 분주하다.

내가 없으면 된장 하니 긴딘히 끓여 김치 놓고 오붓하게 먹을 텐데, 나로 인해 몇 가지 반찬 만드느라 출근 시간에 쫓겨 화장도 제대로 못하고 가는 그녀를 보면 안타깝고 미안할 따름이다.

때때로 그 바쁜 속에서도 내 의복이 느슨해 보이면 외판사원이 의복이 단정해야지 그래갖고 쓰겠냐며 다림질로 말끔히 다려주곤 한다. 외판이라도 잘되어 돈이라도 넉넉하게 수당에 잡힌다면 그에 대해 보답을 할 텐데….

오늘은 또 어느 방향으로 가야 잘 팔릴까, 영등포 방면으로 가려다 정릉 방면의 버스를 탔다.

딩동딩동, 차임벨을 울리며 주택가를 돈다. 호화스런 주택일수록 담장이 높고 담장 위론 날카로운 송곳이 막혀있어 잔뜩 위축된다. 저런 호화주택 사모님들은 나같이 가난한 사람에게 물건 하나 팔아주지 않을까? 초인종을 눌러본다.

"누구세요?"

사람은 보이지 않고 대문 어디선가 목소리가 들린다. 인터폰을 장착해 놓은 모양이다. 이런 고급주택일수록 내가 취급하는 전자제품은 모두 다 갖춘 모양이다.

호화주택단지를 벗어나 약간 경사진 골목으로 들어선다. 철대문마다 호화주택과는 다른 빈촌인 듯싶지만 그런 동네도 문은 굳게 닫혀 있고, 간혹 문이 열려 있는 집 앞을 서성거리다 보면 사나운 개들이 짖어대고 도둑으로 오인되기가 일쑤다.

하루 종일 피곤한 몸을 이끌고 다니다 저녁때 그녀들 집으로 돌아가면 내 마음은 다시 훈훈해진다.

"자 우리 밖에 나가 배드민턴 쳐요. 편 놀이로."

막내는 어디서 배드민턴 라켓을 들고 와서 편 놀이 내기를 하자는 것이었다.

"그래, 가위, 바위, 보로 편을 가르자. 이기는 사람끼리 지는 사람끼리."

미숙이가 말을 한다.

가위, 바위, 보, 미숙이와 내가 한 팀이 되고 미영이와 미현이가 한 팀이 되었다.

"그러면 지는 팀과 이기는 팀 어떤 약속이 있어야 할 게 아니야? 업어 주든지 아니면 맛있는 것을 사주든지, 지는 팀이 이기는 팀 청을 들어 주는 거야."

우리들은 길 옆 놀이공원에서 배드민턴을 쳤다. 모두가 서툴러 공이 엉뚱한 방향으로 날아가면 서로 깔깔거리며 공을 주워온다.

한참을 치다보니 미현이가 우리보다 한 수 위고 그 때문에 우리 팀이 지고 말았다.

"자, 업어준댔으니 업어줘."

미현이가 등에 매달린다.

"자식, 무게가 제법 나가는 걸."

나는 미현이를 업고 집까지 뚜벅뚜벅 걸어갔다. 그녀는 등에 업혀 까르르 웃으며 좋아라 했다.

"오빠 힘들어 내려!"

뒤에서 미영이가 소리치지만, 미현이는 더 끈덕지게 매달려 응석을 부린다.

"우리가 졌으니 아이스크림이나 사다 먹자."

내가 지갑에서 몇 천 원 꺼내 미영이에게 건네자 미영이와 미숙이가 가게로 들어간다. 그리고 아이스크림, 맥주를 비닐봉지에 가득 담아 왔다.

"오빤 맥주, 우린 아이스크림."

"배보다 배꼽이 더 크다더니 이긴 팀이 더 샀네."

"맥주 몇 병 더 썼을 뿐인데 뭐."

우리는 즐겁게 시간을 보냈다.
그렇게 하루하루를 보내면서도 아직도 잠자리에서만큼은 조심스럽고 어색하고 힘들었다. 그들은 친오빠처럼 아무런 거리낌 없이 겉옷을 훌훌 벗어 던지며 갈아입고 눕지만 나는 바지를 입은 채 밍그적거리다 그들의 성화에 마지못해 잠옷을 갈아입고 눕는 것이다.
어느 하루는 윗목이 더 편할 것 같아 윗목에 누워 있다가 미현이에게 밀리어 중간에서 자게 되었다.
미현이는 윗목은 자기가 맡아놓은 터줏대감이라면서 미현이 역시 답답하여 가운데는 못 잔다고 나를 가운데로 떠내미는 것이었다.
"그럼 잘 되었네. 오빠가 가운데 자면 우리가 더 스스럼없이 오빠 팔베개도 하고 호호호. 그럼 오빠가 더 힘들 텐데…."
"팔베개를 원하면 셋 다 해줘야 하는데 팔이 두 개밖에 없어 누가 양보하지…."
"하나는 길게 뻗어 둘이 베면 되잖아."
그들은 그렇게 까르르 웃어댔다. 새벽녘 잠에서 깨어 보면 팔이며 다리가 목덜미며 배에 올라와 있을 때도 있다. 그럼 그들이 깰까 봐 살며시 팔을 들어 바로 해주고 이불을 끌어 덮어준다. 그럴 때는 불미스럽게도 나의 남성은 꿈틀거리곤 한다. 발기된 성기를 움켜쥐고 그녀들이 알까 봐 죄스러워하며 언제까지고 그녀들을 잘 지켜야 한다고 마음먹곤 한다.
이제 이십 대의 나이이니만큼 뜨거운 피가 펄떡펄떡 온몸을 회전하고 있는 이상 남성의 발기란 이상할 것은 하나도 없다. 그렇지만 그 순간을 어떻게 잘 넘기느냐가 문제고, 내가 지켜야 할 사명이라고 다짐하곤 한다.
"오빠 우리 사이에서 비좁아 제대로 잠도 못 잤지?"

그들은 그렇게 말을 하며 이부자리를 개고 있었다.

"아니, 처녀들 가운데 자니 행복해서 잠이 더 잘 오던걸."

"그럼 오빠 자리를 영원히 가운데 해 줘야겠네."

우리 모두는 그렇게 웃어 젖혔다.

쩔룩쩔룩. 정상인과는 다른 걸음으로 아무튼 그렇게 절름거리면서 나로 인해 그녀들 마음까지 거북스럽지 않을까 걱정을 하지만 그들은 오히려 내 기를 살리려고 호호거리고 즐거운 웃음을 늘 선사하고 있는 것이었다.

하루는 안집 아주머니가 내 쩔룩이는 다리를 보고 갑작스레 다친 줄 알고 접질린 덴 한의사에게 동침을 맞아야 한다고 걱정 어린 표정으로 말을 했다. 나는 얼굴이 공연히 붉어지면서 어물어물 변명을 찾고 있는데 미영이는

"네, 나무에 올랐다가 그만 떨어졌는데 그렇게 나아지질 않아요. 그래서 서울에 올라왔어요."

"저런 쯧쯧, 어서 병원에 가서 치료해야지 하잘 것 아닌 것도 오래 내버려 두면 큰 상처가 될 수도 있다니까."

"예. 큰 병원엘 가서 진찰받아 보아야 할 텐데요."

어쩌면 미영이는 내 속을 빤히 꿰뚫은 것처럼 내가 하고 싶은 말을 다 하고 있었다.

인쇄소나 출판사 같은 안정적인 곳에 취업하고 자리가 잡히면 큰 병원엘 가보고 싶었다. 어쩌면 장애가 점점 더해가는 이 다리를 치료하고 건강한 삶을 살고 싶은 것이 내 염원인지도 모른다.

그러나 눈까지 나빠지시고 점점 쇠뇌해살 때 미영이 자매들을 만나 새로운 삶을 개척하고 있었다.

지금 내가 하고 있는 이 외판원도 장사만 잘 되고 잘 풀려나간다면

10. 미영이 자매들과 함께 • 115

출판사나 인쇄소에 비할 바가 아니었다. 하루 7~8개 더 나아가 10여 개만 주문받는다면 회사에 원 임금 주고 내 마진 떨어지면 시시한 월급쟁이보다 나을 것이다. 그래서 저축을 하고, 그 저금이 모아지면 병원엘 드나들며 알아볼 텐데. 그럴 수 없는 게 가슴 아팠다.

11. 포장마차에서 패싸움

한밤중이 지나자 배는 다시 이동을 하는 것이었다. 지난 새벽 반짝하는 다데기로 그래도 독특한 재미를 보면서 이제사 굿의 효과를 본다고 모두들 입을 모았는데, 어장을 잘못 짚은 것인지 고기는 올라오질 않았다. 들어갈 때 콤파스 방향을 나올 때 그대로 맞추어 놓았을 것인데, 어군들은 다 어디로 도망쳤단 말인가. 배는 다른 방향으로 이동하는가 싶더니 얼마 안 가 배를 세우고 집어등을 밝혔다. 분명 이 지점을 벗어나면 안 된다는 선장의 계산인 모양이었다.

풍을 올렸다. 끄집어 내리고 다시 바다에 던지고, 그 긴 천을 다루는 것도 자주 이동할 때마다 본 선원들의 애로사항은 이만저만이 아니었다. 저녁 내내 새벽까지 고기가 꾸준히 올라오면 한 번 바다에 던진 풍을 새벽녘 귀항할 때 걷어올리면 되는 것인데 고기가 안 올라올 때는 하룻저녁에도 몇 번씩 노브리를 해야 하기 때문이다.

배를 세우고 집어등을 밝히면 선원들은 들뜬 기분으로 낚시를 풀어 본다. 한 시간 정도는 꾸준히 심부를 한다. 한 시간이 지나고 두 시간이 되면 팔에 맥이 빠지고 고기가 안 잡히면 에라 모르겠다, 자포자기로 물레를 고정시킨다.

그런데 이곳에 정박하고 풍을 넣고 집어등을 밝히면서 고기가 심심
찮게 물어준다. 여기저기서 오징어의 물줄기가 분수처럼 솟아오른다.
여기가 어제 새벽 바로 그곳인가? 그렇게 줄줄이 물려오는 다데기는
아니지만 그래도 꾸준히 한번 감아올릴 때 대여섯 마리씩 낚여 올라
오고 있었다. 이렇게 새벽까지 물어 준다면 못 낚아도 30두릅은 족히
낚아 올릴 것 같았다.
　맥이 풀려 담배만 피워 물던 선장도 힘이 났다. 초저녁부터 질경질
경 담배 필터만 씹으며 꺼덕거리던 산작꾸를 집어치우고 도모(선미)
에서 열심히 물레를 돌려대고 있었다. 낚시에 물려오는 오징어 먹물
이 선장의 얼굴을 쏘아대고 있었다. 푸 하고 목에 걸었던 수건으로 쓱
문지른다. 까짓것 먹물이 얼굴이며 목덜미에 튀더라도 많이만 잡혔으
면 좋겠다고 껄껄거린다.
　자리마다 쌓여가는 오징어들을 보면서 우리는 즐거웠다. 꿈틀거리
는 오징어들은 고무풍선처럼 부풀렸다가 줄어들며 피피 거리다가 풍
선 바람 빠지는 소리를 내면서 죽어갔다. 초저녁에 정박해 놓았던 바
다의 거리는 불과 몇 킬로 떨어지지 않았는데 고기가 올라오고 안 올
라오는 차이가 믿기질 않았다.
　그렇게 며칠을 그곳 어장에 드나들며 짭짤한 수확을 올리고 있었다.
하룻저녁 30~40두릅. 부두에 대기 바쁘게 경매가 이루어지고 그 어
느 때보다도 값이 좋아 늦게나마 선원들 얼굴에 생기가 돌고 있었다.
며칠 더 짚어보고(조업을 계속 한다는 뜻) 목포로 돌아가 멸치나 갈치
잡이를 한다고 말은 했지만 굿 덕인지 솔솔 올라오는 오징어가 끊이
지 않으니 계속 머무는 모양이었다.
　십여 일 동안 짭짤한 풍어로 인한 지불금을 주길래 얼싸 하고 젊은
선원 몇이서 죽도시장 안쪽으로 술 한잔하러 나갔었다. 갑자기 주머

니에 현찰이 들어있으니 마음이 뿌듯했고 우쭐했다. 기왕이면 다홍치마라고 방석집으로 들어갔다.
"어서 오세예."
경상도 말씨를 쓰는 앳된 아가씨가 맞는다.
나는 잔뜩 위축이 된다. 절룩이는 다리도 그렇지만 며칠째 목욕을 못해 몸에선 오징어 썩는 냄새가 문신처럼 배어 아무리 씻어도 저 아가씨들에겐 코를 못 들 판인데도 아랑곳하지 않고 생글거리는 젊은 여인들. 우리 일행은 다섯인데 아가씨는 세 명밖에 없었다. 아가씨가 적은데 다방 아가씨라도 부르겠다는 것이었다.
"됐어, 됐어. 아가씨들이 예쁜 것을 보면 마음도 예쁘겠는걸."
명호가 한마디 하면서 술을 청했다.
"우린 고급 손님이 아니야. 한마디로 바다에 드나드는 천한 뱃놈이야. 그러니 안주도 적당한 걸로 갖고 오고, 술은 소주야 알겠지?"
"네. 알았습니다."
그녀들은 아직 이런 곳에 많이 오염되지 않은 듯싶었다. 뱃놈들 거친 농짓거리에 대항을 못하고 손으로 입을 가린 채 살짝 웃으며 네네 하는 그들이 더욱 순하게만 보였다. 우리는 간단히 하고 밖으로 나왔다. 그리고 이차로 포장집으로 향했다. 물론 방석집에서 마시는 것이 분위기도 좋고 술맛도 좋겠지만 주머니 사정을 생각했다. 고급술에 비싼 안주보다는 포장마차에서 닭발 안주해서 주머니 걱정 안 하고 넉넉하게 먹고 싶은 계산이었다.
"뭐니 뭐니 해도 포장마차 술이 제맛이랑께."
덕배가 뇌까리면서 술을 주문하고 있었다.
"요즈음처럼 오징어가 푹푹 낚여주었으면 고 가스나들 가만 두지 않았을 텐데. 그놈 돈이 있어야제."

그렇게 허허거리며 전라도 사투리로 이야길 주고받는데 맞은쪽에서 한 패가 시비를 걸어오고 있었다.
"거 씨팔, 더럽게 시끄럽네. 이 가게 너들 전세 냈냐?"
하고 거칠게 내뱉는 것이었다.
"우리 보고 허였소?"
"그럼 여기 너들 외에 또 누가 있단 말인가? 조용히 마시라 경고하는 거여."
"허허, 허파 뒤집히네. 가만있는 사자 코털을 쑤셔야."
다혈질로 직선적인 명호가 욱 하고 일어섰다.
"술 취한 사람 갈바 봤자 우리도 똑같은 사람 돼. 우리가 참자고. 인내하는 사람이 이기는 거야."
내가 만류를 하자 자리에 앉았다.
"저런 것들 참아봤자 우리만 병신 되고 속 터진다고. 저런 것들은 혼쭐을 내놔야 하는데…."
"아무 소리·말고 술이나 마시자고. 오랜만에 포장마차에서 마시는 술인데 기분 좋고 맛있게 마셔야지 안 그래?"
"그래, 정호 말이 맞아. 모른 체하고 술이나 마시자고."
명섭이가 덧붙이고 있었다.
"야, 이 좆만 한 것들 보이는 것 없냐? 이 새끼들아."
비틀비틀 우리에게로 다가왔다. 우리는 못들은 체하고 술을 마시고 있었다.
"너들 어디 족속이야? 어디 족보냐 이거야? 새끼들 죽여 버릴 거야."
그들이 시비를 걸어오자 포장집 아주머니는 안절부절못하며 우리에게로 다가왔다.
"참으소. 참으면 이기는 기라예. 제발 좀 참아 주이소."

아주머니 말에 명호도 명섭이도 덕배도 아무 말 없이 인내하며 술만 마셨다.

그때였다.

"야 이 전라도 새끼들아, 왜 말이 없어? 기가 죽은 모양이지, 새끼들…."

그는 우리 술상을 홱 밀어젖혔다. 안주 접시며 술병이 우르르 떨어졌다.

"씨벌, 참으려 해도 도저히 안 되겠네."

명호의 주먹이 놈의 턱주가리로 날아갔다. 놈은 비틀하더니 꼬꾸라졌다. 옆에 있던 놈들이 병을 깨어 날렸다. 다행히 병을 보고 피한 것이다. 덕배가 병을 던진 놈을 사정없이 갈겼다. 포장 안은 난투극으로 아수라장이 되었다. 치고받고 엎어져 뒹굴고 그렇게 혈전을 벌였는데 호루라기 소리가 나고 있었다. 경찰들이 온 모양이었다.

"토끼자."

우리는 골목을 빠져 부두 쪽으로 뛰고 있을 때 누군가가 내 목덜미를 낚아채고 있었다. 경찰관이었다. 모두들 줄행랑을 놓고 절룩거리며 미처 따라 뛰질 못한 내가 애꿎게 잡힌 것이었다.

"따라와!"

경찰관은 무슨 죄수라도 잡은 양 곤봉을 휘두르며 거칠고 딱딱하게 말하고 있었다.

"어디 놈들이야? 바른대로 말해. 알았어?"

"저는 아무 잘못이 없습니다."

"뭐야? 이 자식이. 사람이 저렇게 피투성이가 되었는데 잘못이 없어?"

나는 죽도 파출소에 연행되어 혼자 고초를 겪고 있는 것이었다.

조금 후에 얻어맞은 놈들이 끌려왔다. 아직 술에 절어 횡설수설하다가 나를 보고 칠 듯이 덤벼들었다.

"새끼들 다 어딜 갔어? 죽여 버릴 거야."

하고 주먹을 휘두르자 경찰관이 제지를 하고 있었다.

"똑같은 놈들이야. 왜 싸움박질이야?"

경찰관이 그들을 제지하고 있을 때 명섭이 명호 덕배가 나타났다. 내가 경찰에게 잡힌 것을 알고 파출소로 찾아온 것이다.

"내가 때렸습니다."

명호가 나를 밀치고 경찰관 앞으로 나서자 맞은 놈과 패거리가 우르르 달려들었다.

"가만히 앉아, 가만히!"

경찰이 그들을 가로막고 있었다.

"조용히 술을 마시고 있는데 시비를 걸어오고 상을 둘러엎었습니다. 그래서 한 주먹 날린 것입니다."

"사실이야?"

그들은 아니라고 고함을 쳤고 그 사실을 규명하기 위해 경찰관 한 명이 현장에 다녀왔다.

"당신들이 먼저 시비한 것이 맞구먼. 우리가 다 조사해 봤어. 진단이고 뭐고 먼저 시비를 걸었으니 당신들이 가해자야. 알았어?"

경찰관은 그들을 호되게 나무랐고 우리는 풀려날 수 있었다.

배는 우리 때문에 하룻저녁 조업을 못 나갔다. 선장과 사무장에게 미안했다. 다음날 한나절이 넘어 배가 막 출항을 하려고 준비를 하고 있을 때 느닷없이 건장한 청년들이 각목을 들고 배로 들이닥친 것이다. 어제 저녁 포장마차에서 당한 놈들이 다른 패거리와 합류하여 보복을 하러 온 것이었다.

"새끼들, 너들을 얼마나 찾았는지 알아? 작살을 낼 거야."

하면서 몽둥이를 마구 휘두르는 것이었다. 우리는 대항할 아무 준비 없이 젊은 사람들은 도망쳤고, 기관장과 본 선원 한 명이 각목에 맞고 쓰러졌다.

"새끼들 다 찾아 죽여."

나는 먼저 뛰어 다른 배 뒤로 숨어버렸다. 그들이 성난 맹수처럼 우리를 찾고 있을 때 명호, 덕배, 근형, 규철 몇몇은 어디서 구했는지 몽둥이를 들고 그들과 대항하고 있었다. 목포에서도 알아주는 건달패에서 놀던 사람들이라 기가 죽거나 꺾이질 않았다. 각목으로 때리고 갑판에 쓰러지고 도망치다 바닷물에 빠져 허우적거리고 아수라장이었다. 덕배도 머리를 맞아 피가 흐르고 있었다. 우린 또 경찰서로 연행되어 갔다. 기관장과 본 선원, 덕배는 병원에서 치료를 받고 돌아왔고 우리는 조사를 받았다.

"이 사람들 유치장 맛을 봐야겠구먼."

경찰관이 큰 소리로 말하고 있었다.

"남자대 남자가 서로 끝났으면 되는 것이제 또 몽둥이를 들고 우리 배로 쳐들어 왔응께, 어쩐다요. 우리만 당하란 말이오."

그쪽 놈들도 몇몇 다쳐 병원에 입원해 있으니 합의를 보라는 것이었다.

"우린 아무 잘못도 없고 가진 게 없응께 유치장에 보내든지 감옥에 보내든지 맘대로 하시요잉."

"어허, 이 사람들이 뭣을 잘했다고 이젠 배짱으로 나오네."

"그럼 몽둥이를 갖고 와 난동을 부리니 그렇게 된 게 아니오. 우린 잘못이 없응께 아무 조치라도 내리시우. 하라는 대로 할 텐께."

다음날 사무장이 찾아왔다. 사무장과 담당 경찰관과 어떤 합의를 보았는지 우리는 풀려났다. 선장은 우리 때문에 골치가 아프다고 싸움박질이나 하려거든 이 배에서 내리라고 호통을 치고 있었다. 그러면서 이곳 포항을 떠나 다른 곳으로 간다는 것이었다.

"너들 때문에 그 놈들이 언제 또 나타나 깽짜를 부릴지 몰라 이곳을 떠난다"는 것이었다. 어쩌면 이곳을 떠나 부산이나 아니면 멀리 목포로 가리라 생각했었는데 또다시 조업하던 방향으로 나가고 있었다. 아마도 그곳에 미련을 못 버리고 더 조업을 하다 돌아갈 모양이었다.

며칠 동안 잔잔하던 파도가 다시 일고 있었다. 파도가 높을수록 고기가 많이 잡힌다고들 하는데 오늘은 얼마나 만선을 할까. 하얗게 파도가 이는 바다에는 만세기(돌고래과의 대어)들이 빠르게 이동하고 있었다. 돌고래과의 놈들은 산소를 호흡하여 내달리기 때문에 얼핏 보면 둥근 바퀴가 굴러가는 것처럼 보였다.

고기는 절로 탐탁하게 올라오질 않았다. 아무리 꾸준히 돌려도 빈 롤러만 달달거리며 소리를 낼 뿐이었다. 나는 또 졸음이 오기 시작했다. 항해하는 동안 조금이라도 자려고 눈을 감으면 오히려 잠이 멀리 도망쳐 눈만 피곤하다. 고기를 낚으려면 졸음이 오는 까닭은 무엇일까. 샘물처럼 투명한 바닷물을 한 두레박 퍼 올려 세수를 한다. 그리고 수건으로 얼굴에 염기를 닦아낸다. 식수통에 물이 충분하면 해수로 씻고 바가지로 조금 떠 염기를 닦아내면 되지만 식수통에 물은 며칠째 받지 않아서 반이 넘게 줄어있었다. 며칠째 고기가 올라오지 않으니 물도 신경 쓰지 않고 먹던 물을 그대로 싣고 나오는 모양이었다.

바다에서 식수는 그 무엇보다도 귀중하게 다루고 아끼는 것이었다. 혹시 기관 고장이나 혹은 스크류에 그물 쪼가리라도 걸려 표류하는 날엔 물보다 더 귀중한 것이 없기 때문에 너나 할 것 없이 물을 아끼고 있다. 그러기에 양치할 때도 조그마한 쪽박으로 하라고 옆에 별도로 걸어놓았다.

"고래고기 안주해서 술 한잔 하이소."

다음날 들이댄 항구에는 앞치마를 입은 아주머니들이 좌판에 고기를 놓고 소주를 팔고 있었다. 구룡포라고 했다. 포항보다는 작지만 그래도 다른 여느 어촌보다 규모가 큰 편이었다. 고래잡이가 한창 성황을 이룰 때는 굵직한 포경선들이 고래잡이로 성황을 이루었다. 그러나 고래 포획이 금지되고부터 이곳 포구도 찬바람이 일고 있었다. 고래 해체작업을 하던 해적장도 녹슨 크레인과 을씨년스런 집만 있고 포구는 몇 척의 오징어 배들로 한산하고 쓸쓸했다. 목포로 돌아갈 때까지 조업한 고기를 포항 부두에 하역하고 경매를 보며 며칠을 더 조업할지 모를 형편이었다. 뒷골목 깡패들과 치고받고 싸우는 바람에 기관장과 본 선원 한 명이 그들의 몽둥이에 맞아 크게 다쳤고 우리들이 휘두른 몽둥이에 맞아 쓰러지고 도망치다 물에 빠져 허우적거리며 올라오는 것을 바다에 도로 주워 넣는 뱃놈들의 행패. 우린 그들의 보복이 두려워 피신하듯 이곳 구룡포로 나왔는데 포항보다는 영 쓸쓸한 느낌이었다.

아직도 포항은 고향으로 돌아가지 않은 오징어 배들이 아침 일찍 많이 모여들어 경매에 힘이 붙었고 또 이곳은 건조하는 지방상인들 몇이 경매를 하기 때문에 오징어 가격이 아주 낮게 책정되곤 했다. 선장은 이곳에서 며칠 들락거리다 부산 남항으로 들어갔다.

다른 어떤 항구보다 활기가 넘쳤다. 큰 원양어선들이 부두에 대고 냉동된 고기들을 하역하고 있었다. 어디서 들어온 배일까, 태평양에서? 아니면 인도양에서? 더 멀리 대서양에서 냉동된 고기를 가득 싣고 와 고기를 풀고 또 언제쯤 출항을 할까. 적어도 뱃놈이 되려면 저렇게 위용이 넘치는 배를 타고 태평양 인도양을 누벼야 된다. 악천후의 파도를 넘나들며 대어를 낚는 뱃놈이라야 하는데 고작 고기 새끼에 불과한 오징어를 찾아 바다를 헤매니 무슨 뱃놈이라 할 수 있을까. 그것마저도 부산에서 끝마무리를 맺고 목포로 돌아간다는 것이었다. 부산에서 하선할 사람을 보내고 선원을 재구성하여 멸치잡이를 한다는 것이었다. 나도 따라갈까 망설이다가 부산 영도가 집이라는 이 씨가 남항 자갈치에서 내리자 나도 부산에서 내렸다.

명섭이는 자기와 같이 전라도에 가서 어떤 일이고 같이 해보자고 했지만 마음이 내키질 않았다. 자갈치 시장 노점에서 꼼장어 구이를 한판 시켜놓고 이별주를 마시면서 서로 아쉬워하면서 건배를 했다. 그리고 우린 헤어졌다.

나는 대현동 누님 집으로 향했다. 대현동에 누님이 살고 있었다. 누님집에서 며칠을 푹 쉬며 새로운 길을 모색해 보려고 마음먹었다.

나를 보자 누님은 깜짝 놀라고 있었다.

"어찌 된 거야 응? 풍문에 배를 탄다고 들었는데 그 말이 사실이니? 왜 그런 위험한 짓을 하고 있어?"

나는 누나 보기가 민망했다.

"누나, 생각보다는 달라. 남들이 보기엔 위험해 보여도 별로 위험하지 않아. 파도 따라 갈매기를 벗하며 마도로스 생활이 얼마나 재미있다고. 매형은?"

"회사에 나갔어."

"누나 집에서 며칠 푹 쉴 참이야."

"그래, 푹 쉬고 집으로 올라가. 아버지 어머니가 얼마나 걱정하시는데. 그리고 종종 안부 전해."

"미안해 누나, 바다에서 안부 편지 안 하는 것이 오히려 나아. 바다에서 배를 타는 것을 알아봐. 아무것도 아닌데 괜히 부모님 마음 더 편하지 않을 거야. 그래서 연락 끊었어."

"그래, 미영이와는 서로 연락하니? 미영이에게도 편지해 줘. 너한테 얼마나 잘해주니."

"다 마음 아픈 일이야. 솔직히 미영이를 잊기 위해 배를 타는지도 몰라. 이루어질 수 없는 사랑은 빨리 잊어야 하잖아."

"그래 네 마음이 그렇다면 어쩔 수 없지만, 그러나 미영이처럼 마음 고운 아가씨 어디 또 있겠니."

"너무 마음 착하니 나 같은 인간에게까지 호의를 베풀지 다 내게는 필요 없는 짓거리야. 배를 타고 마음이 안정될 때 그때 집으로 돌아갈게."

누나 집에서 며칠을 쉬었다. 매형도 공연히 사서 고생하지 말고 집으로 돌아가라고 권유했다.

며칠을 푹 쉬고 가방을 챙기자 누나는 집으로 돌아가라며 차비를 넉넉히 주면서 타일렀지만, 집으로 가기가 싫었다.

12. 울릉도를 찾아서

어디를 가야 하나, 어디를 가야 마음이 가장 편하고 안락할까. 나는 망설임 끝에 포항행 버스표를 끊었다. 해상에서만 바라보던 울릉도에 들어가 조용히 살고 싶다는 생각이 문득 들었기 때문이었다. 아직까지 섬에는 인간의 발자취와 때가 묻지 않았을 것이다.

포항에 도착하니 오후가 되었다. 여객선 터미널을 찾아 알아보니 한일호와 청용호가 번갈아 하루 일 회씩 운항한다는 것이었다. 출발시간은 오후 5시, 아직 출발까지는 5시간 남아 있었다.

출항시간까지 기다리는 시간이 너무 길어 얼마 전 죽도시장 포장마차에서 일어났던 일들을 회상하며 죽도시장을 한 바퀴 돌아보았다. 술에 취해 난동을 부리면서 술상을 쓸어 엎고 소란을 피울 때 다 파괴되었던 집들이 깨끗하게 단장돼 있었다. 내부 파괴되었던 집기들은 어떻게 변상 받았을까, 아직 낮이기 때문에 포장마차 안은 사람은 보이지 않지만 장사는 여전히 잘 되는 모양이었다.

포장마차 촌을 돌아 부두로 나왔다. 부두에는 아직 오징어 배들이 몇 척 터 지킴이처럼 항구를 지키고 있었다. 부두를 지나고 어판장을 지나 여객선 대합실로 왔다. 몇 시간 전까지 한산했었는데 사람들이

꾸역꾸역 모여든다. 시계를 보니 4시가 넘었다. 보따리를 무겁게 지고 꾸벅꾸벅 걸어오는 할머니, 무슨 짐이길래 저렇게 힘들어 보일까. 울릉도에 사는 할머니일까. 아니면 육지에 사시는 할머니가 울릉도에 아들이나 딸이 있어 다니러 가는 길일까. 울릉도는 쌀이 귀하다더니 쌀 몇 말을 지고 배 타러 온 것일까. 젊은 사람이 무겁게 지고 가는 것은 보기 좋은데 등이 굽은 할머니가 지고 가는 것은 너무도 역겨워 보였다.

 크고 작은 짐들이 개찰구 앞에 죽 잇따라 놓여진다. 사람들이 점점 북적거린다. 나도 표를 끊었다. 배는 문이 열리고 무거운 짐들은 크레인으로 싣고 있었다. 조금 후에 개찰구 문이 열리고 배와 축항에 걸쳐 있는 승강구를 따라 승객들이 배에 오르고 있었다. 2등실 표를 끊어 주머니에 넣고 사람들 뒤에 붙어 서서 늦게 배에 올랐다. 해상에서만 바라보던 외로운 섬 울릉도. 과연 울릉도에 들어가서 무엇을 하며 생계를 유지해야 할까, 많은 생각들이 머리를 비집고 돌아갔다.

 뚜우~ 뚜우~ 뱃고동이 길게 울면서 배가 서서히 움직이기 시작했다. 부두에서 손을 흔들어 주는 사람들과 선상에서 흔들어 주는 사람, 아쉬운 작별 속에서 배는 물살을 차고 서서히 바다로 나가고 있었다. 갈매기들이 낮게 비상하면서 뭐라고 끼룩거리고 있었다.

 육지가 점점 멀어지자 선장에 모여 있던 사람들이 선실로 들어가고, 몇몇 남은 사람들만 해풍을 즐기고 있었다. 이제 해도 몇 발 남지 않았다. 해는 바다와 가까워지면서 홍시 빛으로 물들어가더니 희미한 산속으로 한숨처럼 잦아들고 있었다.

 나도 선실로 늘어갔다. 계단을 타고 내려가니 둥그런 원형의 방에 누워서 잠을 청하는 사람들과 한쪽 귀퉁이에 도란거리고 이야기하는 사람들이 희미한 전등불 아래 보였다. 나는 한쪽 벽면에 가방을 벗어놓앉다. 그리고 가방을 베개 삼아 베고 누웠다. 눈을 감고 잠을 청해 보지만 온갖 망상들이 머리를 쥐어흔들 뿐 잠은 멀리 달아나고 있었다.

중바다가 가까워지자 배가 로링을 하고 있었다. 조용히 가는 것 같은데도 배 폭이 넓다 보니 약간만 기울어져도 몸이 비스듬히 쏠리고 있었다.

한쪽 켠에선 아이가 구토를 하면서 울고 있었다. 엄마가 등을 두드리면서 봉지를 받쳐주고 있었다. 머리를 내 쪽으로 두고 누웠던 아주머니도 멀미가 나는지 일어났다 앉았다를 반복하며 헛하품을 하더니 입을 가리고 밖으로 휑하니 나가버렸다. 급하게 화장실을 찾는 모양이었다.

왜 배에서는 멀미가 날까. 하늘 높이 날아가는 비행기에서는 멀미가 없는데 참 이상도 하지. 멀미가 나면 비행기 멀미가 더 심해야 되는데 수천피트 상공을 유지하고 날아가는 비행기 창문으로 가물가물하는 땅을 내려다보는데도 어지럼증이나 멀미가 나지 않는다. 오히려 짜릿한 스릴을 느끼게 하다니 참 이상도 했다.

나도 밖으로 나갔다. 공기도 탁해서 바람을 쐬러 선상으로 올라갔다. 푸름한 항해 등 불빛만 선상을 비치고 야해의 해풍이 차갑게 얼굴을 스치고 지나갔다. 이제 바다는 텅 비어있을 줄 알았는데 멀리 몇 개의 불빛이 깜박거리는 것을 보아 아직까지 몇 척 남은 오징어 배들이 마지막 조업을 하는 모양이었다.

한동안 바람을 쐬다 선실로 들어갔다. 아직까지 아이는 칭얼거리며 울고 있고 엄마는 짜증 섞인 음성으로 아이를 달래고 있었다.

나는 다시 잠을 청하며 가방을 베개 삼고 모로 누웠다. 배는 점점 로링이 심해서 몸이 좌우로 흔들렸다. 다른 사람들은 멀미를 하고, 아이들은 울며 보채고 있어도 몇 개월 배를 탄 경력이 있어 그럴까 자장가를 불러주며 흔들어 주는 그네 속의 아이같이 스르르 눈을 감았다.

눈을 감은 앞에는 갖가지 모습들이 한 폭의 풍물화처럼 돌아간다. 5원짜리 꿀꿀이죽 한 그릇 들고 희망차게 웃던 소년들과, 한강에 뛰어들었을 때 어느 강태공으로부터 구원을 받고 용기를 얻은 것과 강남개발붐이 일 때 압구정 주택건설 현장에서 질통을 지고 3~4층 오르내리다 힘겨워 쓰러졌던 일, 모두가 힘겨워 집으로 돌아왔을 때였다. 미영이 편지였다.

"오빠, 우리가 잘해 드리지 못해 그렇게 빨리 내려갔나요? 제가 곁에만 있었어도 좀 더 오래 머무르지 않았을까 그리고 철부지 동생들이 오빠 마음을 불편하게 했는지 모르겠군요. 좀 더 잘해 드리고 싶었지만 가난에 찌든 우리 형편이 오빠를 불편하게 만들었나 봅니다.

오빠, 다음에 좀 더 넓은 집으로 이사하면 그때 다시 오세요. 잠자리도 편하도록 조금 잘해 드릴게요."

나도 답장을 썼다.

"미영아 미안하구나.
늘 너희들 앞에 걸리적거리는 오빠가 되어 면목 없기만 하단다.
세 자매 온정을 언제쯤 갚을지…."

그리고 시일이 얼마 흐른 후 소포가 하나 날아왔다. 미영이가 보낸 소포였다. 나는 방안에 들어가 소포를 열었다. 그 안에는 털실로 짠 겨울 스웨터와 목도리가 들어있고 한 통의 편지가 들어있었다.

"오빠를 생각하면서 오빠 마음처럼 부드러운 실타래를 들고 한 올 한 올 서툰 솜씨로 뜨개질해 봅니다. 처음 배워서 한 솜씨라 코가 삐뚤삐뚤하고 엉망이에요. 그런 것들은 눈을 감고 제 성의니 따뜻하게 입고 겨울을 보내세요. 처음엔 조끼와 목도리만 뜨려고 했는데 실이 많아서 긴팔을 만들어 보았습니다.
 처음 만든 작품이니 매끄럽지 못한 점 눈감고 미영이를 생각하며 따뜻하게 입길 바랍니다."

 미영이가 보낸 소포와 편지를 받고 한동안 멍해 있었다.
 어느 한곳이라도 자랑할 만한 데가 없는 나에게 그토록 따뜻하게 얼어붙은 내 마음을 녹여주다니….
 나는 그때마다 그녀를 향해 그림을 그리기 시작했다. 그릴 줄도 모르는 그림을 화지에다 그려보고 그녀의 마음도 담아보았다. 그려도 또 그려보아도 내 그림 솜씨로는 그녀의 마음을 어떤 식으로도 표현할 수 없었다.
 푸시킨의 「삶」이란 시도 옮겨보았고 하이네 릴케의 시도 옮겨보았다. 그리고 심배나무도 그려보았고 나무에서 떨어져 신음하던 내 모습도 'ㄱ'자로 아담하게 지어진 초가집도 그려보았다.
 비록 자그마한 초가집이지만 인정이 넘쳐흐르고 웃음소리가 새어나오는 집이었다. 쩔룩쩔룩 그 집에 들어가면 친아들처럼 반가이 대해주던 그녀의 어머니, 언니, 동생들 절름거리는 자신을 까맣게 잊어버리고 그 집 식구들 속에 파묻혀 히히거리다 보면 저녁때가 되고, 일어설 때 다리를 의식하고 당혹해하는 나를
 "오빠, 나하고 다리 하나씩 바꾸어 걸어볼까?"
 하면서 절름절름 오빠 코미디언을 한다며 웃기고, 까짓것 활달하게

걸으라고 안심시키던 그녀, 그녀의 깊은 마음을 어떤 붓으로도 어떤 물감으로도 표현할 수 없었다.

　나는 한 장 한 장 서투르게 그린 그림을 실로 꿰어 엮었다.
　내 마음을 몽땅 실은 한 권의 서툰 그림책이었다. 그중에서 한 편만 여기에 옮겨보기로 하자.

　"심배나무에서 떨어졌을 때 어쩌면 나는 그 집과 인연을 맺기 위해 떨어졌는지도 모른다.
　피투성이가 되어 까무러친 나를 보고 학우들은 죽었다고 모두 도망치고 미영이가 어머니께 알렸을 때 그녀의 어머니는 베를 짜다가 허겁지겁 맨발로 뛰어나와 나를 안고 응급치료하고 우리 집에 기별을 보내어 나를 병원에 옮겼다는 것이다.
　그 후 그녀의 어머니는 나를 대할 때마다 친아들처럼 따뜻이 보살폈고 나도 자연히 어머니라 부르게 되었다.
　어쩌면 나는 그 집과 인연을 맺기 위해 나무에서 떨어졌는지도 모른다."

그리고 나는 망설였다. 그녀에게로 보낼까, 아니면 불살라 버릴까, 불을 살라 내 흔들리는 마음까지도 모두 태워 훨훨 날려버리면 그녀에 대한 애정도 미련도 소멸될 텐데. 그래서 아버지 농사나 도우며 조용히 살 텐데….
　며칠을 고민하다 그녀에게로 우송하였다.
　며칠 후 그녀에게서 한 통의 편지가 날아왔다.

　"오빠의 애정과 정성이 가득 담긴 그림 속의 글들을 밤을 새워가며 읽었어요. 한 장 한 장 애틋한 사연들에 감격하여 얼마나 울었는지 모릅니다.
　오빠는 왜 그런 운명에 부딪혀야 하는 걸까? 하지만 굳건하게 걸어가는 오빠의 모습을 보면 마음이 한결 가벼워져요.
　오빠, 더 열심히 건강하게 살아요. 제가 뒤에서 마음속으로 응원하며 밀어 드릴게요.
　저도 오빠가 보낸 그림 속의 주옥같은 글들을 마음속에 거울로 삼고 열심히 일하겠습니다. 힘이 들고 또 어떤 어려움이 닥칠 때 그 속에 수록된 글들을 하나하나 다시 생각하며 전진하겠습니다.
　그림 속의 저희 집을 실제의 집보다 퍽 인상적으로 그려놓았군요.
　실제의 집은 좀 허허하다 할까, 주위가 조금 삭막한 데 비해 그림 속의 집 지붕 위에 달려 있는 조롱박과 앞마당의 화단, 굴뚝에서는 저녁 짓는 연기가 몽실몽실 피어오르는 농촌의 풍경을 잘 조명해 놓았습니다.
　다음 표지의 어머니 삼베 짜는 모습도 퍽 인상적이네요. 딸가닥딸가닥 베 짜는 소리가 그 집에서 가득히 흘러나오는 것 같아요. 가을 정서가 담긴 그 소리는 아름다운 피아노 소리보다도 더 정겹다는 생각이 듭니다."

　웅성거리는 소리에 눈을 떴다. 모두들 소란을 피우는 것을 보니 울릉도가 가까워지는 모양이었다.
　뚜우~ 뱃고동이 울고 있었다. 이제 도동항구로 들어가는 모양이었다. 뱃고동이 울고도 한 시간은 지났을까? 도동항 가까이 닻을 내리고, 거룻배로 접근하자 저마다 짐 보따리를 들고 밖으로 나갔다.
　나도 가방을 둘러메고 뒤를 따랐다. 거룻배가 몇 차례 왕래하며 손님을 부두에 내려놓고 있었다.

울릉도!

마음속으로 동경하던 섬, 아직까지 세상에 오염되지 않고 조용하리라 생각했는데, 벌써 관광객이 밀려오는 것을 보니 이곳 도동은 어느 정도 오염되었을 것이 뻔했다. 이마를 마주 댄 듯한 골짝에 다닥다닥 붙어 있는 집, 바위벼랑에 매달려 도동을 지켜보고 있는 몇 백 년은 되었을 향나무, 그리고 해변에서 새롭게 맞아주는 갈매기. 나는 그런 신비함을 바라보며 가방을 메고 절름절름 도동 입구로 들어서고 있었다.

아침을 해결하기 위하여 식당으로 들어갔다.

벽에 붙어 있는 메뉴판이 눈에 들어온다. 김치찌개, 동태찌개, 오징어볶음 다양하게 씌어 있지만 울릉도 오징어 백반을 주문했다. 오징어무침, 오징어전골 모두가 오징어로만 만들어졌다.

몇몇 손님들이 옆자리에 와서 앉는다. 그들도 배를 타고 온 손님으로 보인다. 관광 온 사람들인지 경상도 말로 시끄럽게 떠들어댄다.

식비를 지불하고 어선들이 어디쯤 있느냐고 주인아주머니께 물어보았다. 막연하지만 울릉도는 지금도 오징어를 잡을 수 있을지 알고 싶고 고기라도 잡으며 생계를 유지하고 싶기 때문이었다.

"고기잡이 배 말인교? 고기잡이배는 도동에도 있지만, 그래도 저동 넘어가야 많지 않습니꺼."

"예, 알겠습니다."

나는 밖으로 나왔다. 그리고 저동을 물어 비탈진 길을 따라 올라갔다. 이제 한창 개발 바람이 부는 울릉도라 길을 닦느라 산비탈을 파헤쳐 넓혀놓고 미니버스가 띄엄띄엄 넘나든다고 했다.

십여 리기 조금 넘는디기에 구경도 할 겸 학교로 보이는 긴물을 지나 비탈진 길을 오르니 S자로 구불하게 고개로 올라갔다. 길을 따라 고갯마루에 오르니 도동읍이 한눈에 내려다보인다. 길옆에는 약수터

안내판이 붙어 있다. 길에서 얼마 떨어지지 않은 곳에 약수터가 있다. 아직 이른 시간이어서일까, 사람들이 없고 한적하다. 놓여 있는 쪽박으로 떠서 마셔본다. 싸아한 맛이 강하다. 강원도 오대산 방아다리 약수와 알칼리성 맛의 강도가 엇비슷한 것 같다.

한참을 앉아 쉬다 보니 가족으로 보이는 몇몇 사람들이 올라온다. 남자는 양손에 물통을 들고 아이들은 엄마의 손을 잡고 웃으며 올라오는 것이 보기 좋다.

나는 또 내리막길을 향해 걸어간다. 눈 아래로 짙푸른 바다가 육지에서 보는 것보다 더 시원하게 보이지만, 그러나 혼자서 보기에는 그 바다도 아름답기보다는 외롭고 쓸쓸하게만 느껴진다.

저동은 도동보다 규모가 작지만, 항구만큼은 도동에 비해 크게 만들어졌다.

촛대바위를 기점으로 방파제가 쌓여져 있고 어선도 여러 척 매어져 있다. 그리고 방파제를 길게 연장하는 공사가 한창 진행 중이다.

아 저런 곳에서 일할 수 없을까. 나는 절름거리며 그곳으로 다가가 감독을 찾았다. 촛대바위까지 방파제를 연장시키는 공사로 크레인이 동원되어 세 가닥 Y자형으로 된 콘크리트 덩이를 바다에 쌓아 넣고 믹서기로 시멘트를 으깨어 밀어 넣고 있었다.

현장감독은 배 타던 사람들이 모여 인부는 더 쓰지 않는 것이었다.

나는 다시 발길을 돌렸다. 어디를 가야 정착할 곳이 있나? 따뜻하게 받아줄 곳은 없어도 그래도 어떤 곳이라도 생계를 유지할 곳은 찾아야 하는데, 다리도 아프고 어깨에 멘 가방이 무겁고 거추장스럽게 느껴진다.

여인숙이라도 들어가 편안히 누워 푹 쉬고 싶다. 하지만 아직도 오전이고 여인숙은 손님을 받지 않을 것 같다.

가방을 벗어 바위에 내려놓고 걸터앉아 바다를 바라본다. 갈매기들도 오랜 비상 끝에 날개가 아픈지 유난히 촛대봉 위에 모여 앉아 쉬는 것 같다. 아픈 다리가 뻐근하여 손으로 주무르며 안마를 한다. 안 걷다 조금 걸으니 다리가 뻐근하고 말을 안 듣는다. 나는 다시 가방을 들쳐 메었다. 이번엔 배들이 정박해 있는 부두 쪽으로 발걸음을 옮겼다.

육지 배와 달리 하나같이 날렵한 제비처럼 자그마하고 날씬하다. 그러기에 선원이 고작 9~10명밖에 못 타게 만들어졌다. 오징어 철이 끝나가지만 체낚기 어선들이 부두에 매어져 있는 것으로 보아 아직 울릉도에는 오징어잡이가 끝나지 않은 것 같다.

나는 사람을 찾아보았다. 그러나 배만 매어져 있고 사람들은 보이지 않는다.

기웃거리다 식당을 찾았다. 속초에서도 처음 배를 탈 때 식당에서 소개를 받았다. 저동식당이란 간판이 걸린 집으로 들어갔다. 아직 점심시간이 일러서인지 손님들이 없고 홀 안은 한산하다. 한쪽 구석진 자리에 가방을 내려놓고 의자를 당겨 앉았다. 주인아주머니가 나온다.

"식사 됩니까?"

"네, 아직 조금 일러서 조금만 기다리이소."

아주머니는 물 한 잔 따라주고 부엌으로 들어갔다. 시계를 보았다. 이제 11시가 조금 넘었다.

나는 다시 오겠다 하고 식당을 나왔다. 밥이 나올 때까지 기다리자니 지루했다. 그렇다고 술이라도 한잔하려니 마음이 따분할 것 같아 밖으로 나와 중화요리 집을 찾아보았다. 그러나 중국집은 보이지 않고 식당 간판만 몇 개 보인다. 저쪽에는 여인숙 간판도 보인다. 대구여인숙, 대구사람이 들어와서 하는 모양이다. 아아, 피곤하다. 대낮이지만 좀 쉬고 갈 수 있느냐 물어보자, 나는 여인숙 문 앞에서 주인을 찾았다. 방문이 열리면서 여자 주인이 나왔다.
"피곤해서 좀 쉬려구요. 아니 하룻밤 하숙하겠습니다."
벌건 대낮에 손님을 받아주지 않을지 모른다고 생각했는데 주인은 방을 한 칸 내어준다. 가방을 윗목에 놓고 쓰러지듯 누웠다. 한숨 푹 자고 나면 피로가 풀어질까?
한숨 자고 일어나니 오후 3시가 되었다. 나는 방값을 치르려고 주인을 찾았다. 주인은 느긋하게 뭐가 그리 급하냐고 나갈 때 계산하면 되지 않겠느냐고 오히려 나를 책망한다.
섬사람들은 모두가 느긋할까? 육지 사람은 방을 주기 무섭게 선불을 받거나 그렇지 않으면 계산서를 갖고 와 방값을 선불로 받아 가는데 나갈 때 계산하라고 하니 도대체 무엇을 믿고 그럴까. 섬사람들은 그렇게 인정이 넘쳐흐르는 좋은 사람들만 사는 걸까.
"저 아주머니, 울릉도에서 당분간 생활해 보고 싶은데 어디 일자리 하나 구할 수 없을까요?"
"글쎄, 울릉도는 배 타는 일 외엔 별로 일거리가 있어야지⋯."
"네, 아는 자리 있으면 한 자리 소개시켜 주세요."
"우리도 배가 두 척 있는데 며칠이나 조업을 할는지, 그리고 빈자리가 있을지 알아보기는 할게요. 헌데 배는 타 보았는지?"
"네, 속초에서 올 여름동안 배를 탔어요."
"아, 그럼 자리만 있으면 바로 연락할게요."
그날 하루는 여인숙에서 투숙을 하고 다음날부터 배를 타기 시작했다.
여인숙 한 칸을 얻어 하숙을 정하고 식사는 옆 대구식당에서 하고 다섯 시쯤 배로 나가면 된다. 낚시 도구도 육지에서 들어온 어부가 여름 한철 고기를 낚다가 두고 간 것이었다. 깨끗하게 썼기 때문에 새것과 다를 바 없다. 다만, 낚시와 경심만 새로 갈면 된다.

앞에서도 말했지만 울릉도 어선은 작고 날렵하게 건조되어 선원들이 십 명 미만으로 구성되어 있다. 지금은 저동이나 첨부, 현포, 태아에 자그마한 방파제가 만들어져 있어 배를 매어놓을 수 있지만 조금 전만 해도 태풍이 오거나 오징어 철이 끝이 나면 배를 뭍으로 끌어올려 놓았다가 다시 내리기 때문에 배를 크게 모을 수 없다는 것이었다.

아직도 조그마한 포구에는 방파제가 되어있지 않아 조업을 하다가 풍랑경보나 태풍이 오면 통발을 배 밑에 받치고 돌개를 감아 뭍으로 끌어 올려놓는다. 그러다 태풍이 지나고 바다가 잔잔해지면 다시 바다로 내려 조업을 한다는 것이었다.

배는 두어 시간밖에 나가지 않았다. 북동쪽으로 죽도를 돌아 울릉도 가까운 거리에 정박을 하고, 어구들을 뱃전에 설치하고 있었다. 나도 다이를 뱃전에 부착했다.

어구들은 육지의 것과 조금 다른 점이 있었다. 다이도 좁고 길게 되어 있고, 물레도 육각이 아닌 사각으로 되어있다. 물레를 돌릴 때 사각이면 수중에서 바늘이 오징어 유인하는데 한결 더 낫다는 판단이다.

처음으로 낚시를 넣어본다. 낚시가 롤러를 돌리며 들어간다. 사각이 육각보다 낯설고 우둔해 보이지만 한참 동안 하고 보니 육각보다 사각이 더 나은 것 같다.

육지에서는 아무리 갓바리라고 해도 5~6시간 나가서 고기를 낚는데, 두 시간 남짓 저동이 눈 앞 가까이 보이는 곳에 배를 띄우고 물레를 돌리는데도 이상하게 고기가 잘 물려 올라온다. 울릉도 해저는 난류의 기류가 흘러 어장이 잘 형성되어 있는지 아니면 울릉도 선장이 고기 낚은 곳을 찾아내는시 일단 오징어들이 내 물레에도 줄줄이 김겨 올라오고 있었다.

"어디서 많이 해본 솜씨구먼, 보통 솜씨가 아니야."

옆의 어부가 나의 물레를 보고 시샘을 하듯 자기보다 더 잘 낚여오
니 질투하고 있었다.
"네, 육지에서 여름 동안 배를 탔습니다."
"그러면 그렇지, 나보다 더 솜씨가 뛰어난 것을 보니."
그는 대구에서 들어와 여름 동안 오징어 배를 탔다지만 내 초보자일
때 실력 같았다.
그래도 속초에서 상바리는 못했지만 상바리에서 몇째 안 가는 어부
였다.
선주는 많이 낚아 올려야 뱃삯을 많이 받기 때문에 어디서나 잘 잡
은 사람은 특대우를 해주곤 했다.
처음 쩔룩거리며 배에 올라와 낚시와 경심을 손보고 어구를 손질할
때 선장은 영 껄끄러운 시선으로 나를 대하고 있었다. 어디서 굴러먹
던 양아치가 사고를 당하고 도피로 울릉도에 들어와 자기네 배에 타
지 않느냐 하는 경계심이었다. 하필이면 정상인도 버티어내기 힘든
뱃일을 장애자의 힘으로 과연 이겨낼 수 있겠느냐 하는 의구심으로
나를 좋지 않게 보아왔다. 그러나 며칠이 지나자 내 실력을 인정하고
끝날 때까지 같이 하자며 붙잡았다.
울릉도 어선은 선장을 포함해 8~9명이다. 그래서 가족적인 분위기
다. 오징어를 낚다가 새참을 먹을 때도 갑판에 빙 둘러앉아 제각기 싸
갖고 간 도시락을 풀어놓고 네 것 내 것 할 것 없이 서로 먹고 참이 끝
나면 갖고 간 소주도 한 잔씩 돌린다. 선원이 적은 만큼 가족적인 분
위기다. 그리고 육지에서처럼 밤이 새도록 작업을 안 한다. 일단 고기
가 넉넉히 올라와 어느 정도 되면 저동 항구로 돌아온다. 울릉도 어부
들은 큰 욕심이 없다. 일찍 오는 날은 11시 전에 들어와 부두에 정박
시켜 놓고 모두 귀가한다. 육지 같으면 갑판 위에 오징어를 방치하면

누가 지키지 않고서는 그대로 있을 리 만무하다. 하지만 아직 섬사람들의 인심은 훈훈하다. 도둑이란 것이 거의 없는 것을 보면 아직까지 섬이 오염되지 않았나 보다.

나도 가빠를 벗어놓고 주인집으로 들어갔다. 하숙집이니만큼 이슥하도록 문을 잠그는 법은 없다. 다만 늦게 들어가는 것이 미안할 따름이다.

식전에 나오니 책임자들이 모두 나와 있다. 선장, 기관장, 사무장, 본 선원. 하긴 외인은 대구 이 씨와 나뿐이다. 그러기에 더욱 가족 분위기다.

외지 배들은 모두 육지로 돌아가고 울릉도 어선들만 고기를 낚기 때문에 경매도 어판장에서는 끝이 났고 선장 기관장 본 선원 모두 자기 몫을 건조하기 위해 덕장으로 운반하고 내 것과 대구 이 씨 것은 뱃삯을 뗀 후 적당한 시세로 금을 매겨 배 안에서 흥정이 이루어지는 것이다. 그것을 선장이나 사무장 6명 중 서로 갖고 갔다.

나는 그렇게 하루하루 울릉도 생활에 보람을 느끼고 있었다. 속초에서 배운 솜씨로 쉬지 않고 열심히 낚아 올리면 상바리도 할 수가 있다. 육지 배처럼 30여 명 중에 상바리를 하기란 어려워도 8~9명 선원 중에 제일 많이 낚기란 부지런히 움직이면 된다. 선장이나 사무장이 상바리를 빼앗겼다고 야유를 할 줄 알았지만, 뱃삯을 한 마리라도 더 받기 때문에 오히려 칭찬을 아끼지 않았다.

울릉도에 들어온 지도 꽤나 여러 날이 흐른 것 같다. 저녁 작업시간 멀리 동쪽바다 너머로부터 얼굴을 내미는 달님이 통통하게 살이 오른 것을 보니 음력 9월 중순쯤 되었나 보다. 8월 한가위를 후포에서 떡국 한 그릇씩 먹고 포항과 구룡포를 거쳐 부산에서 며칠 쉬고 이곳에 도착한 지 벌써 한 달이 되어간단 말인가.

여름에는 멀리 독도까지 나가 오징어를 잡아 온다지만 지금은 갓바리에서 나머지 오징어들을 건져내고 있었다.

차가운 날씨가 몸을 움츠리게 하고, 오징어 어군들도 점점 뜸해지니 울릉도 어선들도 하나, 둘 조업을 중단하기 시작했다. 우리 배도 저동항 깊숙이 매어놓았다.

뱃일이 중단되니 나는 또 실업자가 되었다. 그래도 배에서 고기를 잡을 때는 하숙비며 밥값을 지불하는 데는 별 어려움이 없었는데 수중에 남은 돈으로는 이 겨울은커녕 한 달 식비도 모자랄 것 같았다.

며칠 동안 일없이 빈정대다 보니 답답한 건 나였다. 그런데 하숙비를 계산하라 하지 않았다. 한 달을 채워서 목돈을 받으려는 계산인지 아니면 설마 하숙비를 떼어먹고 도망이야 가랴, 하는 식으로 방값 15일이 넘게 밀렸는데도 달라는 소리를 안 했다.

답답한 것은 내 쪽이었다. 자꾸만 늘어나는 하숙비를 이 겨울이 지나서 어떻게 갚을까.

주인아주머니를 찾았다. 우선 밀린 하숙비를 계산해 주고 겨울 동안 있을 방안을 알아보았다.

하숙비가 부담스러우면 저쪽 해변 덕장 집이 비어있다는 것이었다. 여름 동안 그리고 가을까지 오징어를 건조하느라 사람이 있다가 얼마 전 철수하였다는 것이었다. 그리고 이듬해 오징어가 잡히기 시작하면 오징어 건조를 위해 사람이 머무는 집, 나는 그곳으로 갔다.

여름 가을 동안 살림하던 집이니만큼 살림 도구도 다 있다. 땔나무만 해다가 아궁이에 불을 지피면 온돌방이라 따뜻하겠다. 갯바위에 파도가 철썩철썩 부딪히는 곳, 한가롭고 조용해서 좋다. 하숙집에서 담요와 베개를 얻고 쌀집에서 쌀 한 말 사고 부식집에 들러 된장 간장을 샀다. 그리고 집에 오니 부자가 된 기분이다. 부엌에는 솥단지가 걸려있고 장작도 조금 있다. 뒤꼍으로 돌아가니 지게도 있고 낫도 있다. 옳지, 강원도에서 지게질을 많이 해본 경험이 있다. 비록 다리는 절름거리지만 그래도 가을에 해 놓은 겨울 땔감을 여럿이 울력을 지고 소 외양간에 넣어줄 세초도 져오고 했던 것이다.

  방문을 열어젖히고 먼지를 털어냈다. 구석구석 쌓인 먼지를 깨끗이 닦아내고 아궁이에 불을 피웠다. 불은 연기를 끌어들이며 솔솔 잘도 탔다. 나는 바닥에 등을 대고 누워본다. 온돌방이라 금세 따뜻하게 데워진다. 벽과 천정에는 신문지로 도배를 했기 때문에 오래된 기사지만 볼거리가 있어 심심찮다. 연예인 사진도 붙어 있다. 최고 주가를 올리는 김 모 여배우가 나를 내려다보고 웃어준다. 초라하고 낡은 집이지만 별장과도 같이 풍경 좋은 집이다. 쏴~ 철썩철썩 파도 소리가 방안에서도 가까이 들린다. 신식 주택으로 잘 지은 집은 방음이 너무 완벽하여 방안에서는 파도 소리를 잘 들을 수 없겠지만 이 집만큼은 파도 소리 갈매기 소리가 방안에서도 가까이 들리는 것을 보면 어쩌면 잘 지은 집보다 더 낭만적인지도 모른다.

  이튿날 지게를 지고 나무를 하러 산 능선을 타고 올라갔다. 동백나무 과의 싱싱한 짙은 녹색의 나무들이 군락을 이루고 있었다. 그곳을 지나니 너도밤나무 떡갈나무 싸리나무 같은 강원도에서 자생하는 나무들이 한데 어우러져 황갈색을 띠며 낙엽이 하나둘 떨어진다. 생나무로 때기에는 싸리나무나 참나무가 잘 탄다. 나무 묶을 메끼를 틀어 싸리나무 두 단을 만들어 지게에 졌다. 묵직한 게 뿌듯하다.

  겨울이 오면 울릉도에서는 눈이 많이 내린다고 한다. 강원도에도 눈이 많이 내리지만 폭설이 쏟아질 때는 1미터 이상 올 때도 있다는 것이었다. 월동준비 중에서도 땔나무를 많이 해 놓는 것이 급선무고 그래야 이 겨울을 따뜻하게 보낼 것이다.

며칠이 지났다. 아침 먹고 지게 지고 산에 올라 나무 한 짐 해오고 바닷가를 산책하며 시간을 보내고 하루하루 윤회 속에 세월은 잘도 흘렀다.

육지에서 많은 사람들을 대할 때 쩔룩거리는 다리로 인해 따가운 눈길과 때론 동정 어린 눈길을 받았을 때 아무도 없는 조용한 섬에 묻혀 사는 것이 유일한 낙원일 것이라고 생각했었다. 그러나 막상 혼자서 많은 시간을 보낸다는 것도 나같이 의지가 약한 인간으로서는 견디어 내기 힘든 하루하루였다.

이럴 때 내 마음을 조금이라도 위로해 주는 것은 술이었다. 나는 소주 한 병을 사들고 저쪽 너래 반석으로 둘러있는 해변으로 갔다. 바다가 너무도 깨끗하고 맑았다. 수정처럼 투명했고 갖가지 자생하는 해초들이 바닷물 속에서 춤을 추고 있다. 돌에 붙어 자생하는 섭, 미역, 다시마 그리고 게 문어도 가끔씩 기어 나왔다 들어간다. 갈고리만 있으면 제법 큰 문어도 낚아 올릴 텐데, 갈고리가 없다.

너래 반석 위에 걸터앉자 이 홉들이 소주병을 따서 잔에 따라 마신다. 안주는 해초류가 지천이다. 바닷물에 자랐기에 짭짤하여 술안주로는 안성맞춤이다. 이럴 때 미영이가 곁에 있으면 이 바다와 저 갈매기들이 얼마나 낭만적으로 보일까? 미영이 온후한 마음과 영상을 잊으려고 배를 타고 파도와 싸웠지만 막상 호젓한 시간일 때마다 그녀의 영상이 눈앞에서 아롱거렸다.

구로공단으로 미영이가 직장을 따라 옮겼고 미숙이 미현이와 생활하면서 그녀가 있을 때처럼 아기자기한 분위기가 없이 기계적 하루하루를 보내며 며칠이 지난 어느 날 수돗가에서 정신없이 빨래를 하고 있을 때였다. 등 뒤에서 두 손으로 눈을 가리고 누구? 하고 남자 목소리로 말을 했다. 손을 만져보니 부드러운 여자 손이었다. 미영이였다. 미영이가 들어오다 빨래를 하는 나를 보고 뒤꿈치를 들고 가만가만 다가와 장난을 치고 있었다. 쪼그리고 앉아있던 자세로 벌떡 일어나며 미영이를 들쳐 업었다. 미영이는 가렸던 눈을 풀고 목을 안으며 까르르 웃었다.

"우리 애기 며칠 만에 왔지? 얼마나 보고 싶었는데…."

"내가 애기 같애?"

"등에 업혔으니까 큰 애기지."

"피곤한데 오빠 등에서 한숨 자야겠네."

미영이는 등에 업혀 새근새근 아기 흉내를 내고 있었는데 미영이의 체온이 따뜻하게 등을 타고 전해왔다.

미영이는 내가 빨던 옷가지를 다시 빨기 시작했다. 팬티며 양말 같은 것은 본인이 빨아야 한다며 빼앗았지만 남자들이 빨면 청승스레 보이고, 때도 안 빠진다고 다시 비누칠을 해 말끔히 빨아 빨랫줄에 가지런히 널어놓는다. 그리고 잠시 쉬고 있는 미숙이 미현이를 불러내었다.

"너희들, 오빠가 빨래하는 것을 구경만 하고 있었니? 어찌 오빠에게 그렇게 무심하니. 그동안 내가 집에 없다고 오빠에게 소홀히 대하니?"

미영이는 동생들을 호되게 나무라고 있었다.

미영이 행동에 나는 어쩔 바를 몰랐다. 그렇지 않아도 언니 대신 하느라 일찍 일어나 아침 준비하고 설거지하랴 출근 시간에 쫓기어 아침도 제대로 못 먹고 가는데….

"미영아, 왜 그래 그렇잖아도 쟤늘 보기 미안한데, 야단까지 지면 어떡하니. 제발 그러지 마."

"아니야, 기합이 빠졌어. 호되게 야단을 쳐야 다시는 안 그러지."

그녀는 동생들에게 그렇게 모질게 야단을 치고 언제 그랬냐는 식으로 풀어주는 것이었다.

"얘들아, 우리 재미있는 놀이 한번 할까? 무슨 놀이가 재미있을까? 아니 오빠랑 한강변에 산책이나 갔다 오자."

그리고 그녀는 미숙이 미현이 손을 잡고 한강변으로 산책을 나갔다. 앞마당에 매여 있는 미니 바둑이도 줄을 풀어 같이 끌고 나갔다. 강아지는 신이 나서 깡충깡충 뛰어오른다. 아마도 산책을 강아지가 더 좋아하는 것 같다.

미현이는 버릇처럼 배드민턴 라켓을 들고 온다. 시원한 한강변에서 배드민턴을 칠 모양이었다.

우리는 미현이 청을 거절할 수 없었다.

"자, 오빠하고 나하고 한 조가 될게. 언니 둘이 한 조가 되는 거야."

미현이는 사뿐사뿐 공을 잘 받아치지만 나는 엉망이었다. 실력도 실력이지만 부자유스런 다리 때문에 내가 공을 떨어뜨리고 겸연쩍어 웃으면 미현이는 공을 주워다 다시 날리며 재미있게 웃었다. 그렇게 운동을 하다 보면 땀을 뻘뻘 흘리고 한강물에 멱을 감는다. 아무리 동생들이라지만 팬티 바람으로 난잡하여 저만큼 떨어져 들어가 땀에 젖은 몸을 씻다 보면 어느새 그녀들은 옆에 와 물장구를 튀긴다. 서로 물을 끼얹고 물장구를 치다가 돌아간다. 그리고 저녁을 일찌감치 해 먹고 또 미영이는 회사 기숙사로 돌아간다.

미영이가 없으면 우리 셋은 왠지 서먹함이 이어진다. 그렇지 않으려고 내가 말을 꺼내려도 별로 할 말이 없고 그래서 묵묵부답이다. 주위를 웃기고 즐겁게 해주는 것은 타고난 재주가 있고 성격이 밝아야지 나 같은 놈은 그런 것도 못한다.

미영이가 없으니 허전하고 귀갓길이 늦어진다.

하루는 사무실에 죽치고 있다가 늦게 귀가하니 미숙이 미현이가 시무룩하고 저들끼리 말도 않고 있었다. 마음이 언짢았지만 말을 해본다.

"저녁 먹었어?"

하고 물으니 미숙이가 겨우 대답을 하면서 저녁상을 차려주고 밖으로 휑하니 나갔고, 미현이도 꿀 먹은 벙어리처럼 말을 않고 있었다.

"미현아, 왜 그래? 오빠 때문에 속상한 일이라도 있어?"

"오빠, 내가 잘못해서 그래."

미현이도 그렇게 말하고 있었다.

나는 우중충한 무거운 분위기를 느끼며 수건을 목에 걸고 밖으로 나갔다. 수돗가에서 세수를 하고 방에 들어오니 미현이가 앉은뱅이책상에 엎드려 무언가를 쓰고 있었다. 얼굴을 닦으며 거울에 비친 미현이를 보고 나는 깜짝 놀랐다. 미현이는 연필도 없이 무언가를 쓰고 있었는데 다름 아닌 혈서였다.

"미현아! 너 뭐 하고 있는 거니?"

미현이도 화들짝 놀라 쓰던 것을 멈추었다.

"무슨 짓을 하는 거야? 이리 줘봐. 무엇 때문에 그런 짓을 하고 있어? 혈서란 아무렇게나 막 쓰는 것인 줄 아니?"

"오빠, 미안해…."

미현이는 울음을 터트리며 밖으로 휑하니 나가버렸다. 밖은 어둠이 깔려있었다.

"미현아, 어디 있니?"

미숙이와 같이 찾았지만 인기적이 없었다. 조금 떨어진 숲속으로 갔을 때 미현이는 울고 있었다.

"미현아, 왜 그래? 응? 무슨 이유가 있어?"

"이유는 아무것도 없어 오빠. 미영이 언니 말대로 오빠에게 너무 못해서 그래. 미숙이 언니하고 오빠 이야기하다가 서로 싫은 소리하고 있었어. 그래서 오빠에게 더 잘해야 한다고 혈서로 맹세한 거야. 오빠 미안해."

나는 그날 밤 잠이 오지 않았다. 동생들에게 기대어도 하루 이틀이지 여러 날 동안 저들 마음을 비좁게 하니 면목이 없었다. 며칠을 곰곰이 생각한 나는 도저히 외판이 안 되어 못하겠다는 핑계를 대고 짐보따리를 챙겼다.

13. 머슴살이

　서너 달이 되었다.
　낮이면 지게를 짊어지고 산에 올라 나무를 한 짐 하는 일 외엔 아무 할 일이 없었다. 철썩철썩 들려오는 파도 소리와 끼룩끼룩 울어대는 갈매기 소리도 모두가 외롭게만 가슴을 쥐어뜯었다.
　나는 또 저동 가겟집으로 향했다. 외롭고 쓸쓸할 때 그래도 내 마음을 위로해 주는 것은 이 홉들이 소주였다. 가겟집에 들러 이 홉들이 소주병을 사서 봉다리에 넣었을 때 가겟집 아주머니께서 빙그레 웃었다. 나도 따라 멋쩍게 웃으니 술을 좋아하는 애주가인 모양이라면서 겨울 동안 혼자 생활할 거냐고 물었다.
　나는 겸연쩍어 일자리가 없으니 별 수 있느냐고 대답했다.
　"내가 총각에게 뭐 좀 물어볼 말이 있어서요."
　"무슨 말씀인데요?"
　"우리 친정집 이야기인데요. 바깥 살림을 하던 동생이 군에 갔는데 친정아버지가 몸이 불편하여 바깥일을 잘 못해요. 겨울 동안 우리 친정집에서 일 좀 해주실래요? 일이라야 소여물 끓여주고 마장에 소 내매고, 외양간 치우고 눈이 오면 눈 치우는 일이에요. 그리고 봄이 되어 오징어잡이가 시작되면 오징어 낚아 친정집에서 건조하여 반 나누어 먹기예요. 울릉도에 들어와 배 타는 사람들은 목돈을 만들기 위해 그렇게 일해 주는 사람들이 많답니다."
　나는 아주머니 말을 관심 깊게 듣고 있었다.
　그래 혼자서 생활하며 외로움을 못 이겨 청승맞게 소주나 마시려면 결과야 어쨌든 남의 집 일을 해주며 겨울을 보내는 것이 백번 나을지도 모른다는 생각이 들었다. 사경(돈)이야 어떤 방식으로 하든 사람들의 목소리가 그리웠다.
　다음 날 아주머니가 적어준 주소를 들고 사동이란 마을을 찾아 떠났다. 대구여인숙에 들러 인사를 하자 혼자 생활하느니 오히려 더 잘되었다고 한다. 걸어서 넘어오던 길을 또 걸어서 넘어갔다.
　저동 고개를 올라 약수터를 지나 사동 넘어가는 삼거리에 이르자 고갯길 경사가 급해서 다리발을 세우고 나사형으로 원만하게 돌아 오르도록 만들어 놓았다. 빙글빙글 돌아 사동 고갯마루에 오르니 내리막 길이 시작된다.
　고개마다 경사가 가팔라 S자로 산허리를 감고 돌아갔고 경사가 끝이 나는 곳에 동백나무 숲이 보였다. 겨울을 착각이라도 한 듯 싱그럽고 싱싱한 잎 속에 빨간색 꽃망울이 드문드문 보이기 시작했다. 왜 동백꽃은 겨울에 필까? 벌, 나비 한 마리 날아오지 않는 차가움 속에서 홀로 피어나야 할까.
　동백 숲을 옆으로 끼고 길은 구불구불 골을 따라 이어졌고 얼마를 따라 내려가니 마을이 나타났다. 옹기종기 모여 있는 집 앞 포구에는 배들이 몇 척 뭍으로 끌어올려져 있다. 한적한 어촌이다.
　가게로 보이는 길갓집에는 송판으로 벽을 만든 처마 밑에 담배표가 붙어 있다. 시골 마을을 상대로 운영하는 자그마한 가겟집인 모양이다. 다리도 아프고 둘러멘 가방도 무거워 잠시 쉬면서 길을 물어보려고 주인을 찾았다. 인기척이 없어 잠잠하다. 나는 다시 소리를 크게 하고 주인을 찾았다. 한참 만에 머리가 부스스한 여자가 문을 열고 나오며 하품을 하고 있었다. 낮잠을 잔 모양이었다. 가게 안은 썰렁했다. 몇 집 안 되는 어촌마을에 담배표 하나 믿고 몇 가지 생필품을 파는 모양이었다.

한쪽 벽면에는 이층으로 선반을 드리웠는데 위층에는 새우깡, 아래층엔 소주 음료수 같은 병 종류가 있고 안쪽엔 담배 상자가 눈에 보인다.

"저 아주머니, 라면 하나 끓여 주실 수 있습니까?"

"불이 시원찮아서 어떡하죠?"

그녀는 미안한 표정으로 나를 보았다.

"아, 그렇군요. 그럼 술 한 병 마셔도 될까요?"

"예, 그러세요."

그는 쟁반에다 김치 한 접시와 술 한 병을 주었다. 술을 따라 마셨다. 담배를 피우지 못하니 마음이 착잡할 때마다 술 한 잔씩 하는 버릇이 있다. 그리고 주머니에 든 주소를 꺼내 보였다.

"여기는 사동 1리구예. 사동 4리는 저쪽 바닷가 언덕이 보이는 윗동리가 사동 4리랍니다. 그곳에는 설 씨가 몇이 사는데 그곳에 가서 물어 보이소."

"네, 고맙습니다."

나는 술을 몇 잔 마시고 뚜껑을 닫았다. 처음 찾아가는데 술 냄새를 풍기면 좋지 않은 시선으로 볼 것이기에 아쉽지만 술을 남기고 일어섰다.

바닷가 길을 걸어 언덕마을에 이르니 굵직한 후박나무가 언덕 위로 줄지어 심어져 있고 그 아래로 동백나무숲이 울타리를 한 작은 마을 안쪽으로 함석으로 이은 집들이 옹기종기 모여 있다.

　허름한 가방을 메고 절름거리며 마을로 들어가자 개들이 합창이라도 하듯 몇 마리가 모여 요란하게 짖어댄다.

　나는 마을 어귀 첫 번째 집에서 주인을 찾았다.

　주인을 찾자 젊은 아주머니가 나온다.

　"미안하지만 이 마을에 설○○ 씨란 분이 어느 집인가요?"

　"네, 저쪽 산 밑엣 집인데요."

　"네, 감사합니다."

　나는 또 가리키는 집 문 앞에서 주인을 찾았다.

　"계십니까?"

　문이 열리면서 60대의 중늙은이가 나온다.

　"설○○ 씨 댁을…?"

　"뉘신가?"

　"저동 가겟집에서 가보라고 해서요."

　"아, 딸애가 얘기했구먼. 자, 방으로 들어오시게."

　사랑방에 들어가니 자리틀이 놓여 있었다. 자리를 매다 나온 모양이었다. 골체와 볏짚이 흐트러져 있었다.

　"자리를 매니 방이 어질러져서."

　"괜찮습니다."

　가방을 윗목에 놓고 자리에 앉았다.

　"딸애한테 들었겠지만 내가 허리가 좋지 않아 힘든 일을 제대로 못하지. 그래서 딸애가 가라고 했을 텐데 젊은이가 궂은일을 할 수 있을까?"

　"네, 강원도에서 아버지가 농사를 짓기 때문에 아버지 일을 많이 거들곤 했습니다."

"농사일을 해보았다니 농촌 실정을 잘 알겠구먼. 소여물 끓여주고, 외양간 치고 눈이 많이 내리면 눈도 치고 봄이 되면 부치미(농번기) 하고 여름이 되어 오징어가 시작되면 오징어를 잡아 건조하여 나누어 먹기지. 그러니 잘 생각하고 결정하시게."

"네, 좋습니다. 그런데 제 다리가 좀 불편해서 어르신 마음에 드시겠는지요?"

"저런, 다리를 다친 모양이구먼. 그거야 자네 자존심이고 힘이 안 든다면 우리와 상관없네."

"네, 알겠습니다."

밖에 나와 뒷마당으로 돌아가니 나뭇단으로 울타리를 만들어 바람을 막게 하고 소를 매어 놓았다. 어미 소와 새끼 송아지가 나란히 누워 새김질을 하고 있다. 여전히 개는 낯선 사람이라고 컹컹 짖어대고 있었다.

나는 주위를 한 바퀴 돌아보았다. 후박나무와 동백 숲이 울창한 아래 바닷가 포구에는 어선 몇 척이 묶여져 있고, 조금 떨어진 언덕에 오징어를 건조하는 덕대가 죽 이어져 있다. 동화 속의 마을처럼 경치가 아름답다. 이제부터 겨울 동안 남의 집 머슴살이로 주인이 시키는 대로 해야 하는 것인가? 깍지를 썰어 소여물을 끓이고, 외양간을 치고, 나무를 해오고, 눈이 내리면 눈을 치우고 그것이 내가 할 의무란 말인가. 한동안 생각에 잠겨 바닷가를 서성이다 돌아오니 주인아주머니가 마장에서 소고삐를 풀고 있었다.

"세가 하셨습니다."

"그래주겠어요."

"말씀을 낮추세요. 자식 같은데요."

"그래도 될까?"

"예, 그래야 제가 편하지요."

소를 들여 매면서 부엌엘 보니 머리가 치렁한 아가씨가 보인다. 누구일까? 저녁때가 되어 식사하자고 방에 들어가니 둥근 상에 밥이 차려있고 부엌에서 보던 여자가 반찬을 나르고 있었다. 주인집 딸인 모양이다.

나는 쩔룩거리는 다리가 창피스러워 얼른 문턱에 주저앉았다. 아가씨가 곁눈으로 나를 보고 있었다. 여자 앞에서는 왜 마음이 더 약해질까.

"반찬이 없더라도 많이 드시게."

주인아주머니가 한마디 한다.

"네, 잘 먹겠습니다."

식사가 끝나고 윗방으로 올라갔다. 밥상이 물려지고 주인아저씨가 올라와 담배를 붙여 문다.

"그런데 강원도에서 어째 울릉도까지 건너왔는가?"

"속초에서 오징어 배를 타면서 멀리 해상에서 울릉도를 바라보았습니다. 그때 문득 울릉도에 들어가 보고 싶다는 생각이 들었습니다. 그래서 들어왔습니다."

"속초에서 오징어 배를 타 보았다니 오징어도 많이 낚아 보았겠구먼?"

"여름 동안요."

"울릉도에는 눈이 많이 내리지. 어떤 때는 사람 키만큼도 쌓인 때도 있어. 그럴 때면 눈 치우는 일도 힘들지."

"강원도에도 눈이 많이 내립니다. 그래서 눈도 많이 쳤습니다. 눈가래도 만들어 보구요."

"옳거니, 강원도에도 눈이 많이 온다는 것은 예전부터 알고 있지. 아무튼 피곤할 텐데 일찍 쉬고 내일부터 일을 해주게."

나는 잠자리에 누웠지만 잠이 오질 않았다. 얼마간 뒤척이다 눈을 붙였다. 깨었을 땐 장닭이 꼬끼오 울고 있었다. 밖은 푸름하게 새벽이 오고 있었다.

이제부터 부엌을 내 집처럼 드나들며 아궁이에 불을 지피고 여물을 끓여서 소에게 퍼다 주고 누가 시키지 않아도 부지런히 움직여야 한다.

널빤지로 투박하게 짜서 매단 부엌문을 여니 삐거덕 소리가 요란하다.

주인아주머니는 희미한 호롱불을 밝혀 놓고 솥단지 앞에서 불을 때고 있었다.

내가 들어가자 일찍 나왔다고 아주머니가 말을 하고, 안쪽에서 잠자던 개는 잔뜩 경계를 하면서 짖으려고 으르렁할 때 아주머니가

"누렁아, 가만있어. 앞으론 매일 볼 식구야."

하니 개도 알아들었는지 제자리로 돌아가 가만히 엎드려 있었다.

나는 정지 밖 깍지 우리에서 콩깍지를 한 삼태기 퍼다 가마솥에 안쳤다. 그리고 잔가지 나무를 꺾어 아궁이에 밀어 넣고 불을 붙였다. 불은 활활 타오르며 여물이 부글부글 끓고 콩깍지 익은 냄새가 구수하다. 여물 구박으로 함지박에 퍼 여물귀웅에 퍼주니 어미가 맛있게 먹고 있었다. 송아지도 같이 먹으려고 귀웅으로 가까이 가자 어미는 뿔로 새끼를 저만치 밀어내고 있었다. 젖을 주고 핥아주며 그렇게 사랑하는 새끼지만 먹는 것 앞에서는 사정없이 밀어내고 독차지할 때 동물의 본능이 튀어나왔다. 나는 아궁이 앞에 다시 쭈그리고 앉았다. 훨훨 타던 불도 벌건 알불이 되어 수그러들고 있었다. 아주머니는 화로를 갖다 주면서 알불을 담아 달라고 했다. 알불을 한 화로 담으니 아주머니가 냄비를 올려놓는다.

보글보글 끓는 된장 냄새가 구수하게 코를 간질인다. 고향의 냄새

같은 된장국, 어머니도 알불이 담긴 화로 위에 된장이며 청국장을 잘도 끓이셨는데 지금 이 겨울에도 된장을 끓여서 식사 때마다 행방마저 알 수 없는 불효자식을 위해 밥 한 그릇 떠 놓으시고 무사 귀환을 빌어 주시겠지…. 나는 고향 생각이 그립고 부모 형제가 보고 싶었다. 그렇지만 여기까지 들어온 바엔 주인아저씨 말대로 명년 오징어바리 하여 큰 목돈은 못 되더라도 일 년 사경으로 오징어 건조하여 반타작으로 기십만 원을 갖고 나가야 한다. 그렇게 한시름 달래기도 하였다.

아침으로는 주인집 아주머니가 아침을 하였지만, 오후가 되면 주인집 딸이 나와서 설거지를 하고 저녁을 지었다.

주인집 딸이 나오면 나는 더욱 서먹하고 마음이 움츠러든다. 쩔룩거리는 다리 때문에 아궁이 앞에 쭈그리고 앉으면 앉은뱅이처럼 일어서기를 멈추는 내 자신을 나도 모르겠다. 까짓것, 나는 절름발이다. 하고 떳떳하지 못한 것은 내 의지가 약한 탓일까? 저동 가겟집 아주머니께서 여동생이 있다고 말을 했었으면 어쩌면 나는 여기 오는 것을 사양했을지 모른다. 다른 젊은 청년들은 특히 미혼의 총각들은 머리가 치렁한 주인집 딸이 있다면 머슴이 아니라 종살이라도 얼씨구 좋다고 하겠지만 다리 장애를 가진 나는 그들과 대조적으로 경계의 대상이 되곤 했다.

며칠이 지나면서 한 공간 속에서 멀뚱멀뚱하게 말을 안 하고 지낸다는 것도 여간 큰 고통이 아니었다. 남자인 내가 먼저 말을 걸어 이 냉랭한 분위기를 따뜻한 분위기로 전환시킬 수 있다면 얼마나 흐뭇할까. 내가 벙어리가 되어 입을 붙이고, 아궁이에 불만 때자 그녀 역시 벙어리 아닌 벙어리가 되어 설거지만 하고 있을 뿐이었다.

여물을 퍼주고 밖으로 나왔다. 밖은 아직 희끄무레한 어둠이 서서히 걷히고 앞바다에서는 새벽 공기를 깨고 연락선이 뚜우 기적을 울리고 있었다.

 연락선이 보이는 바닷가로 갔다. 푸름한 바다 위로 들어오는 배의 모습이 뚜렷이 보이기 시작했다. 저 배 안에는 어떤 승객들이 타고 올까. 겨울 울릉도를 관광 오는 사람들이 절반은 차지하고 있을 테지. 그 속에는 나처럼 울릉도를 동경하고 들어오는 사람도 있을 텐데… 어떤 일로 생계를 꾸려 나갈지….

 동백꽃이 점점 피기 시작했다. 언덕 위로 울타리처럼 빙 둘러 심어진 동백나무는 깊은 겨울이 올수록 잎은 더욱 진하게 윤기가 흐르고 꽃잎은 하나둘 더욱 붉게 피어나고 있었다. 엄동설한이 아닌 봄이라면 벌, 나비들이 꽃 속을 분주히 날 텐데. 겨울이라 꽃만 붉게 피고 있었다. 도둑질하다 들킨 물건을 뒤로 감추듯 그녀 앞에선 절룩이는 다리를 감추려는 내 의도를 그녀는 빤히 꿰뚫고 있었다. 말이 없고 할 말 외엔 늘 침묵을 지키는 내게 어느 날 그녀는 말을 걸어오고 있었다.

 "저도 장애가 있어예. 중학교 2학년 때 강원도 설악산으로 수학여행을 가다 버스가 전복되는 바람에 팔을 다쳤어요. 팔목 동맥과 힘줄이 끊어졌는데 두 번이나 수술을 받았지만, 손가락이 잘 펴지고 오무라지지 않아예. 그리고 다친 왼팔이 오른팔에 비해 조금 약해졌답니다."

 나는 얼굴이 빨갛게 달아올랐다. 얼마나 내 행동이 답답하고 못나게 보였으면 내게 저런 말을 할까.

 "아, 네 큰일 날 뻔 했군요."

 그 후 그녀와 나는 곧잘 이야기도 주고받으며 조금씩 친숙해지고 있었다.

 "아저씨, 강원도가 참 좋던데예. 설악산, 상등 경포대, 양양, 낙산사 모두가 얼마나 자연이 넘치고 아름답던지 또 한 번 가보고 싶어예. 아저씨의 고향은 어디예요?"

그녀는 그렇게 내게 말을 걸어오고 있었다.
"좋은 곳만 골라서 구경했으니 좋을 수밖에요. 저의 집은 첩첩이 산으로 둘러싸인 산골이에요. 밤으론 승냥이가 우~ 울부짖고, 낮으로는 눈밭에 노루가 뛰어다니는 흉악한 산골이죠."
"어머 그래예? 듣고 보니 동화 속에 나오는 마을 같네예."
"동화의 마을이라구요? 그러고 보니 한 가지 자랑거리가 있군요. 이른 봄에 황새(왜가리)가 날아와 마을 앞산에 둥지를 틀고 알을 낳아 새끼를 키우며 여름 동안 자유로이 하늘을 비상해요. 수호신이 돼 마을 지키다가 가을이면 남쪽으로 돌아가죠. 그러다가 봄이면 어김없이 찾아주는 곳이죠. 그리고 여름이면 메밀을 풀어 온 동리가 하얀 메밀꽃으로 눈부실 때도 있구요."
"참 좋겠어요."
"울릉도도 좋잖아요. 인심 좋고 따뜻하고 겨울이면 동백꽃이 아름답구요."
"답답해요. 육지로 나가 마음껏 활보하며 살았으면 좋겠어요."
그녀는 의외로 달변이었다.
내가 세수를 하고 세숫물에 양말을 빨아 부뚜막에 널어놓으면 주섬주섬 걷어다가 다시 빨아 빨랫줄에 가지런히 널어놓고 내게 핀잔을 주기도 했다.
"이젠 우리 집 한 식구인데 독단적으로 하는 것은 좋지 않아요. 빨랫감도 빨 게 있으면 빨래 소쿠리에 넣어주세요."
그녀는 그렇게 말을 한다.
어떤 때 깍지우리에 소여물거리가 떨어져 깍지를 썰기 위해 아저씨를 찾으면 옥분이는
"아버지가 불편하니 앞으론 저하고 같이 썰면 안 될까예?"

하고 말을 하는 것이었다.
"글쎄요. 옥분 씨가 썰 수 있을까요?"
"아저씨가 저의 집에 안 왔을 땐 제가 아버지하고 썰었거든예. 그런데 아저씨가 옥수수 짚을 잘 먹일 수 있을지? 초보자는 위험하니까예."
"저야 아무것이고 다 할 수 있습니다. 그러니 내가 매길 터이니 옥분 씨는 옷을 갈아입고 나오세요."
"작두질하는데 무슨 옷을 갈아입어야 하나요?"
"그게 아니고 치마를 입어서 불편하니 편리한 바지를 입고 나오라는 거죠."
"상관없어예. 치마 입고 아버지하고 썰었는데 아저씨하고 못 썰 일이 없잖아예."
"거추장스러울 것 같고 또 펄럭이니 볼품사납잖아요."
"괜찮아요. 누가 볼 것도 아니고 설령 본다고 한들 어때요."
우리는 깍지를 썰었다. 나는 옥수수 짚을 똘똘 말아 쥐고 작두에 들이밀었다. 옥분이는 시퍼렇게 날이 선 작두를 들었다 내려딛었다. 옥수수 짚은 잘게 썰려 나가며 치마는 새의 날개처럼 펄럭였다. 그럴 때마다. 속옷은 보일락 말락 하는데도 선머슴처럼 아무 거리낌 없이 잘도 디뎠다. 오히려 내가 거북스러울 정도로 활달하게 밟았다.
나는 얼굴이 달아올랐다. 못 볼 것을 본 것처럼 얼굴이 화끈거리고 가슴이 두근거리는데 그녀는 아무렇지도 않다는 듯 여물을 다 썰고 치마에 묻은 티겁들을 털어내며 이마에 땀을 닦고 있었다.
"시툴게 미겨시 힘이 드나봐요?"
"아, 그게 아니고 아저씨의 손이 작두날에 다칠까봐 불안하고 초조해서 땀방울이 맺혔나 봐요."

"걱정해 줘서 고맙습니다."

나는 입구에 쌓여 있는 깍지를 안으로 밀어 넣었다. 이만하면 열흘은 먹일 것 같다.

그 후부터 여물 깍지가 떨어지면 그녀와 썰었고, 쩔룩거림을 감추기 위해 위축된 걸음도 활발히 걸을 수 있게 되었다.

하루는 옥분이가 지는 물지게로 물을 길러 보기로 하였다. 소여물 물을 길러 갈 때면 나는 양손에 바케스를 들고 길러오고 옥분이는 물초롱을 지고 들어오곤 했었다. 그래서 내가 물지게를 져 보겠다고 등에 업고 나갔다.

"처음이면 아저씨가 잘 질 수 있을까예?"

"다리가 좀 불편하지만, 나무 같은 것은 한 짐씩 지는데 까짓것 물 한 짐 못 질까요."

나는 물초롱에 물을 가득 담아 일어섰다. 한 발짝 내딛으려는 순간 초롱의 물은 출렁거리며 파도를 치기 시작했다. 절름거리는 다리 때문에 박자를 맞출 수 없어 왔다 갔다 흔들렸고, 파도치는 물은 반은 쏟아져 신발이며 바짓가랑이가 흠뻑 젖었다. 뒤따라오던 옥분이는 입을 가리고 깔깔거리며 웃고 있었다.

"거 보세요. 제가 힘들다고 했지예?"

"보기와는 다르네요. 옥분 씨가 하는 걸 보면 참 재미있고 신기했는데 안 되는군요."

"그것도 요령이 있어야 해요. 저도 처음엔 그랬어예. 그런데 몇 번 하니까 요령이 생기고 물이 안 쏟아지더라구요. 내려놓고 어서 가서 신발이나 말리세요."

그녀는 물지게를 지고 무슨 곡예라도 하듯 물초롱을 잡지 않고 양손을 맞찌르고 가볍게 걸어가도 물은 쏟아지지 않았다. 보기에는 아무

것도 아닌데 그것도 기술이 필요했다.

  나는 아궁이에 불을 지피고 바지를 말렸다. 그리고 반 초롱씩 지고 연습을 하였다. 처음엔 리듬을 못 맞추어 왔다 갔다를 반복했지만 그것도 몇 번 하고 나니 걸음걸이는 리듬에 맞추어 물이 넘쳐 쏟아지지 않았다.

  눈이 내리고 있었다. 며칠 전 진눈깨비가 성인봉 높은 산을 물들이더니 이번엔 탐스런 눈이 쏟아지고 있었다. 누렁이와 이웃집 개들이 모여 눈 속을 껑충거리고 뛰어다니고 있었다. 개들도 눈이 내리니 좋은 모양이었다.

  나는 소를 들여 매고 나무 단을 헤쳐 나무를 잘게 도끼로 잘라 놓았다. 머슴살이는 비가 오나 눈이 오면 더 바빠지는 것이었다.

  옥분이는 설거지를 하고 잘라 놓은 나무를 안아 부엌에 가지런히 가린다. 내가 할 테니 다른 일을 하라고 만류를 하였지만 옥분이는 내가 측은해 보였던지 잘라 놓기 바쁘게 거두어 부엌에 가득 쌓아놓았다.

  다음 날 아침에 일어나니 눈이 제법 많이 쌓였다. 싸리 빗자루로 처마 밑을 쓸어내고 눈가래를 찾아보았다. 통나무 널빤지로 깎아 만든 눈가래는 투박하고 끝이 닳아서 뭉툭하여 눈을 밀어내기가 힘이 든다. 앞마당과 소 마장을 한참 밀어내고 눈가래를 하나 만들려고 송판을 찾아보았다. 송판은 보이지 않고 처마 밑에 사과 궤짝이 하나 보인다. 그것을 뜯어 만들려고 작은 톱과 망치를 찾아보았다. 망치와 톱은 있는데 못이 없다. 옥분이에게 말했더니 어디서 못 다래기를 찾아다 준다. 사과궤짝을 직딩히 오리 양 닐개에 움직이지 않도록 고정시켜 못질을 하고 나뭇가리에서 미끈한 자작나무를 골라 자루를 만들어 못질을 했다. 옥분이는 눈가래를 보고 솜씨가 대단하다고 칭찬을 하면서 새로 만든 눈가래는 자기 것이라며 눈이 많이 내리면 앞마을까지 길을 같이 뚫자고 했다.

하얗게 내린 눈이 며칠이 안 가 꺼뭇꺼뭇 바닥을 드러내더니 다시 눈이 내리고 있었다. 이제는 깊은 겨울이 온 모양이었다. 하늘로부터 눈송이는 탐스럽게 쏟아지고 있었다. 나는 눈을 맞으며 우물길을 가래로 밀었다. 너무 많이 쌓이면 눈가래로 잘 치워지지 않기에 한 번 더 치워주는 것이 쉬울 것 같아 우물길을 밀어냈지만, 워낙 탐스럽게 내리는 눈이라 눈은 다시 쌓여 길을 친 흔적도 없었다.

나는 아궁이에 불을 피워 일찌감치 여물을 끓여주고 방으로 들어갔다.

눈은 밤새도록 쏟아지고 있었다. 새벽에 나오니 눈은 한 길은 쌓인 것 같다. 눈풍새가 들이쳐 부엌문이 잘 열리지 않아 눈가래로 뜨락을 밀어내고 부엌으로 들어갔다. 일찍 여물을 끓여주고 눈을 치우기 시작했다.

거의 한 길 정도 내린 눈을 가래로 한 삽 한 삽 퍼올려 화장실과 김치가리를 토끼 길처럼 뚫어놓았다. 이젠 우물길을 뚫어야 하는데 엄두가 나지 않았다.

강원도에도 눈이 많이 내리지만, 울릉도는 강원도보다도 더 많이 내렸다. 눈에 덮인 마을은 몹시 평화롭게 보였다. 나는 눈가래로 우물길을 밀어내기 시작했다. 가슴께까지 올라온 눈을 양옆으로 퍼 올리니 길은 방공호처럼 길게 뚫어져 나갔다.

옥분이도 같이 돕겠다며 눈가래를 들고 나왔다. 누렁이도 옥분이를 따라 나와 눈 위로 뛰어오르다가 눈에 빠져 허부적거리며 끙끙거리고 있었다.

내가 눈가래로 조금씩 길을 뚫고 나가자 옥분이도 돕겠다며 저쪽 우물에서 들이친다고 나를 비켜 눈을 뚫고 나가는데 눈이 여자의 가슴

께까지 올라왔다. 옥분이는 헤쳐 나가지 못하고 제자리에서 허부적거리며 웃고 있었다. 나도 따라 웃음이 나왔다. 아무리 걸어도 제자리인 걸음.

"그럼 내가 저쪽에서 쳐 올 테니 여기서 해요."

내가 가래를 짚고 밍기적거리며 눈을 헤치고 샘물로 가보니 샘물은 눈에 덮여 깊은 구덩이처럼 들여다보인다. 나는 물가를 가래로 밀어내고 길을 뚫기 시작했다. 두어 발을 치워내는 데도 한참 퍼내야 자리가 난다. 옥분이와 불과 50~60미터 거리인데도 한나절 가까이 걸렸다.

"자 이제 개통이 얼마 안 남았으니 부지런히 합시다."

내가 말을 하자

"견우직녀가 오랜만에 상봉하는군요."

옥분이가 말을 해놓고 깔깔 웃었다.

"그러게요. 여름 칠월 칠석에 못 만나고 겨울 동지 칠석에 만나니 더 의미가 새롭군요. 하하."

나도 웃었다.

우리는 길을 뚫어놓고 물부터 길었다. 깊고 좁게 뚫린 길을 물지게를 지고 바닷가의 게처럼 모로 걸어가야 하기 때문에 출렁거려 바짓가랑이를 또 적셔야 했다. 내 모습이 답답하고 안쓰러운지 옥분이가 물지게를 뺏는다. 옥분이는 물지게를 지고 게걸음으로 들어오지만 물을 안 흘리고 잘도 들어오고 있었다.

주인아저씨는 설피란 것을 신고 마을 앞길을 눈 위로 걸어가고 있었다. 그것을 보니 아버지 모습이 갑자기 떠올랐다.

내가 어렸을 때 한 해 겨울눈이 얼마나 많이 내렸는지 밖은 처마 밑까지 눈이 가득 차 문이 잘 열리지 않았다. 아버지는 부엌으로 통하는 문을 열고 밖으로 나가 벽에 걸려있는 꿩창애 같은 둥그렇게 휘어 만든 것을 신발 위에 신고 한 길이나 되는 눈 위로 걸어가는 것이었다. 그때 처음으로 봤는데, 얼마나 신기했는지 아버지가 요술쟁이 같았다.

　이 집에서 저 집으로 이어지는 길이 1~2백 미터는 되는 길을 설피란 것을 신고 다져서 뚫어놓았다. 사실 설피란 것은 눈이 많이 내렸을 때 멧돼지나 노루 고라니 같은 산짐승을 사냥하기 위해 눈 위로 걸어다니게끔 고안해 낸 덧신발이라고 했다. 주인아저씨가 눈 위로 오고 가며 길을 다지자 옆집 아저씨들도 설피를 신고 길을 다지고 있었다. 울력인 것이다. 몇이서 한 번씩 다지고 지나간 길은 얼음처럼 딱딱하게 응고되어 꺼지질 않았다. 다음날은 다져진 눈길 위로 아낙네들이 마실을 가고 있었다.

　나도 다져진 길 위로 바닷가로 갔다. 눈 덮인 바닷가는 더욱 낭만적으로 보이고 눈 속에 핀 동백꽃은 더욱 붉고 아름답게 보였다. 어떤 가지들은 눈 무게를 못 이겨 부러져 있다. 꺾어진 가지를 정성껏 일으켜 세웠다. 그러나 가지는 뚝! 하고 부러지고 말았다. 나는 꺾어진 가지를 안고 집으로 돌아왔다. 그리고 다져진 길옆 마당에 꽂아놓았다. 겨울 꽃이라 시들지 않았다.

　주인아저씨는 멀쩡한 나무를 꽃을 보기 위해 꺾어다 꽂아놓은 줄 알고 좋지 않은 표정으로 대했다. 나는 설해목 피해로 부러져 너무 아까워 갖고 왔다고 했더니 그제야 고개를 끄덕였다. 옥분이는 집 앞에 꽃을 꽂아놓으니 무슨 축하연이라도 있는 것 같다며 좋아했다.

14. 울릉도의 봄

겨울이 가고 봄이 오고 있었다.

섬마을을 하얗게 물들였던 눈도 녹아버리고 양지쪽에는 봄꽃이 피기 시작했다. 매화꽃이 피면서 동백꽃은 떨어지고 있었다.

꽃이 피고 꽃이 지는 섬마을 봄이 오면서 이곳 섬에도 철새들이 날아오고 있었다. 궁궁새 소리가 먼저 들리고 꾀꼬리, 뻐꾸기 그리고 뒤이어 두견새도 울었다.

봄이 찾아오니 어촌마을은 더욱 분주했다. 겨우내 묶어놓았던 어선도 손을 보고, 도색을 하고, 조업 들어가기 전에 떼기 밭(작은 밭)에 씨앗을 뿌려야 했다.

밭을 갈기 위해 겨우내 놀던 소에게 쟁기를 메워 주인아저씨가 쟁기를 대고 내가 소코뚜레를 거머쥐고 끌기 시작했다. 아무리 밭을 잘 가는 농우라고 하더라도 겨우내 쉬고 나면 처음에는 껑충거리며 날뛰는 법이다. 그래서 처음 몇 골은 소코뚜레를 잡아끌고 맥을 쭉 빼놓아야 제풀에 꺾여 발을 늘는다. 아저씨는 몇 골을 갈며 소를 모는데 소는 뜀박질을 하면서 경시렁거려 허리를 두드리며 못하겠다고 한다. 소를 길들이려면 몇 골씩 갈고 쉬며 적어도 한나절은 갈아야 하는데, 다친 허리가 조금만 일을 하면 끊어질 듯 통증이 온다고 했다. 이번엔 내가 쟁기를 대고 아저씨가 소를 끌었다. 소를 끄는 것도 만만찮다. 소는 주인을 떠받을 것처럼 씩씩거리며 밀치고 냅다 달리고 있었다.
 이 광경을 지켜보던 옥분이가 자기가 소를 끌어보겠다고 장화를 신고 밭으로 나왔다. 그리고 소코뚜레를 꿰어 맨 밧줄을 끌기 시작했다. 소는 여전히 껑충거리며 옥분이를 떠받을 것처럼 밀고 나갔다.
 "와 이러노, 소야. 그렇게 착한 소가 와 이렇게 발광을 하노. 나 좀 봐주레이. 어구 착하다."
 목덜미를 긁어주고 머리를 만져주며 달랬지만 여전히 끌면 경시렁거리고 밀치고 나갔다. 몇 골을 끌던 옥분이는 소가 여자의 간을 본다면서 자기가 쟁기를 대어 볼 테니 나더러 소를 끌어 소 질거지를 들여보라고 쟁기에 매달린다. 나는 이마에 맺힌 땀방울을 닦으며 남자도 힘이 드는데 어찌 여자가 갈겠느냐고 웃었지만 한사코 자기가 해보겠다는 것이었다. 그럼 그렇게 해 보자고 했다. 그녀가 쟁기를 대고 내가 또 끌었다.
 "이랴, 소야. 우리 말 잘 듣는 순댕이가 오늘은 무엇이 안 맞아 성깔을 부리느냐. 너슬너슬 천천히 가자. 이랴 소야."
 그녀는 익숙한 농군처럼 소 모는 소리를 내면서 연장에 매달려 따라오고 있었다. 머슴아 치고도 선머슴아였다.
 "아저씨, 연장이 잘 들어가지 않아 골이 엉망이에요. 지렁이가 기어간 것처럼 삐뚤거리고 꼬불거려요. 옥수수 뿌리도 잘 안 뽑히구예."
 "괜찮아요. 오늘은 소 길 잘 들여갔고 다음에 골을 잘 갈면 돼요."
 "이랴. 호호호."
 그녀는 곱상한 얼굴에 비해 마음은 완전 머슴아였다. 옥분이가 쟁기를 대고 갈다가 또 옥분이가 끌고 내가 쟁기질을 하면서 한나절을 부리니 소가 맥이 빠졌는지 입에 거품 침을 내물며 천천히 가기 시작했다. 이제 길이 든 모양이었다.

이 광경을 한동안 지켜보고 있던 주인아저씨가

"이제는 됐어. 길이 들었어. 외양간으로 들이몰아. 여물 먹이고 며칠 후에 부치미를 시작해 보자"는 것이었다.

나는 소를 떼어 외양간에 들이몰았다. 깍지를 퍼다 가마에 안치고 사료를 한 구박 흠뻑 떠다 섞어 끓여주었다. 소는 힘이 들어서인지 여물을 밀치고 물을 죽~ 들이키더니 먹기 시작했다. 소는 첫날처럼 날뛰지는 않지만 그래도 처음 몇 골은 끌다가 놓으니 어슬렁어슬렁 제 골을 찾아 잘 갈고 있었다.

"이랴, 소야 어서 가자 전번에는 꾀부리더니 오늘은 말 잘 듣네. 어디 소. 골머리에 다 왔다. 어추, 돌아서라 어디야."

나는 강원도 소모는 소리로 청승을 부리니 소를 끌던 옥분이는 소모는 소리에 눈물이 다 날 지경이라고 했다.

"이젠 소가 잘 가네예. 너무 신통하지예. 아마도 아저씨 소모는 소리가 너무 구성지니 소가 감동받은 모양이라예."

"하하, 소도 강원도 사투리를 들으니 신기한가 보죠."

"네, 경상도 소 소리하고 좀 다릅니더. 소가 헷갈리겠어예."

새참 때가 되어 주인아주머니가 참을 갖고 왔다. 찐 고구마와 손수 담근 막걸리다. 아저씨는 술만 몇 잔 마시고 일어선다.

주인아저씨가 자리를 비키자 옥분이는 물 대신 술을 따라주며 목이 마를 테니 한 잔 해 보라는 것이었다. 나는 옥분이 눈치를 보며 한 잔 죽 마셨다. 오랜만에 마셔보는 술은 더 진미가 있는 것 같다. 옥분이는 내 표정을 보더니 한 잔 더 따라 준다.

"아구예, 아저씨는 술 못하시는 줄 알았는데 술도 한 잔씩 하네예?"

"네, 마음이 울적하다 할까 그럴 때 마음을 달래기 위해서 한 잔씩 할 뿐 그 외에는 안 마십니다."

그리고 보니 처음 와서 며칠째 되던 날 주인아저씨가 자리를 함께 하고 술을 따라 마시고 나에게도 한 잔 권했었다. 그때 나는 어른 앞에서 넙죽넙죽 받아 마시는 것이 예의가 아니라 생각되어서 술을 못한다고 말했었다. 그 후부터 술은 아예 못 먹는 줄 알고 한 번도 먹어보란 소리가 없다 보니 옥분이는 술은 아예 못 먹는 줄 생각한 모양이었다.

"힘들 때 한 잔씩 하면 힘이 더 충전된다고 하던데 사실입니꺼? 우리 어머이 술 담그는 솜씨가 일품이라예. 아버지가 애주가다 보니 자주 술을 담급니다. 술맛이 어떻습니꺼?"

"예, 일품입니다. 달코스름하고 쌉쓰름한 게 참 맛이 좋습니다. 농주로만 하기에는 그 진미가 아깝습니다. 어디 바닷가 운치가 좋은 데 가서 마시면 절로 흥이 나고 춤이 나오겠는걸요."

"그라믄 술 못 드신다고 한 게 거짓이네예."

"조금 전에 말했듯이 착잡하거나 우울할 때 곧잘 마셨는데 술 마시고 청승 떠는 것도 좋지 않은 버릇이잖아요. 그래서 안 마시기로 했죠. 그리고 지금은 옥분 씨가 좋은 벗이 되어 주잖아요. 처음엔 어색했지만…."

"그래예, 저도 아저씨가 처음엔 말도 안 하고 쌀쌀맞아서 성격이 외톨이인 줄 알고 경계를 했었는데 차차 알고 보니 정도 많고 너무 좋아요."

"맛있게 먹었습니다. 내일부터 거름치고 본격적으로 할 텐데 힘이 들 땐 한 잔씩 해도 되는 거죠?"

"그럼예, 아버지께서도 아저씨가 술 마시는 것을 알면 오히려 더 좋아하실 지도 몰라예. 아버지는 애주가이시니 어머니는 자주 술을 해

담그시고, 이웃 어른들하고도 자주 어울려 술을 마시거든예."
　나는 밭을 마저 갈았다. 소는 젖이 불었는지 어음어음 송아지를 부르고 있었다. 마장에 매여 있는 송아지도 음매 음매 엄마를 부르고 있었다.
　다음날 부치미는 시작되었다. 나는 거름지게를 지고 거름을 져다 삼태기를 메고 거름을 뿌리면 옥분이는 씨앗다래끼를 차고 강아지처럼 나를 졸졸 따라다니며 씨앗을 뿌렸다. 주인아저씨는 씨앗을 정성스레 묻고 있었다. 이제 완연한 봄이 되면 새움이 터서 무럭무럭 여름까지 자라 가을이면 결실의 열매를 맺어 사람들에게는 식량을 가축에게는 사료를 공급해줄 것이었다.

　며칠 동안 농번기를 끝내고 묶어놓은 배들을 끌어내어 풍어제를 지낸다고 했다. 손 없는 좋은 날을 받고 이장을 비롯한 동리 어른들이 모인 가운데 일 년 동안 대통운수를 비는 풍어제였다.
　울릉도 연안은 농사보다는 어업을 주 생계로 이어가고 있는 터라 풍어제는 마을 큰잔치로 연례행사가 된다는 것이었다. 특별히 연례행사를 치르기 위해 해마다 돌아가며 흑돼지 한 마리 기른다는 것이었다. 나무를 베어다 우물정(井)자로 돼지우리를 짓고 일 년 동안 잘 기른 돼지를 잡아 행사를 진행시키는 것이다.
　유월달도 중순이 되는 어느 날 풍어제는 시작되었다.
　방파제 앞에 배들을 죽 매어놓고 그 앞에 용왕신 해왕신 울릉지킴신 모든 신들을 모셔놓고 제물을 차렸다. 동리에서 기른 돼지머리를 손질하여 제상에 올려놓았다. 죽은 돼지지만 얼굴에 웃음이 가득하면 그해 운수대통이란다. 연속 만선을 유지하고 돼지 얼굴이 찌그러지면 흉어로 별 재미를 못 본다는 것이었다. 죽음을 당하는 돼지가 어찌 웃으면서 죽겠느냐고 누구인가 재담의 말을 했다. 그러자 주민들한테 절을 받는 돼지니 얼마나 행운이며 그 사실을 아는 돼지는 웃으면서 죽는다고 말했다.

동리에서 제일 연세가 높은 어른이 두루마기를 입고 건을 쓰고 배를 올렸다. 그런 후 이장과 선주들이 차례로 제를 올렸다. 주인집 아저씨 두루마기를 입고 제를 올리고 옥분이도 음식을 나르고 있었다. 한켠에는 드럼통을 잘라 만든 숯불구이를 놓고 둘러서서 삼겹살을 지글지글 볶아 서로가 술을 권하고 있었다.

나는 별로 념도 없고 또 낯이 설어 축항 한쪽에서 빙빙 돌고 있을 때 옥분이가 다가와 팔소매를 끌어당겼다.

"와 여기 있습니꺼? 얼마나 찾았다구예. 퍼뜩 가서 고기 좀 드이소."

그녀는 불판 쪽으로 나를 끌고 갔다. 나는 절름거리며 옥분이 뒤를 따랐다. 그녀는 둘러서 있는 사람들에게 나를 소개시켰다.

"우리 집 아저씨라예. 이제 고기 시작하면 우리 아저씨 잘 좀 봐주이소. 그라고 술도 같이 드시고예. 아는 사람 없으니 맹숭맹숭 한기라예."

그녀는 그렇게 소개하면서 나무젓가락을 하나 갖다 준다. 달구어진 불판 위엔 지글지글 삼겹살 기름이 튀고 있었다. 모두들 탐스럽게 먹고 술잔이 오고 간다. 그러나 내게는 잔이 오지 않고 자꾸만 건너뛴다. 낯이 설으니 그렇겠지만 그것보다도 옥분이네 일꾼이라는 관념 때문에 잔이 안 오는지도 모를 일이었다. 나는 고기 몇 점을 먹고 그 자리를 뜨고 말았다. 그리고 며칠 지나 조업은 시작되었다.

사동 갯마을에 매여 있는 어선 몇 척 중에 선원을 구성하였다. 저동에서 탔던 배들처럼 선체가 작기 때문에 선원이라야 고작 십 명 내의 선원으로 구성되었다. 처음 시작하는 조업이니만큼 외지에서 들어온 선원은 없고 마을 사람들만 구성하다 보니 두 척만 한다는 것이었다.

나는 주인집 친척뻘 되는 분이 선주 겸 선장으로 있는 배를 타게 되었다. 주인아저씨가 아들이 쓰던 어구라면서 건네주는데 군에 간 아들에 대한 애정과 그리움이 역력하다. 선원 아홉 명을 태운 배는 동남쪽으로 서너 시간 운항을 하다 독도가 아련히 보이는 곳에 풍을 놓았다.

아, 독도! 육지에서 배를 탈 때 처음 해상에서 울릉도를 바라보았을 때처럼 감회가 새롭고 경이로웠다. 독도에도 사람이 산다고 했다. 수비대원 민간인도 한 명 거주하면서 독도 명물인 해삼, 전복, 멍게 같은 해산물을 채취한다는 것이었다. 언제쯤 그곳 가까이 가서 조업을 하고 돈 안 들이고 관광을 할 수 있을지….

나는 낚시를 풀었다. 만선의 꿈을 안으면서. 그러나 몇 번이고 낚시를 풀어보지만 신통하질 않았다. 아직 어군이 형성되지 않았는지 엄지손가락 굵기 같은 자잘한 오징어 새끼만 낚시에 걸려 올라왔다. 밤이 이슥토록 낚시를 드리워도 별 소득이 없자 선장은 다른 곳으로 이동을 하였다. 그곳에도 여전히 흉어였다. 선장은 아직까지 바다의 어군이 형성되지 않았다며 며칠을 더 기다린 후에 조업을 해야겠다고 했다.

나는 한껏 부풀렸던 조업의 꿈을 삭히며 며칠을 기다려야 했다. 작년에도 이맘때는 고기가 흉어였다가 칠월 달로 접어들면서 조금씩 잡히다가 팔월이 되면서 본격적으로 조업이 시작되었다는 것이다. 배는 며칠을 더 있다가 조업을 한다는 것이었다. 나도 배 나갈 때까지 쉬지 않으면 안 되었다. 그렇잖아도 해변가 언덕 위 덕장을 손볼 사이가 없다고 걱정을 해 아저씨를 도와 덕장을 손질하고 나가면 안성맞춤이었다.

기둥으로 서 있는 나부늘이 낡은 것은 새것으로 몇 개 살고 노리목도 낡은 것은 새것으로 갈았다. 이제 오징어만 많이 낚으면 줄을 늘여 건조하면 된다. 여름내 나는 낚고 옥분이네 식구들은 정성껏 건조할 것이다.

옥분이는 밭두렁의 노는 공간을 활용하기 위해 호박을 심는다며 도와달라고 했다. 울릉도 밭두렁 노는 공간들은 주로 호박을 많이 심는다. 참호박을 심어 호박떡과 호박엿을 만들어 먹기 때문에 밭두렁마다 가을이면 호박이 주렁주렁 매달려 익어가고 있다는 것이다.

나는 괭이로 구덩이를 파고 우사 친 퇴비를 한 짐 져다 구덩이에다 한 움큼씩 넣어주었다. 옥분이는 거름 친 위를 흙으로 덮으며 호박씨를 몇 알씩 뿌리고 다시 부드러운 흙으로 덮어준다. 식물도 애정과 정성을 얼마나 쏟았느냐에 따라 열매의 결실이 눈에 띄게 달라진다.

옥분이는 가을이면 호박엿과 호박술을 담그는 기술을 어머니께 연수받아 직접 만들어 선보일 테니 맛을 평가해 보라면서 호호거린다. 호박술 맛은 어떨까? 벌써 호박술 향이 코끝에 와 닿는 것 같다.

다시 출항이 시작되었다. 짧은 시간이지만 다시 만나는 선원들이 반가웠다. 며칠 사이지만 낚시에는 굵은 오징어들이 물려 올라왔다.

"됐어. 이젠 완전히 어군이 형성된 거야. 모두들 힘을 내어 열심히 해보자고."

선장이 말을 하자 선원들은 좋아하고 있었다.

나도 열심히 물레를 돌렸다. 칙! 칙! 물줄기를 뿜으며 올라오는 오징어 떼들…. 이제 열심히 낚아 올려야 겨울, 봄 동안 일한 대가를 오징어를 건조시켜 나누어 먹기로 계산한다고 했다. 만약 오징어를 잘 못 잡는다면 그동안 일한 대가는 도로 아미타불로 끝나는 것이다.

밤새껏 조업을 하고 새벽녘에 사동항에 들어가니 주민들이 웅성거리며 자리를 지키고 있었다. 첫 출항이라 풍어에 대한 궁금증과 남편을 마중 나온 아낙네들이다.

낚시 도구를 내려주고, 고기 바구니를 받아 내리며 서로 건네주고 받아 내리고 있을 때
"아저씨예."
하는 소리가 들렸다. 고개를 돌려보니 옥분이가 양푼다라를 들고 배 밑에 서 있었다.
나는 오징어를 담아 옥분이에게 건네주었다. 옥분이는 커다란 다라를 축항에 내려놓고 건네주는 오징어를 받아 쏟았다. 그리고 내려놓은 오징어를 둘러앉아 배를 가르기 시작했다. 아낙네들의 칼 놀림이 예사롭지 않았다. 왼손으로 한 마리 주워드는 순간 내장은 다른 양푼에 쏟아지고 바구니 속으로 휙 던져진다. 여름 내내 해오던 솜씨를 겨울 동안 못 써먹으니 몸살이 날 지경인 모양이었다.
이제부터 섬사람들의 본업이니 모두들 실력을 발휘하는 모양이었다.
옥분이 솜씨도 대단했다. 이제 스무 살 조금 넘은 나이치고 그저 멋이나 부리면서 집안 살림만 도와주어도 감지덕지할 나이다. 그런데 섬사람들의 강인하게 전해 내려오는 습성 때문인지 옥분이는 나이답지 않게 야무진 손놀림으로 오래 숙련된 아낙네들 못지않았다.
그녀는 두어 시간 남짓 오징어를 모두 할복하여 깨끗이 씻어 대바구니에 건져 담았다. 이제 건조장까지 운반하여 널어놓으면 된다. 오징어는 해풍을 받아 꾸들꾸들 건조될 것이고 나의 사경은 저 오징어가 최상급으로 건조되어 포항이나 대구 또는 서울로 1등급으로 팔려나가야 사경 주가는 그만큼 올라가는 것이다.
나는 아침을 먹고 눈을 붙였다. 뜬눈으로 밤을 밝혔기 때문에 우선 한숨 푹 자야 한다. 그래야 출항하면 심부할 수 있으니까.
옥분이가 깨워 일어나니 오후가 되었다. 차려주는 밥을 먹고 배로 나갔다. 배에는 아직 다른 선원들은 보이지 않았다. 기관장만 배 엔진

을 걸어 집어등을 켜놓고 손을 보고 있었다.
 집어등이 밝아야 고기가 많이 모여들 것이고 그래야 만선할 수 있을 것이니까.
 바구니를 둘러멘 선원들이 하나둘 모여들고 있었다. 바구니 속에는 부인들이 정성스레 싸준 도시락과 항상 예비로 갖고 다니는 낚시틀이 들어있다. 다데기가 올 때 너무 많이 물어 터져 나가는 수도 있지만 복어도 간혹 오징어 낚시를 끊고 달아나는 수도 있다.
 독도가 아스라이 보이는 곳, 어제 저녁에 조업하던 위치에 배를 띄운 것 같다. 몇 시간을 더 나가 독도 근처에 조업을 한다면 말로만 듣고 지도에서만 봐오던 독도를 가까이에서 관찰하면서 구경할 텐데…. 오징어는 쏠쏠히 올라오고 있었다. 선원들은 조금이라도 더 낚으려는 심산으로 물레를 열심히 돌려대고 있었다. 사각형의 물레에 감겨 올라오는 시울, 그리고 롤러를 타고 달각거리며 넘어와 감기는 낚시, 그 끝에 주먹만 한 쇠뭉치로 매달려 있는 추, 추의 무게로 해저 깊숙이 내려 꽂혔다가 다시 감아올릴 때 오징어가 낚시에 걸려 올라와 칸막이에 떨어진다. 띄엄띄엄 올라오는 오징어라고 게으름을 피우다 보면 하바리를 면치 못한다. 띄엄띄엄 물려 올라와도 꾸준히 하다 보면 상바리를 놓치지 않는다.
 며칠 동안 울릉도와 독도 중간 어장에서 조업을 하면서 하루 이틀 독도 쪽으로 점점 다가가더니 마침내 독도 가까이에 이르렀다.
 동도와 서도가 나란히 마주하고 작은 섬들이 두 섬을 경호하듯 엎드려 지키고 있었다. 섬마다 하얗게 모여앉아 휴식을 취하던 갈매기들이 독도를 찾는 손님을 환영이라도 하듯 일제히 날아올라 우리 배를 에워쌌다. 괭이갈매기, 점박이 갈매기들이 한데 어우러져 노래하고 있었다.

독도 가까이 접근하자 독도를 지키는 해경들이 손을 흔들어 준다. 우리도 같이 손을 흔들어 주었다.

아직까지 관광이 허용되지 않고 있는 만큼 어선 외에는 사람들을 볼 수 없으니 우리 배를 보고 무척 반가운 모양이었다. 선장은 나를 위해 관광을 시켜준다면서 배를 몰고 독도를 한 바퀴 돌았다. 절벽 위에 위태롭게 지어져있는 해군초소, 초소를 오르는 길이 병창 사이로 아슬아슬하게 이어졌고 상봉엔 태극기가 해풍을 맞으며 휘날리고 있었다.

우리는 동도 가까운 부근에 배를 세웠다. 파도도 처음 독도를 방문하는 것을 아는지 잔잔하게 일고 있었다.

해가 지기 바쁘게 집어등을 밝혔다. 우리 배가 제일 멀리 나와 조업하는 것 같은데 더 멀리 바다 끝 쪽으로 조업하는 불빛이 반짝거린다. 저 끝의 배들은 어느 선단의 배일까? 우리나라 배일까? 아니면 일본에서 조업 나온 일본 배일지도 모른다. 어로구역이 그어지고 대화퇴에서는 일본 배 우리나라 배가 한 구역에서 조업을 하기 때문에 일본 배를 자주 볼 수 있었는데 독도 어장은 어떻게 형성되었을까?

오징어가 물려 올라오기 시작했다. 다데기였다. 대부분 다데기는 밤이 이슥할 때 낚싯줄이 터져라 매달려 줄다리기를 하는데 이상하게도 초저녁부터 올라오고 있었다.

"다데기다! 다데기다!"

먹물을 뒤집어쓰고 물레를 돌려대는 어부들 얼굴 위로 기쁨과 희열이 가득하다. 다데기는 몇 시간을 이어졌다. 작은 배 위로 가득 넘쳐 흐른다. 이제 더 낚아 올려도 담을 데가 없을 정도다. 선체가 적어 남의 간, 내 간 할 것 없이 가득하다. 육시 배 같으면 만선의 깃발을 올리고 전쟁에서 개선하는 장군처럼 요란법석을 떨 텐데. 울릉도 배는 만선할 기회가 종종 있는지 그리 요란은 떨지 않았다.

몇 시간을 배질 하여 사동에 들어오니 아직 밤중 전인 것 같다. 배를 포구에 정박해 놓고 모두들 집으로 돌아가고 있었다. 나도 그들 뒤를 따라 주인집으로 들어갔다.

토끼잠 자듯 한숨 자고 하역하러 새벽에 배로 나갔다. 배에는 벌써 사람들이 모여 웅성거리고 있었다. 조금 후에 아저씨와 옥분이도 나와서 많이 잡았다고 입이 벌어진다. 오징어를 할복하여 덕장까지 운반하여 꿰어 널자면 일감이 너무 많아 진종일 하겠지만 옥분이는 힘들어도 내색 없이 많이 잡아 좋다고 호호거리며 하역하는데 같이 거들고 있었다.

육지 배는 아무리 만선을 하더라도 칸막이를 할 수 있는 데까지 높여 네 것 내 것을 따로 구분하지만 이곳 사동 배는 안 그렇다. 자기 칸막이를 넘어 배 안에 넘치면 공동으로 내려 분배를 한다. 그래서 그 많은 숫자를 셀 수도 없고 무더기를 어부 숫자에 맞추어 쌓아놓고 선장, 사무장, 기관장 순으로 고르게 한다. 그럴 때는 실력이 뒤떨어지는 선원도 똑같은 몫을 차지한다. 옥분이는 작은 식칼로 오징어 배를 가르기 시작했다. 아침 후에는 아주머니가 같이 거들겠지만 워낙 무더기가 커서 꽤나 시간이 걸릴 것 같았다.

"오늘 저녁도 만선을 하이소. 제가 만선하라고 축원할게예."

"글쎄요, 만선하는 것도 좋겠지만 만선하면 옥분 씨 일감이 그만큼 많아지잖아요."

"일감이 푹푹 많아져야지 건조장이 가득하고 건조장이 가득 차야 아저씨 몫도 많아지잖아예."

독도 근해에서 만선의 재미를 보는 동안 장마철이 시작되었다. 장마가 시작되면서 비는 바다에도 억수로 내렸다. 우기 철에는 오징어 건조가 상품성이 떨어지기 때문에 장마가 끝이 날 때까지 덕장을 비워 둔다. 그렇다고 조업을 안 하는 것은 아니다. 똑같은 시간에 조업을 나가고 새벽에 돌아온다. 다만 낚아온 오징어를 저동항에 들이대어 입찰을 본다.

저동 앞바다에는 부산에서 올라온 대형 냉동선이 정박해 있고 스피커에서는 바다를 주제로 하는 노래가 흘러나오고 있었다. 마도로스 박, 목포는 항구다, 울며 헤어진 부산항 해운대 엘레지, 울릉도 동백꽃 같은 애환이 담긴 노래가 잠잠하게 잠을 자던 내 맘을 흔들어 놓는다. 아아, 육지로 건너가고 싶다. 부모형제의 따뜻한 온정이 그립다. 그리고 미영이는 어디서 무엇을 하고 있을까? 쥐꼬리만 한 월급을 쪼개어 야간 간호학원이라도 다녀 자격증을 취득하면 음지에서 고생하는 힘없는 사람들을 도우며 나이팅게일의 교훈을 받고 싶다고 했었는데…. 한 달여 동안 장마가 끝이 나고 사동 갯마을은 다시 활기를 띠기 시작하였다. 육지에서 오징어잡이 돈벌이하러 들어오는 사람들이 사동에도 늘어나고 있었다. 뭍에 매어져 있던 배들도 포구에 내려져 조업 준비를 하고 배마다 외지선원들이 한두 사람씩 섞여 있었다. 대구에서, 영천에서, 울산에서, 여름 한철 돈벌이하러 들어오는 사람들이었다.

따라서 오징어 건조장도 바쁘게 돌아갔다. 방파제가 두어 발밖에 안 될 정도로 작은 항에 매여 있던 배들까지 조업을 한다. 그러다 보니 작업을 마치고 뒤늦게 들어오면 방파제에 들이대지 못하고 차례를 기다린다. 그러다가 시간이 길어지면 바닷가에서 하역하는 수도 있다. 그럴 때면 허리까지 올라오는 바닷물에 빠져 고기 상자를 받아 전달을 한다. 옥분이는 허리까시 올라오는 바닷물에 옷이 흠뻑 섯어 들어가고 나온 부위가 드러나게 보이는데도 아무런 거리낌 없이 호호거리면서 오징어 바구니를 받아 내리고 있다. 참으로 활달하고 명랑한 성격의 소유자다. 그리고 하역한 오징어 할복을 하여 한 마리 한 마리 대나무 꼬챙이에 꿰어 덕대에 널어놓는다.
　여름 가을 동안 조업을 하고 건조를 하는 동안 겨울이 왔다. 이제 나는 일 년 동안 일한 사경을 계산하여 육지로 나가고 싶다는 생각이 들었다.
　처음 울릉도에 올 때는 조용한 섬에 묻혀 낚시나 하며 모든 시름을 달래려 하면서 한세상 보내고 싶었다. 그러나 일 년 동안 주인 눈치를 보고 비위 맞추며 생활하는 것도 여간한 인내력 없이는 힘이 들었다.
　그러던 어느 날 이제는 일 년이 거의 되어가고 또 떠나야겠다는 생각이 들어 주인아저씨께 말씀을 드렸다.
　"제가 온 지 일 년이 되어갑니다. 그동안 많은 신세를 졌습니다. 이젠 육지로 돌아가고 싶군요."
　그러자 아저씨도 아주머니도 놀라는 눈치였다.
　"아, 글쎄 본인이 떠난다면 하는 수 없겠지만 기왕이면 군에 간 우리 아들 제대할 때까지 있어 주면 안 되겠는가?"
　주인아저씨는 아쉬워하였고 옥분이도 놀라는 눈치다.
　"갑자기 떠난다는 얘기가 무슨 소리라예. 우리가 아저씨에게 무언가 섭섭하게 대했나 보지예?"
　옥분이 몹시 서운한 얼굴이었다.
　"아니에요. 아저씨 아주머니 옥분 씨 모두가 잘해주니 너무 과분하구요. 그리고 지난해 들어올 때 일 년을 있기로 했잖아요."
　"암 그렇지, 일 년 동안 있기로 했었지. 그렇지만 자네가 심덕이 착하고 근실하여 일을 착실히 해주니 우리도 여태 자식처럼 믿고 왔지만, 심덕이 불량하고 거친 사람이 들어왔다면 어디 한 달이나 있었겠는가. 한 달도 못 되어 헤어졌겠지. 아무튼, 한 해 동안 조업한 오징어를 계산 봐 줄 테니 고향으로 가고 싶으면 집에 가서 며칠 푹 쉬고 다시 들어오게. 그리고 우리 철민이 올 때까지 있어 주게."

주인아저씨 말을 받아 옥분이도 오빠가 제대할 때까지만 있어 달라고 애원하는 것이었다.

그렇지만 일 년을 더 연장하려니 마음이 답답하고 주인아저씨 말대로 바람 쐬고 다시 들어오려니 마음이 허락지 않았다.

15. 동백꽃 사연

옥분이는 며칠째 말이 없었다. 바다에 나가 조업을 마치고 들어오는 내게 전처럼 웃으며 맞아주지 않았다. 그저 조개처럼 입을 다물고 고기 상자만 받아 내리고 말없이 고기만 손질하였다. 내가 처음 옥분이를 만났을 때 절름거리는 다리 때문에 벙어리가 되었을 때처럼 옥분이도 그렇게 입을 다물고 있었다.

어느 날 마음이 답답해서 무엇인지 내가 잘못한 게 있느냐고 물어보았다.

"옥분 씨, 내가 옥분 씨에게 잘못하여 서운한 감정이라도 있나요?"
"그럼예."
"네~?"

나는 놀라며 다시 물었다.

"이제 우리 집에 그만두고 나간다니 마음이 착잡하고 아저씨하고 말도 하기 싫어졌어예. 아저씨 우리 집에 오빠가 올 때까지만 더 있어 줄 수 없을까예?"

그녀는 간절한 눈으로 말하고 있었다. 나는 다시 고민에 빠졌다.

주인아저씨, 아주머니도 있어 달라고 부탁을 하였고, 옥분이도 오빠

올 때까지만 있어 달라고 애원을 하는데, 왠지 훌쩍 떠난다는 것도 옥분이 마음에 상처를 줄 것 같고 그렇다고 눌러있자니 일 년이란 세월이 너무 지루했다.

나는 곰곰이 생각에 잠기었다. 어떻게 해야 할까? 식구 모두가 한 해를 더 있어 달라고 부탁을 하는데 내가 뭐 잘났다고 그러는가? 그들을 두고 휑하니 육지로 나가는 것도 마음이 무거웠다. 나는 며칠을 결정 내리지 못하고 생각하다가 주인아저씨 아주머니께 말했다.

"일 년을 더 있겠습니다."

"그래, 고맙네. 한 해를 더 있어 준다니 자네가 떠나면 다른 데서도 사람을 구할 수 있겠지만 자네처럼 심덕이 착한 사람이 어디 있겠는가. 올 여름 동안 오징어 건조한 것을 계산 봐줄 테니 집에 다녀오고 싶으면 일단 다녀오도록 하게."

"아닙니다. 집에 가면 못 돌아올지도 모릅니다. 이대로 일 년을 조용히 있다가 가겠습니다."

"그럼 좋을 대로 하게."

곧바로 옥분이 표정이 완전히 달라졌다.

"아저씨 고맙습니더. 전 아저씨가 훌쩍 떠나가면 어떡하나, 이제 얼마 안 있으면 아저씨와 이별이다 하고 걱정을 했는데 일 년을 또 같이 있게 되었으니 얼마나 다행입니꺼."

"그래요, 이젠 울릉도도 일 년 동안 생활했었고 육지로 나가고 싶었는데 옥분 씨 때문에 그만 발이 묶였군요. 일 년 동안 더 재미있고 보람 있게 지내요."

"세가 날이 낳아서 어떤 땐 아저씨가 짜증 날 때도 있을지 몰라예. 제 성격도 그렇지만 아저씨 앞에만 서면 자꾸 말이 많아져예."

그녀와 그렇게 생활하면서 겨울이 가고 또 봄이 왔다. 대지도 기지

개를 펴고 초목들도 새순을 피우기 시작했다. 눈(雪)을 비집고 올라온 다는 명이나물과 삼나물이 돋아난다는 어느 봄날 옥분이는 나물을 뜯으러 가자고 내게 말을 걸어왔다. 산나물을 뜯자면 성인봉 같은 높은 산에 가야 하는데 단둘이 등산 겸 가자고 했다. 나는 내심 은근히 좋았지만 한편으론 겁도 났다. 아저씨 아주머니가 단둘이 산에 가는 것을 알면 가만 놔두겠냐는 생각이 들었다.

"옥분 씨, 산나물도 좋고 등산도 좋지만 산에 둘이 가는 것은 삼가야지요. 아저씨 아주머니가 아시면 좋아하시겠어요? 그리고 잘못하면 저는 쫓겨나요."

"치, 내가 싫으면 같이 가기 싫다고 하세요. 다른 변명 말고예. 엄마 아빠가 나물 뜯으러 가는데 무슨 상관이에요."

그녀는 어린애처럼 투정을 부리기까지 했다.

"좋아요. 정히 같이 가고 싶으면 어머니께 허락을 받으세요. 어머니께서 같이 가라고 하면 저는 짐꾼 노릇을 할게요."

나는 설마 옥분이 어머니가 설령 단둘이 가게 놔두겠냐고 생각하고 그렇게 말했다.

"좋아예. 엄마께 허락을 받으면 같이 가주는 거지예?"

"사내가 약속을 했으면 지켜야죠."

다음날 옥분이는 뭐라고 어머니를 구워삶았는지 많이 뜯어오라면서 마대자루와 짊어질 끈을 찾아놓았다. 옥분이는 마대자루 밑 양쪽을 끈으로 묶고 주둥이를 훌쳐 매어 등산 배낭처럼 짊어지게 만들어 놓았다. 옥분이는 도시락을 싼 보따리를 짊어졌다. 나도 묶어놓은 자루를 짊어지고 그녀를 따랐다.

그녀의 행동에 나는 문득 미영이가 떠올랐다. 미영이의 애절한 사랑을 잊기 위해 얼마나 험한 파도와 싸워왔던가. 그런데 그 사랑을 잊지 못해 방황하는 내게 옥분이란 여자가 마음을 또 흔들어 놓다니….

 붙임성이라든가 마음 씀씀이가 미영이를 쏙 빼어 닮은 여인이 내게 가까이 다가오고 있는 것이다. 그러나 나는 장애인이다. 한쪽 다리를 절름거리는 절름발이다. 내가 장애인이 아니었다면 미영이 마음을 받아들이고 이렇게 방황하지 않았을 것이다. 어쩌면 내 자존심이라고 할지는 모르지만 정상적이고 명랑한 그녀들 앞에 절름발이란 내 존재는 늘 위축되고 그늘이 드리워지고 있었다.

 "옥분 씨 창피하지 않으세요. 저하고 둘이 다니는 게 말입니다."

 "창피하긴요. 저는 흐뭇하기만 하네예."

 나는 어이가 없어 웃음이 나왔다.

 "옥분 씨, 나는 절름거리는 다리병신이잖아요. 단둘이 다니는 것을 다른 눈들이 보면 뭐라고 하겠어요."

 "남의 눈이 무서워서 같이 못 다니나요? 그리고 장애를 들치지 마세요. 그건 아저씨 자학이에요. 저도 장애가 있다고 아저씨께 말했잖아예."

 그녀는 그렇게 말을 하며 앞장서 걸었고 나는 그녀 뒤를 바싹 붙어 따라갔다. 가파르고 높은 산을 얼마 오르던 옥분이는 쉬어가자고 너럭바위 위에 짐을 내려놓았다. 주위에는 섬피나무와 너도밤나무 같은 잡목들이 울창하게 군락을 이루고 눈 아래 바라보이는 바다에는 고깃배들이 오가고 있었다.

 "야호~! 야호~!"

 옥분이는 두 손을 모아 입에 대고 소리쳤다.

 "아서씨노 한 번 해보세요. 날아갈 것처럼 기분이 상쾌해요."

 나는 그녀의 표정에 빙그레 웃었다.

 "여기서부터 나물밭이라예. 삼나물은 산세가 험한 암벽 사이에서 자라기 때문에 돌 틈 사이를 다니다 보면 있어예."
  나는 삼나물을 배워 뜯으려고 옥분이 뒤만 졸졸 따라다녔다.
  "아저씨 여기 있어예. 복스럽지예?"
  수림 사이를 헤치고 다니던 그녀는 삼나물을 발견하고 좋아하고 있었다.
  "저도 한 포기 줘보세요. 들고 다니면서 똑같은 풀을 보면 뜯을 테니까요."
  나는 삼나물 한 포기를 들고 수풀 사이를 다녔다.
  "이것이 삼나물 맞지요?"
  "아, 예 맞아예."
  "이제 나도 알았으니 누가 많이 뜯나 각자 다녀요."
  "안 돼요. 그러다 길 잃어버리면 엉뚱한 곳으로 빠질 수도 있어예. 천부나 현포 쪽으로 빠지면 큰 고생합니더."
  숨바꼭질이라도 하듯 수풀 사이로 나물을 찾아 한참을 헤맬 때 저쪽 암벽 아래서 옥분이가 부르고 있었다.
  "아저씨! 아저씨! 저 좀 구해주세요."
  나는 깜짝 놀라 소리가 나는 쪽으로 재빨리 움직였다. 그녀는 한 길도 넘는 암벽 아래로 내려가 올라오지 못하고 있었다.
  "아, 위험하게 거기는 어떻게 내려갔어요?"
  "복실한 삼나물이 몇 포기 있잖아예. 그래서 매달려 기어내려 갔었는데 올라가지 못 하겠어예. 저 좀 잡아당겨 주세예."
  그러면서 그녀는 손을 들어 내밀었다.
  "자, 빨리예. 무섭습니더."
  엎드려 그녀의 손을 잡으려는 순간 가슴이 두근거리고 손이 떨렸다. 나는 심호흡을 한 번 하고 그녀의 손을 잡았다. 부엌에서 그리고 밭에서 부두에서 그녀와 숱하게 일을 했지만 이렇게 손을 잡아본다는 것은 처음이었다. 그녀는 내 손을 꼭 잡고 매달렸다. 그녀의 손의 체온이 따뜻하게 전해졌다.

"자, 꼭 잡고 힘을 주세요. 하나 둘 셋!"

그런데 그녀가 힘을 주니 오히려 내가 아래로 딸려 내려갈 지경이었다. 이러다 내가 아래로 딸려 내려가면 둘 다 꼼짝 못하고 산속에 갇히는 꼴이 된다.

"아, 안 되겠어요. 내가 다른 방법을 구할게요."

나는 짊어지고 간 자루 끈을 풀었다. 그리고 한쪽 끝을 가까운 나무에 묶고 한쪽 끝은 혁대에 매고 다시 옥분이를 잡아당겼다. 끈이 몸을 잡아주니 옥분이는 쉽게 끌려 올라왔다.

"어휴, 살았네. 아저씨 고맙습니더. 아저씨 아니었으면 산속에 갇혀서 집에도 못 갈 뻔했네예."

그러면서 그녀는 무엇이 좋은지 호호호 웃고 있었다.

나는 이마에 맺힌 땀을 닦으며 물었다.

"웃음이 나오세요? 아차, 실수하면 수십 길 낭떠러지로 떨어져 생명을 잃을 수도 있을 텐데요."

"무섭긴 했어도 기분이 나쁘진 않았어예. 아슬아슬하게 바위에 매달려 올라오는 스릴도 맛보고 아저씨 손도 잡아보고. 이런 일이 없으면 어떻게 아저씨 손을 잡아볼 수 있겠어예."

그녀는 웃으면서 나를 바라보았는데 그 눈빛이 여간 따뜻한 게 아니어서 나도 모르게 와락 안아버릴지도 모르는 떨리는 마음을 진정하고 있었나.

"자, 배고플 텐데 점심을 먹어야지예."

그녀는 점심 보따리를 풀었다. 하얀 보제기에 그대로 밥을 쌌다. 산나물을 뜯으러 갈 때는 도시락이나 양재기 같은 그릇을 사용 않고 깨끗한 보제기에다 싸서 먹고 빈 보자기는 나물자루에 넣어 온다는 것이 아낙네들의 지혜인지도 모른다.
 옥분이는 어느새 만들었는지 오징어순대도 함께 쌌다.
 여기까지 올라오느라 힘이 들었고 나물을 찾아 수풀 사이를 헤매면서 바위 아래로 내려갔던 옥분이를 끌어 올리느라 땀에 젖어서인지 밥맛이 꿀맛이었다. 둘이 마주 앉아 오징어순대 맛을 평을 하고 또 잎사귀가 흐트러진 산나물 쌈을 싸서 싸도록한 향에 취하면서 산행을 즐기고 있었다. 어쩌면 산나물보다도 잃어버린 청춘을 산속에서 만끽하고 있었는지 모른다.
 "자, 물도 한 컵 드시구예."
 그녀는 물을 따라주었다.
 밥을 먹고 또 나물을 뜯기 위해 정상 쪽으로 올라갔다. 삼나물도 자생하는 나물 밭을 알아야 쉽게 뜯는데 산삼 찾는 심마니처럼 풀숲을 헤치고 찾기란 여간 답답한 게 아니었다.
 "재작년 언니들과 왔을 때 어디쯤인지 나물이 많았었는데…."
 옥분이는 산이 험하고 골짜기가 많으니 어디쯤 나물밭이 있는지 헷갈리는 모양이었다. 작년 그렇게 왔던 나물밭을 잘 찾지 못하겠다며 웅얼거렸다.
 "기왕 등산 겸 왔으면 더 올라가 봐요. 그래서 정상을 정복해 봐야지요."
 "그래예. 까짓것 나물은 못 뜯더라도 성인봉까지 올라가 봐야지예."
 우리는 성인봉을 바라보고 더 높이 올랐다. 성인봉 정상에 오르니 울릉도 섬 전체가 한눈에 들어왔다. 바다 위에 떠 있는 크고 작은 섬, 섬 사이로 오고 가는 어선들, 모두가 한 폭의 그림이었다.

"아저씨, 저기 보이는 것이 죽도구예. 이쪽 세 개가 우뚝 서 있는 것은 삼선암이구예. 더 돌아와 보이는 것은 공암입니더. 올 여름 배 타고 한 바퀴 돌아보이소. 해안 절경이 장관입니다더."

"예, 돌아볼 수 있는 기회가 오면 한 바퀴 구경을 해야죠. 그래서 울릉도 명소를 다 돌아보아야죠."

우리는 다시 내려오면서 나물을 찾기 시작했다. 나물보다 내가 짊어진 나물 자루는 밑바닥에 조금 있을 뿐 헐렁한 빈 자루였다. 옥분이가 나물을 많이 뜯으면 무거워 못 간다고 나를 짐꾼으로 어머니께 약속을 하였는데, 빈 자루를 지고 너털너털 따라가자니 체면이 아니었다.

다른 산길을 타면서 내려왔다. 뜨문뜨문 보이는 나물을 뜯으며 얼마를 내려오자 복실한 나물이 자주 보이기 시작했다. 옥분이가 찾던 나물밭이었다.

"아저씨, 재작년에 언니들과 뜯던 곳이 여기 같습니더. 아까는 다른 능선으로 올라갔어예."

나물도 바다에 형성되는 어장처럼 아무 데서나 없었다. 하잘것없는 풀이지만 자기가 자랄 수 있는 최적의 자리에 뿌리를 내리고 군락을 이루기 때문에 나물밭을 만나야 쉽게 뜯는 법이다. 우리는 오전 내 빈 자루를 금세 가득 뜯어 담을 수 있었다.

"이제는 집에 가도 떨려 나지 않겠어예."

"그래 말입니다. 이젠 한 짐 지고 가니 명분이 섭니다."

우린 무겁게 짊어지고 산을 내려왔다.

16. 연정

그 후부터 옥분이는 내게 어떤 연정을 품고 있는 것 같았다. 새벽 일찍 여물을 끓이러 부엌에 나오면 어느새 어머니보다 먼저 나와 솥 단지에 불을 지피고 있었다.

그녀가 나와서 설치니 어머니는 아예 부엌에 나오질 않고 옥분이에게 맡겨 놓았다. 옥분이는 신이 나 보였다.

나는 여물을 끓여 퍼주고, 아궁이 알불을 화로에 담으면 그녀는 된 장국 냄비를 올려놓고 끓이다가 한 숟갈 퍼 내게 내어 밀며 맛을 보아 달라고 했다. 자기는 어머니가 끓여주는 국을 먹기만 해서 간 맞추는 법을 잘 모른다고 핑계를 대며 나를 바라보았다. 그런 그녀의 눈빛은 여간 따뜻한 게 아니었다. 이러다가 나도 모르게 와락 안아버릴지도 모를 일이었다. 나는 떨리는 마음을 진정하면서

"옥분 씨, 이러지 말아요. 이러다 어머니라도 보시면 괜한 오해받는 단 말이에요. 머슴 놈이 주인집 딸이나 도둑질하려는 나쁜 인간으로 오해받는단 말이에요."

"웃기는 소리 말아예. 아저씬 그렇게 하라고 시켜도 못 해예. 아저 씨 마음을 내가 잘 아니까예."

"웃기는 소리를 누가 하는지 모르겠네요. 열 길 물속은 알아도 한 길 사람 속은 모른다잖아요. 순한 양이 갑자기 늑대탈을 쓰고 변해버리면 어떡하려고 그래요. 모름지기 남자들은 멀리하는 것이 상책입니다."

그러나 그녀는 늘 내게 따뜻한 눈길로 대했다.

하루는 이모 집엘 같이 가자고 했다. 통구미에 이모가 살고 있는데 이모 집에 가서 고구마순과 밤호박 씨를 가지러 간다는 것이었다. 나는 주인아주머니 눈치도 보이고 또 이모님이 어떻게 생각할까 걱정되어 내가 고구마 심을 밭을 만들어 놓을 테니 옥분 씨 혼자 갔다 오라고 했다. 그러자 옥분이는 십 리도 넘는 길을 나약한 여자의 힘으로 어찌 혼자 갔다 오겠냐며 너무 매정하다고 말하고 있었다.

가자니 아주머니 눈치가 두렵고 안 가자니 옥분이가 매정하다 하고 이러지도 저러지도 못하고 속으로 끙끙거리고 있을 때 아주머니께서 고구마 싹을 갖고 오려면 같이 가 거들어 주라고 했다. 옥분이는 좋아라 내 팔을 끌어 당겼다.

해안도로를 따라 마을을 벗어나자 옥분이는 내게 바짝 밀착을 하고 팔짱을 끼고 따라왔다. 옥분이 손의 감촉이 따스하게 느껴졌.

나는 은근히 좋았지만 동리 사람들의 시선이 두려워 그녀 손에서 팔을 뺐다. 그리고 몇 보 앞장서 걸었다.

"우리 따로 걸어요."

그러나 그녀는 내게로 쫓아왔고 나는 그녀에게서 도망치듯 걸었다.

"제가 그렇게 싫으세요. 무슨 악취라도 납니꺼?"

"아, 아니 무슨 그런 오해의 말을 하세요?"

"그럼 왜 자꾸 나를 피해 도망쳐요?"

"둘이 팔짱 끼고 나란히 걷는 것을 동리 사람들 눈에 띄면 괜한 소문나요. 그럼 옥분 씨만 피해 본다구요."
그녀는 시무룩이 뒤따라오고 있었다.
바닷가 야트막한 산으로 둘러싸인 소복한 마을, 한나절이 가까워 이모 집에 도착하자 이모님이 반가이 맞아주었다.
"오랜만이다. 옥분아. 어서 오세요."
이모님은 나에게도 반가이 맞아주었다.
"이모부님은?"
"볼일 보러 가셨는데 늦으실 거야."
옥분이는 이모님을 따라 방으로 들어갔고, 나는 뜨락에 걸터앉았다. 잠시 후 문이 열리더니 이모님이 들어오라고 하신다. 나는 내 다리 노출도 창피하고 빨리 돌아갈 생각으로 고구마 싹이나 달라고 하였다.
"물이라도 한 잔 하고 가야지요. 처음 온 손님을 어찌 그냥 보내요."
"아저씨, 어서 들어오세요. 뭐가 그리 급합니꺼?"
옥분이는 태평스럽게 나올 생각을 않고 있었다. 나는 하는 수없이 방으로 들어갔다. 옥분이는 이모님과 반찬을 만들고 있었다.
"어서 가야지요. 어서 가서 고구마 밭을 만들어 순을 심어야지요."
"뭐가 그리 조바심입니꺼? 오랜만에 이모 집에 왔는데 점심 해 먹고 천천히 가야지예."
그녀는 느긋하였다.
조금 후에 점심상이 차려졌다. 얼마 전 성인봉에서 뜯어온 (나물류) 삼나물과 부지깽이나물 곤드레 산더덕을 무쳐 비빔밥을 만들었다.
"아저씨예, 우리 이모님 인정이 너무 많아 집에 온 사람 그냥 못 보냅니다. 뭐래도 해 먹여야 속이 시원한 이모님입니다. 그러니 많이 드이소."

"네 잘 먹겠습니다."

나는 이모님께 머리를 숙였다.

"이모님도 참 젊으시고 미인이시네요. 저동 가겟집 아주머니(옥분이 언니)보다 더 젊으신 것 같아요."

"아, 옥림이 말이에요? 걔는 언니 맏딸이고 나는 언니 막냇동생이니 아재 조카가 엇비슷해요. 형제들을 많이 두다 보니 그런 거지요."

"저동아주머니도 참 인정 있으시고 좋으셨는데, 아주머니께서 소개하여 오게 되었고 또 이모님을 만나보니 참 좋은 분들만 만나는군요."

"너무 근실하다고 들었는데 인상도 좋네요. 그런데 다리가 조금 불편하다고 들었는데 언제 그렇게 되었어요?"

"나무에 올랐다가 떨어지면서 다쳤어요. 지방병원에서만 치료하다 큰 병원엘 못 가보고 이렇게 되었습니다."

"저런, 어서 큰 병원엘 가서 치료하고 건강하게 살아야죠."

"네, 그래야 하는데 가난한 집안 형편에 부모님 재산이라도 팔아 갈 생각은 없었습니다. 내 의지로 치료해 보고 싶어 이렇게 방황하게 되는군요."

옥분이도 고개를 갸웃거리며 관심 깊게 듣고 있었다.

"아저씨예, 그럼 큰 병원엘 가면 정상으로 치료할 수 있습니꺼? 그럼 올여름에 오징어를 더 많이 낚으이소. 내가 부지런히 배 따서 건조시킬 테니 작년에 한 것 하고 올해 벌면 병원비 안 되겠습니꺼? 그래서 다리부터 치료해 보이소."

옥분이도 관심을 쏟았다.

"얘, 새파란 총각에에 아서씨가 뭐니? 오빠라넌가 아니면 ○○씨라던가 내가 들어도 좀 어색하다."

이모님이 말하자 옥분이는 기다렸다는 듯,

"그래도 될까예?"

하고 호호거린다.

"사실 오빠라 불러야 되는데 처음이 중요한 기라예. 처음에 아저씨라카니 계속 아저씨라예. 저도 아저씨란 호칭을 오빠라 바꾸고 싶었는데 기회가 없었습니더."

나는 괜히 얼굴이 붉어졌다.

식사가 끝이 나고 이모부가 오셨다. 나는 일어나 허리를 숙였다.

"우리 집 일해 주는 오빠라예. 고구마순 가지러 같이 왔습니더. 혼자 오면 조금 가져갈 것 같아서예."

"오냐, 같이 잘 왔다."

옥분이는 이모님이 아저씨란 소리가 어색하다고 오빠라고 부르라고 하자 금방 오빠라고 소개시켰다. 아저씨 소리를 듣다가 오빠란 호칭을 들으니 이상야릇한 감정이 든다.

식사가 끝이 나고 이모부님을 따라 뒷마당으로 돌아갔다. 거기에는 대나무로 휘어 만든 하우스 속에 고구마순이 복슬복슬하게 자라 있었다.

이모님과 옥분이는 칼과 광주리를 갖고 나왔다. 자색으로 자란 줄기는 밤고구마, 연두색으로 자란 줄기는 호박고구마라고 했다.

이모님은 밤고구마순을 자르고 옥분이는 호박고구마순을 자르기 시작했다. 한 옴큼 한 옴큼 잘라 놓은 것을 나는 끈을 끊어 따라 묶었다. 옥분이는 고구마순이 너무 실하다고 욕심을 낸다. 이모님은 이미 자기네 고구마를 다 심어놓았으니 가져가려면 얼마든지 많이 잘라 묶으라고 한다. 나는 묶어놓은 고구마순을 주섬주섬 광주리에 담았다. 광주리가 수북하다. 이젠 짊어지고 갈 일이 걱정되는데 옥분인 자꾸만 욕심을 낸다.

"얼마나 심으려고 자꾸만 자르세요?"

"아저씨, 아, 아니 앞으로는 오빠라 부르기로 했지. 오빠 조금만 기다려요. 뒤 뙈기밭에 심으려면 모자랄 것 같아서요."

오빠 소리를 들으니 공연히 얼굴이 붉어진다.

"옥분 씨, 전처럼 그렇게 아저씨라 불러요. 친구처럼 말입니다. 오빠라 호칭을 쓰니 저도 거북스럽네요."

"처음엔 쑥스럽고 부자연스럽고 그렇지만 차츰 지나면 자연스럽고 아저씨보다는 오빠라는 호칭이 정감이 있고 얼마나 좋습니꺼? 히히히."

옥분이도 어떤 감정이 이는지 웃고 있었다.

"옥분이 말이 맞아요. 새파란 총각에게 아저씨 아저씨 하니 나도 듣기가 좀 그런데요. 오빠라 하면 다정다감하구요. 옛날 조선시대 천 빈하는 고정관념은 깨고 젊은 세대들이 할 수 있는 아름답고 신선한 이미지가 얼마나 좋아요."

이모님도 한마디 부추기고 있었다. 참 좋은 분들이었다. 가난하고 나약한 인간에게까지 온정을 베풀어 주는 이모님이 친이모님처럼 따뜻했다.

광주리가 수북해지자 옥분이는 일어섰다.

"이만하면 뙈기밭에 충분하겠네."

나는 이모님이 갖다 준 종이박스에 순이 다치지 않게 가지런히 넣었다. 순은 상자를 가득 채우고 남는다. 나는 상자 마구리를 봉을 하고 나머지 순은 보자기에 쌌다. 그리고 상자를 지고 갈 끈을 찾아 걸방을 만들어 짊어졌다. 옥분이도 보자기에 싼 고구마순을 늘고 이모 집을 나왔다.

"안녕히 계세요. 이모부님, 이모님."

"잘 가요. 옥분아 잘 가거라."

이모님은 멀리 사라질 때까지 손을 흔들어 준다. 우리는 오던 해안도로가 아닌 다른 길로 접어들었다. 질러가는 지름길이라고 했다. 야트막한 언덕을 넘는 오솔길이었다. 길옆으로 매화나무가 꽃을 다 피우고 작은 열매를 맺는 매실나무로 변해 있었다. 언덕을 내려오니 저만치 마을이 보이고 길가에는 민들레가 앙증스럽게 피어 있다. 나비 한 쌍이 이 꽃에서 저 꽃으로 날아다니고 있다.

"오 오빠 힘들지예?"

아직도 오빠소리가 어색한지 더듬거린다.

"아니요. 가벼운 짐인데 뭐가 힘들어요. 그리고 옥분 씨 하고 같이 가면 힘이 절로 납니다."

"그래예. 그렇지만 조금 쉬어가요. 그리고 짐을 좀 교대해요. 가벼워도 오래 지면 힘겨우니까예."

그녀는 돌반석에 이고 가던 고구마순을 내려놓는다. 넓적한 돌반석이 쉬어가기 좋은 쉼터다. 안 걷다 걸어서인지 아픈 다리가 조금 뻐근하다. 손으로 주무른다. 옥분이도 곁에 앉자 안마를 해준다며 두 손을 맞대고 가볍게 두드려준다. 시원하다. 좀 더 해달라고 싶지만 미안해서 다리를 거두었다.

"시원하고 이젠 날아갈 기분입니다."

"그래예. 그럼 안마비 내놓으소."

"안마비라, 얼마 주면 될까요?"

"글쎄, 얼마쯤이면 될까?"

그러면서 검지손가락을 펼쳤다. 그리고 자기 볼에다 대고는

"여기다 뽀뽀나 한번 해주세요."

하는 것이었다. 나는 또 얼굴이 화끈거렸다. 옥분이는 이제 그렇게

마음을 열어놓았는지 대담하게 나를 유도했지만, 장애로 인해 얼어붙은 내 마음은 그 문을 두드리지 못하고 있었다.

"자, 빨리예."

"이러지 말아요. 이러다가 정이 들면 서로 상처만 커지고 그리고 난 어머니께 떨려나요."

그녀는 시무룩한 표정으로 일어섰다. 그러면서 고구마순 상자를 교대하자면서 빼앗듯 걸방을 어깨에 메고 일어섰다.

"안돼요. 내가 지고 갈 터이니 고구마순 보자기를 갖고 와요."

그러나 못 들은 척 휑하니 앞장서 부리나케 가고 있었다. 자기의 청을 들어주지 않은 불만인 것 같다. 나는 하는 수 없이 보자기에 싼 고구마순을 들고 옥분이 뒤를 맥없이 따랐다. 마을 어귀에 들어서니 방목하는 개들이 무리 지어 돌아다니며 낯설다고 컹컹 짖어댄다. 마을을 지나 사동 집에 다다르니 저녁때가 다 되었다. 고구마순이 시들지 않게 우물가로 가 상자를 펼쳤다. 우물 아래 질척한 도랑을 파고 고구마순을 가지런히 세워 놓았다. 물을 먹어야 고구마 순이 시들지 않고 뿌리내릴 순에서 잔털이 돋는다는 얘기를 들어서였다. 옥분이는 여전히 말이 없다.

다음날은 고구마 심을 밭에 거름을 내었다. 미리 갈아놓았던 밭에 퇴비를 한 짐씩 져서 거릇대로 골고루 뿌리고 비료를 뿌렸다. 그리고 괭이로 골을 만들어 나가고 있었다. 옥분이는 저쪽에서 나는 이쪽에서 골을 만들자니 싸운 가정처럼 냉랭하다.

"옥분 씨, 아직도 화가 안 풀렸어요?"

"몰라에."

"그래도 옥분 씨를 위해서 그랬던 거예요. 고맙다고 하세요."

"치, 고마운 것 좋아하시네. 사람을 그렇게 무안하게 만드는 것도 고마운가요."

"엉큼하고 나쁜 사람 되기가 싫어서요. 그리고 키스 같은 것을 아무렇게나 하는 줄 알아요?"

"왜 아무것두예요. 내가 뭐 그렇게 헤픈 여자인 줄 알아요."

옥분이는 그렇게 쏘아붙였다.

미안했다. 내 외로움을 포근히 감싸주는 그녀의 마음을 받아들이지 못하는 내 자신이 너무도 밉다. 그리고 그녀가 측은하게 생각되었다.

"잘못했어요. 잘못했어요. 이해해줘요. 그러니 지나간 이야기는 그만 하구요. 고구마 심을 골을 어떻게 만드는지 아르켜줘요. 강원도는 고랭지라 춥고 선선하여 감자는 잘 되지만 고구마는 안 심거든요. 그래서 고구마 골은 어떻게 하는지 잘 몰라요."

하소연이라도 하듯 그렇게 지껄이며 괭이로 민골을 파 올려 두둑을 만들어 나갔다. 두둑한 골이 만들어질 때마다 얼굴에서는 땀방울이 흥건히 맺혔다.

"와 그렇게 땀을 흘립니꺼? 두둑이 그렇게 넓으니까 힘이 곱절 들지예. 골을 조그맣게 하이소. 땀 흘리다 골병들면 누가 오빠 맘 알아줍니꺼? 그새 내가 잠시라도 안 보아주었더니만."

"골이 굵어야 고구마가 잘 된다는 말을 들었거든요. 그래서 골을 굵게 하는 거예요."

"잠깐 쉬고 해요. 내가 식은 참이라도 찾아올 테니까요."

그러면서 집으로 들어가더니 주전자와 소쿠리에 무엇을 담아 갖고 나왔다. 찐 감자였다.

"감자는 옥분 씨가 먹어요. 나는 술 한 잔이면 되니까요. 힘들 때 술 한 잔 마시면 힘이 절로 충전되고 기분도 좋구요."

"자, 그럼 한잔 받으이소."

옥분이는 풀어졌는지 양철 대접에 술을 가득 따랐다. 그리고 자기 잔에도 조금 따랐다.

내가 술잔을 들자 옥분이도 따라 들었다.

"어제는 내가 너무 당돌했나 봐요. 오빠 마음 이해 못 하구예. 내가 아직 철이 없는 모양이지예? 이해하는 뜻에서 건배해요."

그러면서 잔을 내 잔에 살짝 들이대었다. "쨍!" 하는 소리가 가느다랗게 울려 퍼졌다.

"앞으로 오빠 마음 열릴 때까지 어떤 것도 바라지 않겠습니더."

그러면서 그녀는 애잔한 눈으로 나를 바라보았다. 나는 갑자기 무언가를 몽땅 잃어버린 듯한 허탈감이 전신을 휘감았다. 저토록 따순 정으로 내 마음을 감싸주는 저 여인을 거부의 손길로 막아야 하는가? 나는 잠시라도 알코올의 힘을 빌려서라도 모든 것을 잊고 싶었다. 나는 주전자를 들었다. 옥분이는 내게서 주전자를 빼앗더니 또 한잔 가득 따라준다. 꿀꺽, 꿀꺽, 꿀꺽 단숨에 들이켰다. 그리고 다시 잔을 내밀었다. 술은 이제 반잔밖에 채워지지 않았다.

"오늘따라 와 이렇게 술을 많이 드십니까? 다른 날은 두어 잔도 과하다 하더니만."

"오늘은 취하고 싶습니다. 옥분 씨 앞에서 말입니다."

옥분이는 술을 따르면서 "와예." 하고 쳐다보고 있었다.

"옥분 씨를 너무 힘들게 하니 말입니다. 그리고 나도 힘듭니다. 그러니 옥분 씨 내 마음 이해하시겠죠?"

그녀는 고개를 끄덕였다.

우리는 다시 밭을 손질했다. 옥분이는 막대기를 하나 잘라 끝을 뾰

족하게 깎아 달라고 했다. 그리고 고구마 심을 간격을 적당히 재어 구멍을 뚫기 시작했다. 나는 도랑에 담가 놓은 고구마순을 가져다 구멍마다 하나씩 집어넣었다. 그리고 부드러운 흙으로 구멍을 메웠다. 이제 고구마순은 잔뿌리를 내리며 여름내 싱싱하게 줄기를 뻗어 가을이면 영글은 고구마가 골마다 가득 들어 있을 것이었다.

17. 섬 색시의 눈물

그렇게 농번기를 마치고 여름이 찾아왔다. 여름이 시작되면 어촌마을은 더욱 분주히 움직인다. 묶어 놓았던 배들을 손을 보고 덕장을 고치고 그리고 조업을 시작하는 것이다. 지난해에 들어왔던 대구의 왕 김씨와 영천의 정씨도 함께 배를 탔다. 저동이나 도동에서도 배를 탈 수 있지만 매일 경매에 붙여 돈을 찾다 보니 목돈 만들기가 어렵다고 사동을 찾는 사람들이 해마다 늘어났다. 그들은 옥분이 하는 행동을 하나하나 관찰하며 재미있어 했다.

어린 나이에 몸뻬 입고 장화 신고 머리에는 수건을 눌러쓰고 양푼다라를 이고 부두에서 기다리다가 배가 들어오면 다라를 올려주고 내가 가득 담아주면 척척 받아내려 아주머니들 틈 속에서 손질하여 덕장까지 운반하여 대꼬챙이에 꿰어 걸어놓는 모습을 예의 주시하고 있었다.

"작년 이맘때는 고기가 너무 많이 잡혀 일감이 많았었는데 올해는 아직까지 너무 할랑해요. 고기가 푹푹 나면 일감이 많아져야 할 텐데…. 그래야 오빠 일당이 늘어나고 오빠 염원도 빨리 이룰 텐데 말입니다. 안 그렇습니꺼?"

"그래도 그렇지만 오징어가 너무 많이 잡히면 옥분 씨가 힘들어요.

요즘처럼 20~30두름이면 적당해요. 그래도 오징어 값만 좋으면 일
년 연봉이 꽤 될걸요. 하하."
  우리는 그렇게 웃음을 주고받으며 할복한 오징어를 대바구니에 가
득 담았다. 그리고 언덕 위 덕장까지 맞들고 가 대꼬챙이에 꿰어 마주
보면서 한 칸 한 칸 채워나갔다.
  옥분이는 매일매일 고된 일상인데도 조금도 지친 내색 않고 제시간
에 꼭꼭 나오고 도시락 반찬도 눈에 드러나게 좋아졌다. 외지에서 탄
선원들은 노골적으로 강원도 K군은 참 복이 많다고 입방아를 찧었다.
일 년여 동안 데리고 있는 것을 보면 데릴사위를 삼으려나 말할 때도
있고 저런 처자에게 장가들면 주택복권(로또) 당첨보다도 더 값지다
고 말할 때도 있었다.
  그런 소리를 들을 때마다 나는 쥐구멍이라도 들어가고 싶은 심정이
었다. 동리 선원들은 아무 말은 없지만 다리를 저는 내게 어떻게 평을
할까? 나는 되도록 배 가까이에서는 옥분이 친절을 기피하게 되었다.
그리고 맞들고 덕장으로 옮기는 할복한 오징어도 지게에 바소쿠리를
달아 져서 날랐다.
  "힘든데 와 이렇게 할라캅니꺼? 지게 내려놓이소. 백지장도 맞들면
낫다 하지 않습니꺼?"
  "옥분 씨가 너무 힘겨워 보여서 그래요. 그 많은 오징어를 칼질하고
물을 길러 깨끗이 씻느라고 쉬지도 못했잖아요. 그러니 내가 덕장까
지 지게로 나를 테니 걱정 말아요."
  나는 씻어 건져놓은 오징어를 지게에 담아 덕장으로 져 날랐다. 그
리고 덕장에서도 단둘이 하는 것은 되도록 피하려고 하였다.
  그런 내 행동을 주시하던 그녀는 말을 걸어오고 있었다.
  "와 요즘 저기압입니꺼? 제가 잘못한 일이라도 있습니까? 오빠 눈

빛이 영 쌀쌀하고 냉기가 돕니다."

"저에게 너무 가까이 하지 말아요. 너무 잘해주니 다른 사람 시선이 두렵고 그리고 위축되는 내 자신이 원망스럽구요."

"언젠가도 말했지만 그건 오빠 자존심이구예 다리 조금 불편한 것 가지고 위축이니 자신 없느니 하는 오빠 보면 더 진지해 보이고 더 오빠께 빨려드는 기분입니더. 오빠 인상은 우수에 잠기는 것 같다가도 활짝 웃을 때 여자들을 매혹시켜요. 저도 안 그러려고 해도 오빠 앞에만 서면 즐겁고 말이 많아지고 그래예. 오빠를 좋아하는 것도 죄인가예."

"하필이면 왜 나 같은 사람을 좋아해요. 건강하고 능력 있고 잘생긴 사람 얼마든지 있잖아요. 옥분 씬 외모도 마음씨도 예쁘기 때문에 어느 누구든 한눈에 빠져버린다구요."

"저도 장애가 있다고 했잖아예. 나이가 들어가면서 중매를 설 테니 선을 보라 하면 겁이 나요. 결혼생활을 하다가도 장애를 들먹이지 않을까 하는 두려움이 앞섭니더. 그래서 장애가 있는 사람과 결혼을 해야겠다고 마음먹었습니더."

그녀는 진지하게 바라보았다. 그러는 그녀의 눈빛은 애틋하게만 느껴졌다.

그 무렵 군에 간 그녀의 오빠가 휴가를 나왔다. 말년휴가라고 했다. 병장 계급장을 달고 땅딸한 키에 어깨가 딱 벌어진 그는 섬사람 기질답게 다부지고 강인하게 보였다. 그는 집에 오자 제복을 벗어 던지고 작업복을 갈아입고 집 주위를 청소하고 내 손때가 묻은 바깥 살림을 일일이 검토하고 손을 보며 고쳐놓았다.

나는 내가 한 살림이기에 마음이 좀 언짢았지만 그가 하는 대로 구경만 할 따름이었다. 그리고 배도 같이 탔다.

배를 타자면 자리가 있어야 하는데 그는 산작꼬를 갖고 배에 올랐다.

옥분이는 저녁참을 큰 도시락에 넉넉히 싸주었다. 그러면서 두 오빠가 사이좋게 먹으라면서 건네준다. 나는 도시락을 받아 어구 광주리에 넣고 배로 나갔다. 옥분이 오빠를 아는 동리 사람은 휴가를 환영해주었다. 배는 오늘도 죽도를 지나 독도 쪽으로 나가 조업을 시작하였다. 우리는 초저녁부터 물레를 돌렸고 옥분이 오빠는 뱃자리 사이에 서서 산작꼬를 던지고 있었다. 산작꼬란 선장이나 본 선원 같은 오랜 경험 있는 선원들이 물레를 돌리다가 고기가 뜸하게 낚일 때 손낚시로 고기를 유인하여 낚아 올리는 낚시이기 때문에 여간 실력 있는 선원 외엔 잘 낚질 못하는데 옥분이 오빠는 군대 가기 전 산작꼬 하는 법을 얼마나 터득했는지 연신 낚아 올렸다. 저녁참 먹을 때 광주리에 담은 오징어를 내 자리에 갖다 붓고 있었다. 물레로 낚은 나보다 더 많이 낚아 올렸다.

우리는 며칠 동안 같이 배를 탔다. 옥분이는 그가 있는 동안 강원도라는 말을 더 붙였다. 그래서 강원도 오빠라고 불렀다.

며칠 동안 조업을 하다 참을 먹는 어느 날 대구의 왕김씨가 우리에게 툭 던지는 말이 "참 보기 좋네. 앞으로 처남남매가 될 사이가 아니냐?"라고 지껄였다. 그러자 그는 숟가락을 내던지다시피 내려놓고 대구의 왕김씨에게 따지듯 쏘아붙였다.

"아니 이제 뭐라 했습니꺼? 누가 그래예?" 하고 언성을 높였다.

"하도 절친하니까, 자네 누이도 강원도 K군과 다정하고 자네 역시 K군과 다정하니 그런 사이가 아닌가 하고 말일세."

"원, 소릴 듣다 별 이상한 소릴 다 들어보겠네. 어떻게 처남남매예요?"
그는 그렇게 소리 높여 쏴 부쳤다.

대구 왕김씨는 "그렇다면 내가 실수를 한 것 같네. 자네 누이가 하도 다정하게 대하고 우리도 강원도 K군이 행운아라고 입을 모았지.

아무튼 아니라면 내가 미안하네."

그러자 나는 죄라도 진 듯 얼굴이 화끈거렸다. 그는 자기 집에 일꾼과 그것도 다리를 저는 장애자와 동생을 엮어 말하는 것이 농담이든 진담이든 기분이 상할 대로 상한 표정이었다. 하기야 입장을 바꾸어 놓고 생각해 보면 사지가 멀쩡한 정상적인 사람을 매제로 삼으려 하지, 장애자인 사람을 매부로 삼으려 하겠는가? 나도 수저를 놓고 도시락을 주섬주섬 쌌다.

그는 다음날부터 나오질 않았다. 며칠째 옥분이는 지난번에 싸주던 작은 도시락을 건네며 미안하다고 힘없이 말했다. 저번처럼 주먹을 들어 올리며 파이팅! 아니면 힘내세요! 만선하세요. 하고 용기를 줄 텐데. 그저 오빠 미안해요. 할 뿐이었다. 그리고 그녀의 오빠는 아예 내 앞에 보이지 않았다.

도대체 무엇이 미안하단 말인가? 나는 의문의 수수께끼를 풀지 못한 채 며칠 배로 나갔다. 그가 귀대 일을 하루 앞둔 어느 날 잠을 자고 일어나 배로 나가려는데 그는 할 말이 있다며 내 방으로 올라왔다. 그는 앉자마자 긴 얘기는 안 할 테니 내일 당장 나가 달라는 것이었다.

나도 옥분이 표정이 좋지 않은 예감은 했지만 이렇게 급하게 쫓겨나다니…. 어이가 없었다.

"네~?"

나는 그를 쳐다보고 물었다.

"글쎄 나가는 거야 오늘이라도 당장 나갈 수 있지만 이유나 알고 나가야지요?"

"몰라서 물어. 대구 김씨 말 못 들었어?"

그는 아예 반말로 거칠고 험악하게 지껄여댔다. 그의 입에선 술 냄새가 났다.

"그 말을 믿어요? 그리고 그분이 아니라며, 미안하다고 사과까지 했잖아요."

"그래서 뭐요. 이튿날 배 타는 동리 선원들께 물어보고 이웃 아주머니들에게 다 알아보았다고. 단둘이 산에 나물 뜯으러도 갔다 오고 이모 집에도 갔다 오고 덕장에서도 둘이서 시시덕거리면서 일한다며?"

"그래요. 그렇지만 내가 옥분 씨를 꼬셔 갖고 나물 뜯으러 갔다 오고 이모 집엘 갔다 왔단 말입니까? 다 어머니 허락 하에 움직였습니다. 덕장에도 어머니가 힘드시다고 둘이 꿰어 널었구요. 그런 거 가지고 오빠답지 않게 옹졸하게 그러세요."

"뭐, 옹졸? 당신은 머슴이야. 다리병신인 주제에 주제 파악을 해야지."

그 소리에 나는 목구멍 너머에서 불덩이 같은 것이 튀어나오는 것을 느꼈다. 당장 그의 멱살을 잡고 "개자식," 하고 흔들고 싶었지만, 그의 말대로 머슴이고 병신이기에 참느라 안간힘을 쓰고 있었다. 바로 그때 미닫이문이 드르륵 열리더니 옥분이가 튀어 넘어왔다.

"오빠, 꼭 그렇게 말해야 돼? 정직하고 죄 없는 사람 그렇게 매도해야 되느냐고? 내가 오빠에게 얼마나 당부했어? 우린 부정스런 행위는 털끝만큼도 없으니, 오빠 제대할 때까지만 강원도 오빠 있게 해달라고 애원했어. 그런데 오빠 고집이 너무 완강하여 아빠 엄마도 못 말리기에 그럼 강원도 오빠 내보내려거든 조용히 보내주라고 간곡히 부탁했잖아."

옥분이는 마구 울면서 따졌다.

하기야 옥분이 오빠 심정도 이해할 만하다. 단 하나밖에 없는 누이동생이 건강한 사람과 사귀어도 마음에 들지 말지인데 다리를 저는 자기 집의 일꾼과 붙어 다닌다는 소문은 그의 마음을 상할 대로 상하게 했을 것은 뻔한 일이었다.

"그럼 일 년 넘게 한솥에 밥 먹고 식구로 지냈는데 뭐라 불러 일꾼 아저씨라 불러? 하기야, 얼마 전까지만도 아저씨라고 불렀어. 그런데 이모님이 젊은 청년에게 아저씨 아저씨 하니 듣기 좀 거북스럽다고. 그래서 그때부터 오빠라 하는 거야. 그리고 강원도 오빠 다리장애도 자기 실수로 다쳤다고 부모 도움 없이 스스로 벌어 치료해 보겠다고 운명과 맞서 싸운다는 거야. 얼마나 성실하고 거룩해. 사실 어떤 땐 그 진실성에 도취되어 강원도 오빠 마음 잡아보려고 내가 먼저 꼬리 친 적도 있었어. 그때마다 눈길 한번 안 주고 어느 한 곳 흐트러지지 않았어. 지금 세상 겉으론 잘난 척 하면서 안은 썩어 문드러지는 사람 얼마나 많은지 알아."

그녀는 오빠에게 강력히 항의하고 있었다.

그녀의 오빠도 동생 말에 어느 정도 이해했는지, 후~ 하고 숨을 길게 쉬더니 미안하다면서 손을 내밀었다.

"그래요. 오빠 마음이 그러시다니 내일이나 모레나 곧 나가겠습니다."

그리고 자리에서 일어났다.

그녀의 오빠가 떠난 며칠 후 나도 보따리를 챙겼다. 보따리라야 오징어 냄새가 절은 작업복 두어 벌과 세면도구 그리고 공책 한 권이 전부였다. 내 생애에 가장 외롭고 고독하다 할까. 너무 인내하기 어려웠을 때 그리고 옥분이처럼 마음속에 따뜻한 사랑을 받아들이지 못할 때 한 줄씩 적어 기록한 일기장이었다. 먼 훗날 한 줄의 일기가 시나 소설로 승화할 순 없을까 하는 마음으로 적어보는 노트였다.

"지금부터 성어기예요. 10, 11월이 가장 중요한 시기라구예. 까짓 것 오빠가 가랬다고 성낼 살 거예요? 우린 손톱 끝반치노 부성행위가 없다고 말했잖아예. 그러니 동리 사람에게 결백하다는 것을 떳떳하게 보여주기 위해서라도 일해야 해요. 왜 현실을 자꾸 도피하려구만 하세요. 2~3개월만 꾸준히 하면 내가 열심히 배 따서 덕장에 가득 채우면 일 년 대가가 나오잖아예.”

그렇게 애원하는 옥분이와는 달리 옥분이 어머니는 잠잠하더니 입을 여는 것이었다.

“글쎄, 자네의 성품을 잘 알고 있네만, 철민이 그놈이 무슨 소릴 어떻게 들었는지 저렇게 날뛰다 갔으니 난들 뭐라고 해야 할지 모르겠네.”

“엄마 모르긴 뭐가 몰라요. 엄마도 우릴 못 믿어요? 오빠 제대할 때까지만 강원도 오빠 붙잡아야 해요.”

그러나 그녀의 어머니는 한숨만 쉬고 아버지는 담배만 꼬나물었다.

“옥분 씨, 오빠 말도 다 일리가 있어요. 바꾸어 놓고 생각해 보세요. 그리고 오빠 말을 이해하고 따르세요.”

나는 가방을 둘러메고 밖으로 나왔다.

옥분이 어머니는 장롱 서랍에서 봉투 하나를 꺼내 내밀었다.

“얼마 안 되네. 받으시게.”

그러나 나는 사양을 했다. 그러자 옥분이가 가로채고 있었다.

“겨울, 봄, 여름 반년이 넘도록 세월이 지났는데 이것만 주면 어떡해요. 지금부터 황금철이라구요.”

그녀는 가방끈을 놓아주지 않았다.

나는 옥분이의 애절한 만류도 뿌리치고 언덕길로 내려섰다. 옥분이 어머니는 마당까지 배웅하는데 옥분이는 다시 방으로 들어갔다. 그렇게 애원하며 붙잡아도 뿌리치는 나를 더러워서도 냉정하게 돌아선 모양이었다.

나는 허탈하게 바닷가를 걸으며 언덕 위를 다시 돌아보았을 때 옥분이는 블라우스를 미처 입지도 못하고 한쪽 팔을 꿰며 언덕길을 뛰어 내려오고 있었다.

"같이 가요. 어쩌면 그렇게 냉정할 수가 있어요?"

옥분이는 단추를 잠그며 쳐다보고 있었다.

"미안해요. 하지만 오빠에게 떠나겠다고 대답했잖아요. 사내들이 약속을 했으면 지킬 줄도 알아야지요. 그리고 어머니도…. 그러니 서운해 말고 여기서 이만 들어가요."

"싫어요. 오빠가 그렇게 고집 피우면 저도 따라갈 겁니더. 오빠 집도 구경하고 식구들도 만나보고 싶고 갔다가 같이 오면 되잖아예."

그녀는 가방끈을 쥐고 따라오고 있었다.

"옥분 씨, 이러지 말아요. 이러면 더 힘들어요."

"그럼 다시 들어오는 거지예?"

"가능하면요."

"가능이 뭐예요? 꼭 온다고 약속해 주세요."

그녀는 새끼손가락을 펼쳐 내밀었다.

"자, 빨리 손가락을 걸고 약속해 주세요."

그러나 나는 손가락을 걸고 약속할 수 없었다. 이제 떠나면 옥분이하고 영영 마지막이 될지도 모를 일이었다.

"그것은 아이들이 하는 짓이구요. 성인들은 마음속으로 약속을 하는 거예요."

나의 목소리는 떨리고 있었다.

"어서 들어가요."

나는 옥분이에게서 가방을 빼앗다시피 둘러메었다. 옥분이는 옆에서 약속을 하라고 아이들처럼 웅얼거렸다.

"자, 여기서 이만 들어가요. 나는 차가 안 오면 걸어서 사동 고개를 넘을 거예요."

"그럼 저도 도동 여객선 터미널까지 따라 갈 거예요."

"연락선을 안 타고 저동에서 어선을 타고 막바로 건너 갈 거예요."
"저동으로 가면 더 잘되었네. 언니 집에도 들러보고 그럼 저동까지 따라갈 겁니다."

그녀는 돌아갈 생각을 않고 따라오고 있었다. 하루에 서너 번씩 다니는 미니버스도 오늘따라 오지 않았다. 넘어올 때 구불구불하게 이어진 고갯마루를 걸어 넘어가고 고집스럽게도 옥분이는 옆에 붙어 팔짱을 끼고 말없이 따라왔다. 나의 발걸음은 점점 무거워졌다. 차라리 뒤돌아 가서 옥분이 부모님께 우리는 서로가 너무 사랑하니 옥분이와 결혼 승낙을 해 달라고 말씀드리고 싶었다. 그래서 장애인이란 이유로 거부하면 옥분이와 섬을 도망쳐 나와 우리 집엘 같이 가면 옥분이도 부모님도 좋아라 할 텐데…. 나는 그럴 수도 없었다.

"안 돼!"

미영이도 옥분이보다 나를 더 사랑하면 사랑했지 옥분이 못지않다. 아픈 다리를 어루만지며 다리 역할을 해주겠다던 그녀가 아니었던가? 그런 미영이를 두고 옥분이를 사랑한다는 것은 미영이에게 못할 짓이었다. 어떻게나마 이 아픈 다리를 치료해야만 되는 풀어야 할 과제들이 많기 때문이었다.

두어 시간을 걸어 저동에 도착하니 항내에 배들이 많이 있었다. 외지에서 들어온 배들도 몇 척 보였다. 선장을 찾아 알아보니 오늘은 조업하고 내일 속초로 간다는 배가 있었다. 도동으로 갈까 망설이다가 저동에서 자고 내일 막바로 건너가기로 마음하고 저동 대구여인숙으로 찾아 들어갔다.

"이게 누고? 강원도 총각 아이가? 어찌 됐노? 아직 울릉도 있었나?"
"네, 사동에서 조용히 지내느라고, 한 번 인사도 못 왔습니다."
"아이구야 반갑데이. 헌데 저 색시는 누고? 같이 온 일행 아이가?"

그러자 저만치 서 있던 옥분이가 문 쪽으로 다가와 고개를 숙여 목례하고 있었다.

"와 같이 안 들어오고 따로 서 있노? 퍼뜩 들어 오이소. 참 복실하고 이쁘데이. 오징어도 잘 낚는다 카더니만, 색시 낚는 기술도 있네. 어디서 저런 복실한 색시를 낚았노?"

"아닙니다. 주인집 딸입니다. 제가 육지로 건너간다니 저동까지 바래다준다면서, 저동에 언니가 있길래 언니 집엘 다니러 왔습니다."

"오냐오냐, 그래 다른 변명 말거라. 내 척 보면 구만리라고 보면 모르겠노. 걱정 말고 깨가 쏟아지도록 재미있게 놀다 가이소."

하고 웃으며 문을 닫고 내실로 들어갔다.

"잘 아시는 분인가 봐요. 너무 반가워하고 친근감 있고 그런 것을 보면요."

"네, 울릉도에 처음 들어왔을 때 하숙을 했거든요. 두어 달 고기를 잡으면서 이 집에서 하숙을 했고 오징어 철이 끝나자 하숙비가 조금 부담이 되어 어디 허름한 방 하나 얻어 자취를 하고 싶다고 했더니 저쪽 산 밑에 오징어 건조할 때 쓰던 집이 비어있다고 거기에서 겨울을 나랬어요. 그러면서 이불 베개 간장 고추장을 퍼주며 한 살림 차려주었고요. 나는 인간관계는 참 복이 많은 것 같아요. 가는 곳마다 주인 아주머니가 정이 많은 사람을 만나니…. 옥분 씨 어머니도 이 년 가까이 아들처럼 얼마나 잘해주었어요. 옥분 씨도 그렇구요. 그런데 내가 파렴치한 인간인가 봐요. 그런 정을 모르고 지냈으니 말입니다."

"오빠가 좋으니 다 그런 거예요. 가는 정이 있어야 오는 정이 있다고 오빠기 그민큼 했으니 그렇지요. 그건 그렇고 어떻게 생각하세요?"

"뭘 말입니까?"

"주인아주머니 하신 말씀 말이에요. 제 귀에는 귀가 번쩍 열릴 정도로 감동적이고 실감나고 그래예. 이불도 선홍색 이불을 갖다 주고 베개도 두 개를 놓고 깨가 쏟아지라고 했으니 오빠가 쫓아내도 난 같이 잘 겁니더.”

이제 그녀는 완강하게 나오고 있었다. 처음 나는 웃음이 나왔다. 아, 철이 없는 것일까, 철부지로 아이들 불장난이라면 아무래도 좋다. 그러나 그녀는 스물두 살 이제는 성숙한 성인이 아닌가? 오빠의 극한 반대에도 나의 장애는 아랑곳 않고 저렇게 강경하게 나오니 그녀를 어떤 식으로 설득해야 할지 마음이 무겁기만 했다.

“옥분 씨, 우린 일 년 반 넘도록 지내면서 새벽 풀잎에 맺힌 이슬처럼 투명하고 아름답게만 지내왔잖아요. 옥분 씨 말처럼 어떤 파렴치한 행동은 털끝만큼도 없다고 오빠께 자신 있게 말했었는데 여태 정성들여 쌓은 탑이 어느 순간 무너진다면 옥분 씨도 저도 부모님과 오빠에게 위선자가 되고 죽일 놈이라고 영원히 상종도 안 할 것이며 가슴에 씻지 못할 불효를 저지른다구요.”

“아니 그게 아니겠죠. 오빠가 저를 사랑한다면 아빠 엄마 오빠가 아무리 반대한다고 그게 무서워서 불효가 두려워서 모든 것 체념하겠어요. 제가 싫어서 미워서 팔에 장애가 있어서 오빠 장애도 역겨운데 나까지 장애가 있으니 짐이 돼서 회피하는 거겠죠? 사실대로 말해주세요.”

“아, 아니 무슨 그런 당치도 않은 소릴 해요. 늘 말했잖아요. 옥분 씨 따뜻한 눈빛 앞에서는 왠지 자꾸 소심해지고 위축되고, 그래서 다친 다리를 치료할 수 있다면 정상을 되찾았을 때, 그때 결혼 상대자가 나타나면 받아들일 자신이 있을 것 같아요. 지금은 오직 이 아픈 다리를 치료해 보겠다는 염원밖에 어떤 다른 생각을 할 수 없습니다.”

그러면서 미영이에 대해서는 어떤 말도 털어 놓을 수 없었다.

“그리고 옥분 씨 팔은 수술한 자국이라야 옳지, 어찌 장애라고까지

할 수 있겠어요."

"아니에요. 여자들에겐 치명적인 상처예요. 얼굴은 물론 예뻐 보이려고 팔이며 다리를 자꾸만 노출시키려는 요즘 세상에 상처를 감추기 위해 여름인데도 긴 팔을 입고 다녀야 하는 내 심정을 이해하지 못하는 사람은 모를 거예요."

그녀는 가느다랗게 긴 한숨을 내뱉었다.

"사실 엄마가 준 봉투를 오빠께 전해준다고 핑계 대고 따라왔지만 그 돈으로 차비를 하여 오빠와 같이 오빠 집에도 가보고 싶고, 만약 오빠가 집으로 안 가고 속초나 주문진에 머무르면 그곳에 따라가 변두리 허름한 방 하나 얻고 오빠가 고기 잘 낚으니 고기 많이 낚아오면 내가 배 따서 덕장을 빌려 건조하면 오빠의 염원 하루라도 빨리 이룰 수 있지 않을까예?"

그녀의 목소리는 떨리고 있었다.

아 아, 그런 그녀에게 어떤 말을 어떻게 해야 마음에 상처받지 않을지. 나로서는 어떤 생각도 나질 않았다.

그녀는 벽에 기대어 무릎을 세우고 두 손으로 깍지 낀 채 얼굴을 파묻고 있었다.

방안은 무거운 침묵이 흘렀다. 그래 나와 같이 섬을 빠져나가자. 너의 말대로 속초나 주문진 변두리에 작은 방 하나 얻어 살림을 차리자. 쪼들리는 살림일수록 정이 더 깊어진다는데 그렇게 시작해 보자. 내가 오징어 열심히 낚아오면 옥분이는 할복하여 덕장에 가득 널어 건조하고 그 모은 돈으로 이 아픈 다리를 치료하고 섬으로 들어가 옥분이 부모님께 우린 너무 사랑했기에 도망갔다고 용서를 빌자…. 그러나 그것은 상념일 뿐, 실행에 옮길 용기가 나질 않았다. 옥분이는 한동안 그런 자세로 얼굴을 묻고 있더니 고개를 들었다. 그의 눈에서는 눈물이 그렁그렁 맺혔다.

"자 이거 받으세요."

그녀는 조그마한 가방에서 봉투를 꺼냈다.

"오빠와 같이 강원도에 가보고 싶은 것은 나에게는 신기루 같은 꿈일 뿐 오빠 마음 그렇게 굳게 닫혀있는 줄 몰랐어예."

그녀는 봉투를 내밀었다.

나는 가슴이 아팠다. 저 봉투 속의 돈으로 부모님 뜻을 거역하면서까지 이 지지리도 못난 인간을 따라나서겠다고 작심했다니…. 여간 비장한 각오 없이 가능했을까? 그런데도 시원한 대답을 못하는 내 자신이 원망스러울 따름이었다. 나는 떨리는 손으로 봉투를 옥분이에게 다시 돌려주었다.

"그렇다면 이 봉투는 더더욱 받을 자격이 없습니다. 옥분 씨를 아프게 하였으니 말입니다. 어머님께 돌려드리세요."

"아, 아니 어머니가 받으시겠어요? 그렇잖아도 반년 넘게 일한 대가 치고는 너무 적다고 하셨는데 안 받으시면 어머니도 서운해 하실 거예요."

우리는 서로 봉투를 미루었는데 그녀는 무슨 생각을 하였는지 잠시 어떤 상념에 잠기더니 봉투를 자기 백에 도로 넣었다. 그리고 자리에서 일어섰다.

"오빠가 같이 있는 것을 거부하니 언니 집에 가서 자고 오빠 배 타는 것 보러 올게요."

나는 손을 저었다.

"옥분 씨, 여기까지 배웅해 준 것만으로도 너무 감사하구요. 언니 집에든 사동에든 어서 가요. 오래 있으면 마음만 더 무겁고 더 힘들어져요."

그러나 그녀는 아무 대답 없이 밖으로 나갔다. 밖은 벌써 어둠이 찾아오고 있었다. 옥분이 앞에서는 태연한 척했지만, 막상 옥분이가 떠난 방은 허무와 고독이 엄습하고 있었다. 나는 저녁 대신 술을 한 병 마셨다. 그리고 방에 들어와 잠을 청했다. 술기운을 빌려서라도 한숨 자고 싶었다. 그러나 잠이 올 리 없었다. 잠은 점점 도망가고 망상만이 내 멱살을 틀어잡고 있었다. 옥분이가 옆에 있는 것 같아 손을 뻗어 보면 아무도 없는 빈방, 허무만이 손끝에 잡힐 뿐이었다. 미영이도 내 앞에 나타났다. 그녀들은 내 눈앞에 오버랩되어 돌아갔다.

뜬눈으로 밤을 밝혔다.

어둠을 털어내며 새벽이 오고 있었다. 그때 밖에서 노크 소리가 났다.

"누구세요"

전기를 켜면서 물었다.

"오빠 저예요."

날이 채 밝기도 전에 옥분이가 찾아왔다. 반가웠다. 그런데도 내 입에서는 엉뚱한 말이 튀어나왔다.

"왜 또 왔어요?"

그녀는 문 앞에 들어와 우뚝 서 있었다.

"오빠가 이른 새벽 훌쩍 떠나면 오빠 얼굴 한 번 더 못 보잖아예. 이제는 어쩜 마지막이 될지도 모른다는 예감이 자꾸만 가슴에 와 닿아 일찍 나왔습니다. 그리고 부탁이 하나 있어예. 저 한 번만 안아주세요."

그녀는 그렇게 말하며 나를 조용히 바라보았다. 그런 그녀의 눈도 축축이 젖어 있으면서도 휑한 것을 보니 밤을 뜬 눈으로 밝힌 모양 같았다.

아, 얼마나 안아보고 싶었던가. 옥분이가 그렇게 갈구했지만 나는 보이지 않게 더 많이 갈구하면서도 내 장애를 비관하고 또 내 장애를 감싸주던 미영이를 생각하며 거부했던가. 나는 옥분이에게로 가까이 다가갔다. 그리고 옥분이 어깨를 끌어당겼다. 옥분이는 내 목을 감싸 안았다. 우리는 한동안 꼭 껴안고 포옹했다.

"오빠 아픈 다리를 수술하고 정상을 찾았을 때 울릉도를 다시 찾아 주는 거죠? 그리고…?"

"…."

그러나 나는 고개만 끄덕였을 뿐 어떤 대답을 할 수 없었다.

날이 밝아오자 그녀는 아침 식사를 하러 가자는 것이었다. 언제 다시 만날 기약조차 없는 이별 속에 아침이나 같이 먹자고 했다.

"그래요. 아침은 내가 살게요."

"아니에요. 오징어 할복한다는 핑계로 반찬도 제대로 못 만들고 김치 하나 달랑 차려주어도 맛있다 맛있다 하며 먹던 오빠 얼굴 단둘이 마주앉아 보고 싶어요. 언제인가 삼겹살을 구워 먹으며 너무 맛있다고 뒤 텃밭에서 상추를 뜯어다 대충 씻어 볼이 터져라 먹으며 좋아했는데 내가 바쁘다는 핑계로 삼겹살 한 번 더 못 구워 드렸어요. 흑돼지 잘 하는 집이 있어요."

그녀의 목소리는 또 흐려지고 있었다. 우리는 흑돼지 집으로 갔다.

지글지글 구워지는 삼겹살. 그러나 그녀는 굽기만 하면서 나의 얼굴을 쳐다보고 있었다.

"굽지만 말고 어서 들어요."

"오빠 먹는 모습이 너무 아름다워 보기만 해도 배가 불러요."

그녀의 눈에서는 눈물이 또 그렁그렁 맺혔다.

"이렇게 빨리 헤어질 줄 알았다면 반찬이라도 조금 더 신경 썼을 텐데…."

그러면서 소주만 홀짝이고 있었다.

우리는 식사를 하는 둥 마는 둥 술 한 병만 비우고 부두로 나왔다.

부두에는 배들이 동력을 걸어 시운하고 있었다. 그 중 속초로 가는 배를 찾았을 때 옥분이는 자기 손 백에서 봉투를 꺼내 내 가방 속에 밀어 넣었다. 나는 가방 안의 봉투를 다시 꺼내 옥분이에게 주었지만 받지 않는다.

"사실 봉투를 주려고 빨리 나왔어요. 안 받으면 너무 적어서 안 받는 줄 알고 아빠 엄마 저도 더 섭섭해 할 거예요."

그릉, 그릉, 그릉. 배는 동력을 움직였고 나는 봉투를 옥분이 손에 다시 쥐어주고 배에 올랐다.

옥분이 눈에서는 눈물이 볼을 타고 흘러내렸다. 뜨거워지는 눈시울을 나는 간신히 참으며 돌아보았을 때 옥분이는 그 자리에 서서 손을 흔들고 있었다. 갈매기들이 끼륵끼륵 낮게 따라오며 옥분이와 나의 이별을 슬퍼하고 있었다.

18. 주소 없는 방생 편지

속초에 도착하니 여러 가지 궁금한 게 많았다. 처음 배를 탔을 때 뱃자리를 마련해주고 멀미 때문에 안타까워하던 진 씨 노인의 행방이 궁금하고, 인정이 많던 포항식당 아주머니도 궁금했다.

불과 2~3년이란 세월이 흘렀는데 그들은 어떻게 달라졌을까.

나는 먼저 포항식당을 찾았다. 납작하게 슬레이트로 이은 지붕이 조금도 변한 게 없었다. 밑문을 열고 안으로 들어가니 아주머니가 설거지를 하다 말고 젖은 손으로 나의 손을 잡아 준다.

"이게 누고? 아이구야. 몇 년 만이고. 또 배 타러 왔나?"

"그동안 잘 계셨어요? 아주머니도 보고 싶고 배를 같이 타던 사람들도 생각나고 해서 또 왔습니다."

"아이고 와 배를 또 탈라 하는교? 그렇게 고생스럽게."

"그건 그렇고, 진 씨 노인 소식은 압니까?"

"그 노인이야 뭐 다른 할 일이 있나 날이면 날마다 바다에 나가 고기 잡고 들어오면 술 마시고 북에 두고 온 가족들을 그리며 망향가나 부르는 것이 낙이제. 이제 들어올 때가 되어가는구먼. 대화퇴로 떠난 다고 한 지가 열흘이 넘었으니까. 그때 전라도 말을 쓰던 젊은이와 같이 다니고 있지."

"네? 그럼 명섭이도 있단 말입니까?"

나는 마음이 설렜다. 나주 고향에 돌아가면 형님 과수원이나 도우며 열심히 일하겠다고 하던 그가 아니었던가. 그런데 무엇 때문에 또 배를 타러 왔단 말인가? 나는 그들이 돌아올 때까지 여인숙에서 묵으며 며칠을 기다렸다. 하루빨리 뱃자리를 구해 조업을 나가야겠지만 진 노인과 명섭이를 만나보고 그동안 쌓였던 회포를 술 한 잔으로 풀고 싶었다.

나는 또 부두로 나갔다. 부두에는 벌써 많은 배들이 들이대고 고기 상자를 하역하고 있었다. 멀리 원앙바리 나갔던 배들과 인근에서 조업한 배들이 서로 어우러져 하역하고 옆에서 경매가 이루어졌다. 오징어 철의 속초항은 활기가 넘쳤다.

고기 상자를 하역한 배들은 다른 곳으로 자리를 옮기고, 조업한 또 다른 배가 부두에 들이대고 있었다.

나는 들어오는 배마다 유심히 살펴보았다. 그때 입항한 배에서 내리는 허리가 굽은 노인은 바로 진 노인이었다.

"아! 아저씨."

"나는 가까이 다가가며 소리쳤다."

"뉘드라?"

그는 나를 알아보지 못하고 유심히 바라보았다.

"아! 대화퇴 어장에서 멀미 때문에 생고생하던 기가 아님네?"

"네, 아저씨 그동안 어떻게 지내셨어요?"

"나야 매일매일 반복되는 일상 속에 대화퇴에 올라가면 방생하는 낙으로 살아가지."

그러고 보니 내가 대화퇴에서 멀미로 정신을 차리지 못할 때 오징어

꼬리에 조그마한 패를 달아 바다에 놓아주던 것이 생각났다.
"아직도 방생을 하세요?"
"암, 남북통일이 될 때까지 살아있다는 소식을 전해야지. 육로로는 소식을 전할 수 없으니 바닷길로라도 내가 살아있다는 것을 알려야지…."
"그런데 답을 받을 수 없잖아요."
"그렇지만 그것으로 낙을 삼고 이북 어느 어부에게라도 잡히면 내 소식을 전해주리라 하는 바람으로 하는 게야."
그때 명섭이가 다가오고 있었다.
"아니, 이게 누구야?"
그는 나를 와락 끌어안았다. 몇 십 년 만에 상봉하는 이산가족 못지않았다.
"야, 인마! 배를 다시는 안 타겠다더니 어떻게 된 거야?"
"하하, 여름 오징어 철만 되면 좀이 쑤셔서 못 배기겠는걸. 그래서 또 올라오고 했는데 속초에 오면 자네 생각을 하고 행여 또 배 타러 오지 않을까 두리번거리며 찾아볼 때가 많았었지. 그런데 몇 년이 지나가서 이젠 까마득히 잊어버렸는데 이렇게 만나다니. 그런데 어디서 무엇을 하다 온 거야?"
"울릉도에 있었지."
"울릉도? 그럼 너는 나보다 더 흉악한 뱃놈이겠구나. 울릉도에까지 들어가 고기를 잡다니. 그래 울릉도 재미는 톡톡히 보았나?"
"재미를 보면 이렇게 나오겠나, 섬에 갇혀 있으니 답답하고 그래서 육지로 나왔네."
"그럼 돈은 좀 모았나?"
"용돈 정도 벌었지. 술 마시고 할 돈 말이야."

"아, 그럼 오늘 한 잔 쏘아 보게나. 나도 술값 정도는 있으니까."

진 씨 노인은 주머니를 뒤져 담배를 붙여 물었다. 나무뿌리처럼 잔주름이 얽힌 노인의 얼굴은 삼 년 전보다 더 주름이 많아졌다.

담배 한 대를 피우고 또 한 대를 붙여 물 때까지 우리들의 이야기는 끝이 나지 않았다. 노인은 무슨 얘기가 그렇게 기냐며 앞장서서 식당으로 행했고, 우리도 그 뒤를 따랐다.

식당에는 식사하는 사람들로 많이 붐볐다. 벌써 점심시간인 모양이었다. 우리도 한쪽 식탁에 자리를 잡았다.

"오랜만에 만났으니 밥은 뒤로 하고 술부터 한 잔 해야지, 안 그런가?"

진 씨 노인이 말을 하고 나를 보았다.

"그럼요, 술부터 한잔해야죠. 그래서 회포를 풀어야죠."

술을 청했으나 술이 나오질 않았다. 점심시간이니 밥부터 나르느라 술은 뒷전인 모양이었다. 기다리던 명섭이가 부엌으로 들어가 된장국과 오징어무침을 쟁반에 차려 술병을 갖고 나왔다. 단골손님이니만큼 바쁠 땐 주인아주머니를 종종 거들어 주는 모양이었다.

술 두 병을 마시고 나니 그제야 주인아주머니가 바빠서 미안하다며 생태찌개 한 냄비와 술 두 병을 갖고 왔다. 오랜만에 만났으니 맛있게 먹으라고 찌개 값과 술값은 서비스라며 웃고 간다. 3년 전이나 지금이나 아주머니의 넉넉한 인심은 뱃사람들의 마음을 푸근하게 한다. 그러나 가난한 뱃사람들을 후하게 대하다 보니 정작 큰돈은 못 버는 것 같았다.

이세 내일은 술어 순비를 마치고 모레는 또 대화퇴 어장으로 조업을 나간다는 것이었다. 기왕이면 진 씨 노인과 명섭이와 같이 고기를 낚아보고 싶었다. 그런데 뱃자리를 알아보니 기관실 앞자리가 비어있다는 것이다. 어느 배이고 기관실 앞자리는 대부분 비어있다. 중간자리라 고기가 몰려오면 이물이나 고물에서 먼저 낚아 올리고 해서 그런지 중간 자리들은 고기가 잘 낚이지 않는다고들 한다. 그리고 기관실에 냉각수나 오물이 호스를 통해 계속 흘러나가는 통로이다 보니 고기가 안 문다고 흔히 말하는 제일 말단의 자리다. 선원이 모자라 비워 놓으면 늘 그 자리가 비어있다. 그렇지만 실력 있는 사람은 그 자리에서도 상바리를 할 수 있다.

"좋다. 그 자리라도 비어있으면 같이 나가자."

다음날 나는 출어 준비를 서둘렀다. 속초에서 처음 배를 탈 때처럼 빈손 빈 마음으로 낚시 가게에 들러 필요한 모든 어구들을 사서 배에 실었다. 이제 쌀과 부식을 사면 된다. 명섭이는 밥솥이 크기 때문에 세 명은 저녁참까지 넉넉하지만 국 냄비가 적어 하나 더 사야겠다고 했다. 추가되는 그릇들은 내가 샀다. 삼 년 전에는 석유곤로에다가 밥을 해 먹었는데 지금은 가스통이 몇 군데 설치돼 있고 가스버너를 만들어 놓았기 때문에 석유는 필요 없다는 것이었다.

이튿날 출항 준비를 마친 배는 서서히 속초항을 벗어나며 물보라를 걷어차고 있었다. 처음처럼 그렇게 낯설지 않았다. 오랜만에 친가로 돌아온 그런 분위기, 모두들 해풍에 검게 그을린 얼굴들, 소금기가 푹 밴 얼룩 가빠를 걸친 의상, 투박한 장화 모두가 친근감으로 내게 다가왔다.

낮게 비상하며 따라오던 갈매기 무리들도 배가 점점 중바다로 나가자 따라오던 길을 멈추고 빙빙 선회하고 있었다. 마중하고 돌아가는 지점인가?

육지가 점점 멀어지더니 이윽고 그 모습은 바다에 침윤당하고, 그 위로 해는 저녁노을을 뿌리며 다시 바닷속으로 빠져들고 있었다.

어둠이 내리는 바다, 선상에 모여 덕담을 나누던 어부들은 하나둘 선실로 들어가고 있었다. 진 노인도 보이지 않았다. 집어등 불빛이 여기저기서 샛별처럼 하나둘 살아나기 시작했다. 저 불빛 어느 배에선가 풍어의 함성이 들려오는 듯하기도 하고 흥어를 푸념하는 소리도 들리는 듯하다. 우리도 찬 밤공기를 피해 선실로 들어갔다.

어선이 대부분 그렇듯 선실은 비좁고 남루했다. 항해할 때만 눈을 붙여야 하기 때문에 30여 명이 방짱 두 칸에 나누어 잠을 자자면 모로 누워 칼잠을 자야 한다. 그렇지만 코를 골고 잠꼬댈 하는 사람, 다리를 얹어놓는다고 고함지르는 사람, 좁은 방안은 언짢은 소리들로 가득했다. 늦게 들어간 우리는 누울 자리가 없었다. 한쪽 구석에서 벽에 상체를 기대고 눈을 감아본다. 그러나 잠이 올 리 없다. 명섭이는 어떻게 파고 들어갔는지 모로 누워있다. 그러면서 나보고 뭉그적거리며 다리를 사이에 넣고 길게 뻗어 보라는 것이었다. 하지만 꽉 들어찬 사이를 도저히 뚫고 들어갈 자신이 없어 다리를 새우처럼 꼬부리고 눈을 감았다.

얼마나 시간이 지났을까. 시끌벅적 소리에 일어나 보니 희뿌옇게 날이 밝아오고 있었다. 배는 중간을 짚어보지도 않고 동으로 동으로 항진하고 있었다. 나는 갑판으로 올라갔다. 차가운 해풍이 얼굴을 때리며 지나갔다. 함박웃음처럼 해님이 떠올랐다.

아아, 또 하룻밤이 지났구나.

아침이 되니 작업은 하지 않는데도 끼니는 거르면 안 되는지 서로 어울린 사람끼리 모여앉아 밥을 짓고 있었다. 명섭이도 바가지에 쌀을 퍼 씻으려고 물을 긷기 위해 고부 누레박을 바다에 던지는데 배의 속력으로 두레박은 뒤집어지며 물이 잘 퍼지지 않았다. 간신히 반 두레박씩 퍼 올려 쌀을 씻고 식수로 헹구어 밥솥에 안치고 불을 붙였다.

배는 끄덕끄덕 시소를 하여 밥 냄비를 붙잡고 있어야 한다. 우리 세 식구도 마주 앉았다. 갑판 위에는 아침 식사하는 식구들이 삼삼오오 모여앉아 즐겁게 먹고 있었다. 진 노인은 두어 수저 뜨고 수저를 놓는다. 입맛이 없는 모양이었다.

"왜 안 드세요?"

"일을 안 하니 별로 념이 없구먼. 자네들이나 많이 자시게."

해가 질 무렵 배는 망망한 바다 위에 풍을 놓았다. 오늘은 여기서 조업을 할 모양이었다. 배가 멈추자 다이를 끄집어내어 자기 자리마다 설치하고 있었다. 명섭이는 이물 쪽 세 번째 칸에 자리를 하고, 진 노인은 바로 내 앞자리였다. 처음 배를 탔을 때도 기관실 옆이었다. 기관실 옆자리는 다른 데 비해 나직하고 나이 많은 사람들은 안전하다고 일부러 그 자리를 선택하는 사람도 있다.

나도 다이를 꺼내 내 자리에 설치했다. 모두가 새것이니 소금기에 절지 않아 변색되지 않은 맑고 밝은 색깔이 보기 좋았다. 경심도 유리처럼 투명하고 낚싯바늘도 보석처럼 반짝 윤이 난다. 오징어들은 영리하면서도 미련스러웠다. 반짝이는 낚싯바늘이 먹이인 줄 알고 낚아채어 걸려 올라오지만 며칠씩 써 염기에 누렇게 퇴색된 낚싯줄은 밤새도록 담궈도 물지 않는다. 그래서 경심도 2~3일 쓰고 갈아줘야 잘 문다. 유리처럼 투명한 경심 줄이 오징어 눈에는 잘 보이지 않는지 새 것으로 바꾸면 훨씬 잘 걸려 올라온다.

초저녁에 오징어가 조금 물려 올라오더니 잘 낚이지 않는다. 한 군데서 3~4시간 조업을 하다가 고기가 잘 낚이지 않으면 다른 곳으로 이동을 한다. 선장은 땡, 땡, 땡, 땡 하고 벨을 울리고 있었다. 모두들 낚시를 감아올리라는 신호였다.

그리고 다이를 다 떼어내리라는 것이었다. 멀리 이동할 모양이었다.

두어 시간 이동할 때는 다이를 그대로 두고 롤러만 접고 이동하는 수도 있지만 장거리 이동할 때는 다이를 모두 떼어내곤 한다. 명섭이와 나는 다이를 떼고 먼저 선실로 들어갔다. 돼지우리 같거나 양아치 토굴 같을지라도 다리를 뻗고 자야 조금이라도 덜 피곤한데 꼬부리고 새우잠을 자다 보니 피로가 더 쌓였다. 얌체 같지만 남들보다 먼저 들어가 안쪽에 자리 잡고 누웠지만 허사였다.

무질서하게 보이는 자리지만 그것도 정해져 있다고 했다. 맨 안쪽엔 오래 배를 탄 사람이 터줏대감처럼 차지하고 바깥벽 쪽은 본 선원들이 차지한다. 풍을 놓고 거둘 때 드나들기 좋게끔 말아놓았고 초보자는 가운데서 자야 한다. 그리고 때가 반들반들하게 찌들은 목침도 여러 개 있는데 그것도 임자가 있어 마음대로 꺼내어 벨 수가 없다. 나는 하는 수 없이 안쪽의 자리를 내주고 가운데로 밀려들어갔다.

이윽고 배는 동력을 높여 밤바다를 힘차게 항해하고 있었다. 피로에 지친 선원들은 콩나물시루처럼 비좁아 터진 속에서도 코를 골고 잠꼬대를 하고 있었다.

"다데기여…. 다데기여…."

잠꼬대 속에서도 풍어의 기쁨을 맛보는지 어이싸! 어이싸 소리치고 있었다. 시끄러워 못 자겠다고 넋두리를 토하는 사람도 있었다. 나는 웃음이 나왔다. 비좁아 터진 속에서도 생시에 하던 것을 재연하다니 참말 자기 직업은 속일 수 없나 보다.

대화퇴!

속칭 물 반 고기 반으로 불리우는 황금어장. 속초에서도 꼬박 20~30시간은 항해해야 도착하는 원거린데노 무수한 배들이 다부어 여기까지 올라와 조업을 한다.

3년 전 처음으로 대화퇴 어장에 왔을 때 그때는 왜 그리 파도가 높

앉는지…. 상상을 초월한 파도 앞에서 똥물까지 올칵올칵 올리면서, 또 선장에게 물세례를 받으면서 갑판에 엉금엉금 기던 것이 머리에 떠오른다.

  물세례를 당한 내 꼴이 너무 측은해 혀를 차던 진 노인, 그리고 물에 빠진 생쥐 같은 꼴이 우습다고 손뼉을 치며 하하거리던 인간들…. 그러나 3년이 지난 나는 바다에 절고 절은 뱃놈이 되어 대화퇴에 다시 나타난 것이다.

  바다 날씨는 수시로 변했다. 지금은 잔잔한 호수 같지만 이러다가 갑자기 성이 나면 허연 이빨을 드러내고 시퍼렇게 날이 선 칼을 휘두르며 미치광이처럼 덤벼든다. 그렇지만 사나이로 태어났으면 한 번쯤은 해볼 만한 직업이다. 거친 파도와 싸우다가 호수처럼 잔잔한 바다 위에 낯으론 낚싯대로 잡어를 잡고, 장기나 바둑판을 갖고 나와 장기 바둑을 두기도 한다.

  명섭이는 어떤 요리를 할지 감자를 깎고 있었다. 요즘 들어 진 노인이 부쩍 입맛이 없다고 한다. 진 노인을 위해 감자밥을 할 모양이었다.

  진 노인은 대화퇴만 올라오면 입맛을 잃는다. 마음병이었다. 한으로 얼룩진 이산의 아픔일 것이었다. 고향의 바닷길은 속초보다 가까웠다. 북의 고향을 코앞에 두고 수평선만 말없이 바라보는 노인이었다.

  이산의 그리운 아픔을 글로 적어 본다. 그것을 오징어 다리에 동여매 방생해보지만 회신은 받아볼 수 없고 허망만 가슴에 가득 차 있었다.

  그렇지만 진 노인은 그것을 포기하지 않았다.

  "그놈들이 다리에다 무거운 짐을 지켜 놓았으니 북에까지 전달하지 못하는 게야. 중간에서 탈진하여 쓰러지고 마는 모양이다. 그러기에 답이 없다. 내가 몇 년을 보냈는데 어쩌다가 꼬리표가 붙은 고기가 물려 올라올 때 보면 내가 놓아준 그놈들이야. 흐흐흐. 이번엔 짐을 지키지 않고 다른 방법을 써야겠어. 흐흐흐….”

그는 언제 구했는지 아이들 팔뚝 굵기만 한 회양 나무를 깎기 시작했다. 밤으론 오징어를 낚고 낮으론 조각칼을 들고 신들린 사람처럼 구부리고 그는 바닷속 저 밑바닥처럼 쓸쓸한 웃음을 흘리며 팔뚝같이 굵은 오이까를 몇 마리 골라 함지박에 물을 길러 풀어 놓았다. 고기들은 퍼들적 퍼들적 좁은 공간에서도 헤엄을 치며 움직였다. 그리고 다시 한 마리씩 건져 마른 수건으로 물기를 닦기 시작했다. 그리고 언제 새겼는지 길쭉한 도장을 꺼내어 스탬프에 눌러 오징어 배에다 찍었다. '청호동 아바이 마을 ○○번지 진명근 거주' 오징어 배에는 선명하게 글자가 찍혀있고 물기가 마른 오징어는 죽기 직전처럼 피피거렸다.

“자, 가거라. 북쪽 바다로. 그리고 이북의 어부에게 잡혀 내 안부를 전해다오.”

노인은 먼 수평선을 바라보며 고기를 방류하고 있었다. 잠깐 의식을 잃어 까물어쳤던지 물 위에 둥둥 뜨던 오징어는 이내 물속으로 사라졌다.

19. 한맺힌 이산 어부의 일기

"아, 아니야. 오징어는 베링해나 오호츠크 같은 한랭해서 나 난류를 따라 남하하기 때문에 몸통이나 꼬리에 편지를 달아 방생한들 북의 어부에게 낚일 수가 없어. 자꾸만 남하하니까. 기래서 울릉도 연안에서 목걸이를 한 고기가 낚여 올라온다고 언젠가 지방신문에 보도된 적이 있었지…. 기래서 이번엔 다른 방법을 써야겠어. 인간이나 동물들 모두에게는 모태라는, 자기가 태어난 곳을 그리워하며 뼈를 묻고 싶어 하는 것이 본능이야. 기래서 고기들도 연어나 숭어, 농어, 방어 같은 고기들은 수만리 바닷길을 헤엄치며 살다가 치어 때 자란 곳을 용케도 찾아가 알을 낳아 새끼로 부화시키고 임종을 맞는다는 게야. 얼마나 거룩해. 기래서 큰 고기를 낚아야겠어. 그 놈들은 힘도 좋고 또 영흥만에서 치어 때 자란 놈도 있을 테니까."

그러면서 노인은 대어 낚시에 미끼로 산 고등어 한 마리를 꿰어 바다에 던져놓았다. 그리고 가방에서 모서리가 다 헐은 공책 한 권을 꺼내어 돋보기를 쓰고 읽고 있었다. 다른 어부들은 심부(초저녁부터 새벽까지 한숨도 안 자고 낚는다는 뜻)를 하기 위해 선실이나 갑판에서 늘어지게 한숨 자는데도 낮 동안 쉬는 시간을 이용하여 다 헐은 공책을 들여다보고 중얼거렸다. 그럴 때 노인은 흡사 넋 나간 사람처럼 보였다. 그러다가 어떤 부분은 가위로 잘라 새로 산 공책 갈피에 끼우고 엎드려 무언가를 열심히 쓰고 있었다.

처음 나는 별로 관심이 없었지만 며칠 째 반복되는 그의 행동에 점점 궁금증이 더해가고 강렬한 호기심마저 일었다. 늦게라도 잠을 자면 가만히 훔쳐 볼 참이었다. 그런데 뜻밖에도 내게 공책을 내어 미는 것이다. 곁눈으로 훔쳐보지 말고 보라는 것이었다.

"내래 젊을 때 써 놓은 일기야. 이제 꺼내어 정리할 참이야. 내래 늙고 점점 노쇠해 가니 이 기록을 님자에게 생생하게 들려주고 싶었는데 다 틀렸어. 통일이 점점 눈앞에서 멀어지는 느낌이고 이러다가 내래 병들어 죽으면 님자래 날 원망하지 안캇서. 기래서 중요한 부분은 오려 비닐봉지에 물이 안 새게 밀봉을 하여 큰 고기 꼬리에 달아 띄우면 이북 어느 어부에게 낚일 줄 알아? 그런 희망을 걸고 한번 해보는 게야. 그런데 저 낚시에는 왜 대어가 안 물린다지? 빨리 물어야 할 텐데…. 궁금하면 빨리 읽어보라우."

나는 노인이 오려서 잘라놓은 사연을 보기 시작했다.

1950년 6월 ○일

군 장교인 나는 김일성 어버이 수령으로부터 특별휴가라는 일주일간 특혜를 받았다. 상관의 지시가 아니라 김일성 장군의 특별 휴가라는 소리에 가슴이 두근거리고 기쁨보다는 두려움이 마음을 조였다. 왜? 상관의 지시가 아닌 김일성 수령의 특별 휴가일까.

앞으로 영흥만이 그림처럼 펼쳐있고 뒤론 야트막한 산이 병풍처럼 둘러싸인 작은 마을. 나는 이곳에서 태어나 자라면서 사범학교를 졸업하고 동리에 있는 자그마한 보통 인민학교 교사로 발령 받았다.

몇 년간 교사로 복직하면서 또 다른 꿈이 마음속에서 싹텄다. 출세하려면 군 장교가 되는 것이 가장 빠르다 해서 교사직을 사임했다. 그리고 군관학교에 시험 쳐 당당히 수석으로 합격하였다.

졸업과 동시에 소좌로 임관하였고 중좌 때 후배였던 여교사와 결혼하여 대좌 때 아이들 둘을 두었다.

그날도 우리 부부는 아이들 손을 잡고 영흥만 모래톱을 걸으며 청사진을 설계하기도 했었다.

유난히 조개껍질을 좋아하는 아내는 작은 조개껍질을 보고 주워 장식품을 만든다고 아이들처럼 깡충거리며 좋아했다. 그리고 아이들과 마주앉아 한참을 주워 모았다. 그러는 아내를 보니 너무너무 행복감에 잠긴다.

행복에 취한 시간은 왜 이리 빠를까, 벌써 일주일이 다 갔다.

인민학교 교사인 아내는 가까운 학교 근처에 집을 얻고 생활한다. 근무 시간에는 육아보육원에 아이를 맡기고 퇴근하면 아이들과 같이 집으로 간다. 그런 아내가 오늘따라 왜 이리 뜨거울까. 아내는 또 언제쯤 휴가가 있느냐고 평소 하지 않던 이야기를 하며 자꾸만 따라온다. 이제는 들어가라 해도 행길까지 따라 나온다. 그러면서 목소리까지 흐려진다. 그리고 돌아서서 눈시울도 닦는다. 왜 저렇게 하지 않던 짓을 할까. 아내는 이미 영적으로 모든 것을 예감했을까? 발걸음이 점점 무거워진다.

1950년 6월 ○일

날씨는 우중충하게 흐려있다.

원산 연병장에 집결하니 군용차 수십 대가 보인다. 소련제 탱크, 장갑차, 군용 트럭이 있고 한쪽엔 어디서 몰고 왔는지 우시장처럼 수십 마리 말들이 말목에 매어져있다. 각 부대들은 정연하게 줄을 서서 동해 사령관의 작전 명령을 들었다.

"김일성 장군의 뜻이다. 가슴 깊이 명심하고 충성하라!"

그리고 김일성 만세를 삼창 불렀다. 그때서야 특별휴가를 예감할 수 있었다.

나는 기마부대 인솔자로 보직을 받았다. 말 열두 필을 책임지고 부하들을 시켜 마차에 말을 매었다. 군량미 탄약들을 말에 나누어 싣고 선두에는 장갑차와 군용차가 붉은 깃발을 꽂고 뿌연 먼지를 날리면서 엔진소리가 요란하다. 전시작전이 시작되었다.

1950년 6월 ○일

안개와 해무가 어우러져 먼 시야는 좁혀지고 흐릿하다. 그래도 선발대는 안개를 뚫고 달린다. 포성이 지축을 흔든다. 삼팔 철책 부근인 것 같다. 오랫동안 전투가 지속될 줄 알았는데 포성은 하루도 안 가 멈추었다. 철책선이 무너진 것이다. 아군은 큰 대항 없이 후퇴한 것이다. 선발 차량들이 내려가고 그 뒤로 마차 행렬이 먼지를 일으키며 남으로 남으로 진군하고 있었다. 속초도 인민군 손에 들어왔다.

1950년 7월 ○일

강릉까지 쉽게 무너뜨린 인민군은 승승장구하고 있었다. 강릉도 별 반항 없이 함락시켰다. 아군들은 강릉을 철수하면서 교각들을 모조리 폭파시켰나. 선발대들은 다리를 목수하느라 며칠씩 걸렸다. 작은 교각들은 굵직한 나무를 베어다 다리를 놓고 건널 수 있지만 큰 교각들은 우회로 길을 돌려 닦기 때문에 며칠씩 걸렸다.

동해 삼척도 쉽게 무너졌다. 울진 영덕을 진격할 때 서해 주력부대는 대전을 함락시키고 대구로 돌진한다는 통신이 왔다. 우리 부대가 동해에서 가세하면 대구는 쉽게 무너질 것이고 인민통일은 눈앞에 왔다고 사기는 하늘을 찔렀다.

1950년 7월 ○일

기런데 기런데 말이디, 영천 전투에서 연합군이 가세할 줄이야. 신무기로 무장한 연합군 앞에 아무리 전선을 탄탄히 구축한다 한들 밀고 나갈 수 있갔어. 앞 주력부대들이 다 무너졌는데도 후퇴는 있을 수 없다고 상관의 명령이 떨어진 거야. 그런데 비행기 폭격으로 말들은 뿔뿔이 흩어져 산으로 도망쳤고 우리 부대는 포위당한 채 전멸되다시피 했고 몇몇 남은 부하들이 피투성이가 된 채 살려달라고 애원했지만 차마 눈뜨고 볼 수 없었어. 나는 권총을 꺼내 들었지. 부하를 다 잃은 마당에 혼자 살아남으면 뭐 하겠냐고 머리에 대고 방아쇠를 당기려는 순간 님자가 총구 앞에 나타나 가로막는 게야. 나를 쏘라고 기래서 자살도 못하고 아군에게 생포되었지.

1950년 7월 ○일

거제 수용소로 넘어간 나는 군사 재판에 회부되었다. 사형이냐? 살아남느냐? 살아남는다면 몇 년 형을 받을까? 풀려나면 님자를 바로 만날 수 있을까…?

1954년 3월 ○일

삼 년의 형기를 마치고 나는 풀려났다. 낯선 땅 낯선 하늘이지만 태양은 밝고 눈부시다. 이제 어디로 가야하나. 자유의 몸이 되었지만 아는 사람 없고 의지할 곳 없으니 막막함이 가슴을 움츠리게 한다.

　전쟁이 끝났다고 휴전이라고 좋아들하지만 전쟁 전이나 전쟁 후나 허리가 잘린 두 동강이로 장벽이 너무 높아 못 넘어 간다는 소식은 감방 안에서도 들은 사실이다. 그렇지만 고향엘 못 가고 님자를 못 만나는 한이 있더라도 삼팔선 가까이라도 올라가 봐야겠다. 그곳에서 더 못 들어가면 목이 터져라 님자를 불러야겠다.

1954년 3월 ○일

　전쟁 중에 마차를 몰고 내려오던 길을 거슬러 올라간다. 하루 부지런히 걸으면 백 리는 걷겠지. 그럼 열흘 정도면 삼팔선에 닿겠구나. 구걸을 하면서라도 부지런히 걸어야 한다.

　아, 그때 산속으로 도망쳐 숨은 말이 모두 다 어떻게 되었을까. 어느 집에 가서 호마종으로 자라는 말도 있을 텐데. 다리가 튼튼하고 목이 굵고 힘이 좋았는데 지금 내 앞에 한 마리 나타난다면 사나흘이면 족히 도착할 텐데 왜 이리 다리에 힘이 없는가. 길옆으로는 개나리도 피고 산에는 진달래도 핀 아름다운 봄날인데 걸음은 왜 이리 느리게 옮겨질까.

1954년 3월 ○일

　바로 여기 이 냇가에서 말을 풀어 물을 먹인 그곳이다. 수십 마리 말을 풀어 냇가로 끌고 가니 얼마나 목이 탔으면 엎드려 마시는데 아랫녘에서는 강물이 마를 정도라고 했다. 고삐를 매어 놓았던 그 버드나무들도 파릇한 새싹을 피우고 전과 똑같이 푸르게 자라고 있구나. 이제 나도 쉬었으니 또 걸어야겠다.

1954년 4월 ○일

발바닥이 부르트고 물집이 생겨 걸음이 점점 힘들지만, 그래도 기를 쓰고 걸음을 재촉하여 강릉에 도착했다.

말을 몰고 내려올 때 폭파되었던 남대천 다리가 임시로 복구되었구나. 에취 빔 철 골조로 다리발을 세우고 쇠 철판을 깔아 사람이 건너고 차가 다닌다.

우리 인민군 부대가 강릉을 쳐들어갈 때 아군들이 후퇴하면서 폭파시켰다. 우리 부대는 남대천을 거슬러 올라가 노암교로 우회하여 말을 몰았다.

이제 나도 남대천교를 건너 경포호를 지나 부지런히 걸어야 한다. 며칠 안 걸리면 목적지에 도착하겠구나. 다리에 힘이 없고 발이 부르터 아파도 참고 부지런히 걸음을 옮기자.

1954년 4월 ○일

드디어 삼팔선 부근까지 도달했다.

걸식을 하고 구걸을 하면서 십여 일을 걸어걸어 도착한 곳. 그러나 보초 서는 장병들이 철저히 검색하면서 여기서부터 민간인들은 통제한다는 것이다. 특히 인민군이었거나 월남한 사람들은 더더욱 철저한 감시와 조사 때문에 더 이상은 어쩔 수 없다. 하기야 여기서나 철조망 가까이서나 들어갈 수 없다면 돌아서는 수밖에 별 도리가 있겠는가. 여보 님자, 철조망이 머지않아 허물어질 거야. 그때를 손꼽아 기다리자우.

1954년 4월 ○일

울면서 뒤돌아보면서 속초로 내려왔다. 단박에 바다에 뛰어들고 싶은 심정이지만 언젠가는 당신을 만난다는 신념 때문에 눈물도 닦지 않고 걸어걸어 내려왔다. 서산에 해가 떨어지면 자는 것이 제일 문제다. 밥 한 끼 구걸하기는 그래도 수월하지만 문전에서 하룻밤 재워달라면 대답하는 집이 거의 없다. 몇 집을 돌면서 사정하다 보면 수복 직후라 수상한 사람들로만 오인하는지 문전박대하는 것이다. 어쩌다 인심 좋은 집을 만나면 따뜻하게 맞아주고 내 사연을 듣고 눈물까지 흘리신다. 이 삭막하기만 한 세상에 따뜻한 인정도 살아 숨 쉬니 아직 희망의 끈을 놓아서는 안 되겠다.

나의 눈에서는 눈물이 앞을 가려 글씨들이 아롱거려 잘 보이지 않았다. 아, 이렇게 살아온 분이었구나. 몇 장만 추려서 보았는데도 가슴이 메는 저 두꺼운 일기장 속에 수많은 사연들이 얼마나 구구절절할까. 나는 또 새로운 일기를 읽기 시작했다.

1976년 10월 ○일
　내래 요즘 들어 부쩍 입맛이 없어지고 아파오니 님자가 더욱 그리워진다오. 다른 사람들은 팔자를 고쳐서 지금 땅땅거리고 사는 사람들도 꽤나 있지. 나도 40 때는 팔자를 고쳐보려고 중신하는 사람이 꽤나 있었소. 그래서 한 여자를 만나 보았지. 그 여자는 심덕이 착해 보이고 살림도 잘할 것 같은 그런 인상을 풍겨주는 여인이었소. 그런데 그 여인을 만나는 순간 자꾸만 당신 얼굴이 떠올라 그 여자와 제대로 말도 못했소. 당신에게 죄를 짓는 것 같고 그 여자와 살다가 통일되면 당신을 어떤 낯으로 볼 수 있을까 망설이다 그만 두었소. 그래서 다시는 딴 여자를 안 만난다고 하였지만 또 몇 해 지나 적당한 규수가 있다고 만나보라는 게 아니겠소. 그 중매하는 사람은 나같이 인민 포로병으로 풀려나 나와 똑같은 처지이기에 나를 설득하려고 몇 번 찾아와 성의를 무시할 수 없어 만나 보았지. 그런데 이번 여자는 촐랑이야. 생김새부터가 가볍게 보이고 하는 짓거리들이 마음에 안 들 게 중에 담배도 피우더군. 그래서 그 후로 어느 누가 뭐래도 재혼 이야기만 하면 나는 바위처럼 움직이지 않았지. 곧 통일이 올 거야. 통일이 되면 당신을 만나고 아이들 손을 잡고 당신이 부르던 에메랄드빛 영흥만 바닷가에서 조개껍질을 주워 아이들 장난감을 만들어 주고, 아니 이제는 아이들도 다 성인이 되었겠지? 결혼도 하였겠지. 손주는 몇이나 두었소…? 이십여 년 동안 내 소식을 오징어꼬리에 달아 방생하였는데 한번이라도 받아 보았는지 이번엔 큰 고기 꼬리에 중요한 일기 몇 장을 달아 보낼 참이오.

그때 대어가 물었다고 노인이 소리쳤다.
"물었어! 물었어! 큰 고기가 물었어!"
노인은 사력을 다해 당기고 있었다. 낚싯줄은 끊어질 듯 팽팽해졌다. 오히려 노인이 딸려갈 지경이었다.
"얼마나 큰 고기가 물었기에 안 딸려 오고 애를 미기디."
노인의 주름진 얼굴 위로 땀방울이 맺히고 있었다.
"아저씨 안 딸려오면 살살 늦추어 주어요. 그러다 낚싯줄 터져요."
노인은 줄을 늦추어 주고 있었다. 줄은 반타원형을 그리며 배 주위를 이리 돌고 저리 돌고 있었다.
"이리 줘 보세요."
경심 줄을 받아 쥐고 내가 당기어 보아도 잘 딸려 오질 않는다.
"기래 기렇게 힘이 좋아야디 기래야 리북 어디에 끌고 가도 지치지 않디."

얼마동안 타원형을 그리며 배 주위를 돌던 고기는 힘이 빠졌는지 조금씩 딸려 오기 시작했다. 나는 힘을 가해 잡아당겼다. 물 밖으로 모습을 드러내는 고기는 엄청 큰 대어였다.

이물 쪽의 어부는 도비(큰 고기를 찍어 올리는 갈쿠리)를 갖고 왔다.

"아, 안 됩니다. 이 고기는 사시미(회) 거리가 아니에요. 다치면 안 되니 뜰채를 갖다 주세요."

도비를 들었던 어부는 실망했다는 듯 도비를 바닥에 던졌다. 그러자 명섭이가 급히 뜰채를 갖고 왔다.

간신히 배판에 끌어올리자 일 미터 이상된 고기는 퍼들적 퍼들적 배판에 튀어 올랐다.

"배판에서 다치면 안 되지 빨리빨리 서둘라우."

노인과 명섭이는 고기 몸통을 붙잡았다. 나는 일기장을 싼 비닐봉투를 꼬리지느러미에 묶었다. 그리고 명섭이와 둘이 들어 바다에 던졌다. 대어는 사연을 담은 봉투를 달고 바닷속으로 사라지고 노인은 고기를 바라보고 쓸쓸하게 웃고 있었다.

20. 파도 더미에 묻혀버린 어부

명섭이는 밥솥을 들고 우리 곁으로 다가왔다. 그리고 낮에 낚아 올린 고등어 한 마리를 토막 내어 고춧가루를 뿌리고 찜을 만든 냄비를 들고 왔다. 진 노인께서 입맛이 없다니 정성을 다한 모양이었다.
"감자밥이로구먼."
"네, 아저씨가 입맛이 없으시다기에 감자를 서너 개 넣었습니다."
"암, 맨 쌀밥보다는 감자를 섞은 밥이 훨씬 구수하고 맛있디. 우리 고향에도 함흥 감자라고 속살이 노오란 감자를 많이 재배했디. 그것을 깎아 쪄 먹으면 분이 팍신하게 나는 맛이 일품이었디."
진 노인은 또 뼈 빠지게 고향 생각을 하며 감자만 골라 먹는 것이었다. 그래도 어제보다는 식사를 많이 하는 편이었다.
"많이 잡수셔야 고기를 열심히 낚지요."
"이젠 틀렸어. 환갑 전만 해도 아무리 높은 파도, 무서운 돌풍에도 겁 없이 낚시를 드리웠는데 이젠 환갑이 지나니 높은 파도만 보면 어지럽고 멀미 기운까지 일어나니 이 일도 몇 년 더 못해 먹겠구먼. 그 이전에 통일이 되어야 할 텐데 그래서 북에 두고 온 가족을 만나야 할 텐데…."

노인은 후 하고 한숨을 길게 몰아쉬었다.

식사 후 설거지는 내가 도맡았다. 검푸른 바닷물을 퍼 올리면 샘물처럼 투명하다. 그 속에 내 흐트러진 마음도 헹구어 내고 그릇도 씻는다.

우리 둘이 도맡아 하니 어떤 때는 진 노인도 팔소매를 걷어 올린다. 그럴 때마다 나는 지난 이야기를 하며 아무것도 못하게 만류를 했다.

"아저씨 생각 안 나세요? 제가 처음 대화퇴에 나왔을 때 너무 심한 멀미 때문에 밥도 설거지도 못하고 아저씨가 다 하셨잖아요. 그때 저는 분명히 말했습니다. 멀미를 안 하게 되면 제가 모든 것을 도맡아 하겠다구요. 그리고 아저씬 그때 그렇게 하라고 말씀하셨습니다. 그래서 이제 그 신세를 조금이나마 답하는 거예요."

"고맙네, 그럼 내가 상전 노릇을 톡톡히 하는구먼."

역시 대화퇴 어장은 물 반 고기 반이라더니 처음부터 고기가 풍어로 올라왔다. 낚시마다 주렁주렁 열린 풋과일처럼 줄줄이 낚여 올라왔다.

밤새워 작업을 하다가 날이 희뿌옇게 밝아오면 고기 상자에 넣는 작업이 시작된다. 오징어를 30마리씩 상자에 넣고 얼음을 채워 다시 어창에 밀어 넣는다. 신선도를 유지하기 위해 빨리빨리 서두른다. 아침 해가 떠오르기 전에 끝내야 하기 때문에 풍어일 때는 3~4일이면 싣고 나온 얼음을 다 소비하고 돌아간다. 그렇게 귀항하면 짭짤한 벌이가 된다.

갓바리 할 때는 4/6제로 10마리 낚으면 뱃삯 4마리 주고 내가 6마리 먹는다. 그 반대로 대화퇴 조업은 뱃삯을 6마리 주고 내가 4마리 먹는다. 그렇게 10여 일 동안 8~9만 원(당시) 벌이가 된다. 당시 경월 소주 됫병 하나에 250원이니 8~9만 원노 큰 벌이다. 그러나 뱃사람들은 피보다 더 귀중하게 번 돈을 출어 준비하는 동안 흥청망청 술값으로 다 날리고 만다.

뱃사람 모두가 다 그렇지는 않겠지만 내가 보기에는 90퍼센트 그렇다고 볼 수 있다. 언제 파도 더미에 묻혀 생을 마감할지도 모를 판국인데 실컷 즐기다 가자는 것이다. 그래서 부두 근처에는 각종 술집들이 난무해 있고, 20대 전후의 파릇한 아가씨들이 운집해 있었다. 그런 술집 앞을 지날 때면 십여 일씩 목욕을 못해 오징어 썩는 냄새가 몸에서 나 코를 돌릴 정도지만 그래도 술집 여자들은 길을 막고 애교를 떨었다.

열흘이고 보름 동안 생홀아비로 생활하던 뱃사람에게는 그런 여자들의 향수 내음이 눈알을 뒤집히게 하고 생침을 꿀꺽 삼키게 한다. 그래서 밤잠을 못 자고 사나운 파도와 사투를 하며 조업한 돈을 아가씨들 앞에 선풍기를 틀어놓고 삐라처럼 뿌리는 사람도 있다. 일종의 팁이라나. 여자들은 지폐 한 장이라도 더 주우려고 엎어지며 자빠지며 뒤엉킨다. 그런 것을 중독처럼 즐기는 뱃놈들, 이런 사실을 모르는 사모님들은 한 곡까이(원양바리 한 번 조업하는 횟수를 말함)를 일구월심 무사 귀환을 빌 뿐 언짢은 소리는 안전항해에 방해된다고 입을 쇠처럼 무겁게 하고 있다.

명섭이도 목욕을 하고 색시집부터 가자는 것이었다. 나는 명섭이를 극구 만류했다. 울릉도에서 2년 동안 조용히 지내왔기 때문에 그런 유혹에서 벗어나 보려는 것이었다. 그렇지만 그 이전에는 명섭이보다 더 하면 더 했지 조금도 덜하지 않았다. 흉어일 때 쌀이 떨어져 끼니를 못 끓이다가도 고기가 좀 잡혀 주머니가 두둑해지면 흉어일 때의 아픔은 조금도 생각 못했다. 그저 저 금호동 골목 영자나 춘자부터 만나러 간다. 그들은 내 절룩이는 장애를 냉소하지 않았고 오징어 썩는 이상야릇한 냄새도 향수로 받아들이는지 인상 한 번 찌푸리지 않았다. 늘 생글생글한 미소로 나를 맞아준다. 그리고 여관으로 데려가 목욕까지 함께한다. 그런 그녀들에게 나는 마약 중독자처럼 점점 깊숙이 빠져들어 가고 있었다.

"명섭아, 이제 올해로 고기 풀 날도 얼마 남지 않았어. 겨울 칼바람이 몰아치면 명태바리 같은 것은 더 을씨년스러워. 그래서 말인데, 술 생각나면 포장마차에서 닭발 하나 시켜놓고 안주해서 술 마시자. 그래서 알뜰히 저축하여 너하고 나하고 어디 포장마차 하나 내든가 아니면 네가 중국요리 기술자라니 우리 둘이 저축한 돈과 모자라면 조금 빌려서라도 중국요리 집을 하나 내자. 그리고 위험한 바다 생활은 청산하고 넌 사장하고 난 사원 할게."

"그래."

우린 그렇게 웃으며 낚시를 던졌다. 대화퇴 어장에는 무수한 배들 속에 일본 배도 간혹 보인다. 어로 한일어업협정 후 일본 배와 우리나라 배가 한데 어우러져 조업을 한다. 일본 배는 우리 어부들에게 부러움의 대상이 된다. 우선 선체부터 우리 배의 몇 배나 크지만 그 큰 덩치에 비해 선원 7~8명이 자동 조절기로 고기를 퍼 올린다.

우리 어부들은 고기를 잡다 잘 잡히지 않는 날은 멀리 무수한 조업 등을 바라보다가 그중 가장 크고 밝은 불을 찾아간다. 그곳에 가까이 가보면 틀림없이 일본 배다. 선체도 클 뿐더러 집어등 전구가 우리 것의 몇 배나 되고, 그 불 밝기 또한 우리 배의 몇 배나 밝아 끝이 안 보이는 바다 전체가 대낮처럼 밝다. 그리고 어군탐지기 등 모든 현대식 장비를 갖추었기 때문에 일본 배 가까이 들이대면 틀림없는 고기 구덩이다.

우리 배 선장은 들쥐처럼 살금살금 일본 배 가까이 기어늘어가 낚시를 내렸다. 아니나 다를까 그 밝은 불빛을 보고 모여든 고기가 일본 배보다는 우리 배로 몰려 올라오고 있었다. '후이시다 오모시로이' 그들은 무어라고 소리 지르며 웃고 있다. 우리 한국어선 같으면 난리가 날 것이다.

단박에 때려죽인다고 싸움하러 건너오겠지만 그들은 손뼉을 치며 하하거린다. 말은 달라도 웃음소리는 똑같다.

무어라고 하느냐고 나이 많은 어부들에게 물어보았더니 손으로 돌리는 것이 신기하고 재미있다는 뜻이라고 했다.

'후시다 오모시로이' 우리도 똑같이 쳐다보고 소리쳤다.

당신네 배 자동 기계로 하는 것이 더 신기하고 재미있다. 한 물레가 풀리면서 바다 속으로 들어가면 다른 물레가 감아올리고 자동으로 하는 것이 신기하고 부러웠다. 얌체족처럼 도둑고양이처럼 일본 배 밑에서 밤새워 퍼 올려 만선을 했다. 그러나 그들은 조금도 야유를 놓거나 불평하지 않고 오히려 많이 낚아가라고 손짓을 했다.

그렇게 만선을 하면 꽤 오랜만에 회식을 한다. 회식이래야 경월 막소주 두어 상자 싣고 나와 며칠 만에 한 번씩 회포를 풀기 위해 자축연을 벌이는데 그럴 때 진 노인이 제일 좋아했다.

출항할 때 한 잔씩 먹는다고 됫병 두어 개 들고 나오지만 이 사람 저 사람 한 잔씩 따라주다 보면 나오는 동안에 동이 나고 만다.

선장은 진 씨 노인 외 개개인은 일체 술을 못 싣고 나오게 한다. 술도 음식이라고 피로할 때 한 잔씩 먹는다고 됫병 몇 개씩 갖고 나오는 것을 허용했더니 제멋대로 마시고 싸움박질하고 좁은 방에 오줌을 싸 지린내까지 겹쳐 숨통을 막는다는 것이었다. 하여 일체 술은 못 싣게 하고 선주가 선장을 통해 공동으로 마시자고 술 두어 궤짝 실어준다는 것이었다.

그런데 진 노인만은 술 한 병을 허용하는 것은 월남한 혈혈단신으로 노쇠하고 술 없이는 아무 일도 못 한다고 한탄한다. 처음에는 됫병 한 병만 허용했는데 두 병씩 갖고 온다고 했다. 그렇지만 3일도 못가 동이 났다. 술 인심 담배 인심처럼 후한 것이 또 있을까.

술 파티는 시작되었다. 서로 낚시 실력을 자랑하듯 우럭 복어 등을 낚아 올려 회를 쳤다. 낮으론 활어 같은 잡어는 잡기 싫어 안 낚는다. 오징어 내장을 낚시 밥을 만들어 던져 놓으면 연신 물려 올라오고 다랑어나 대방어 같은 큰 고기는 오징어 눈 부위를 토막 내어 굵은 낚시에 꿰어 던져 놓으면 영락없이 물려 올라온다.

30여 명이 생활하다 보니 별의별 재주꾼들이 다 있다. 활어를 잘 낚아 올리는 사람이 있는가 하면 회를 번질나게 잘 뜨는 사람도 있다. 특히 복어는 독이 있어 전문적 지식 없이는 못 하지만 뱃사람들은 모든 것을 갖춘 법인체 같다.

회 양푼과 초고추장을 갑판 위 몇 군데 놓고 사무장과 본 선원이 술을 따랐다. 그때는 종이컵이 없는 때라 양재기나 밥사발로 잔을 하기 때문에 병째로 맡겨 놓질 못한다. 술 욕심을 내는 사람은 한 사발씩 따르다 보면 됫병 반은 따라진다. 그래서 사무장이나 본 선원이 병을 들고 잔에 3분의 1만 따른다. 어떤 사람은 더 따르라고 병 주둥이에서 잔을 떼지 않지만 더는 따르지 않는다. 그렇게 두 잔 내지 석 잔, 더는 못 마시게 한다. 선장은 건배 제의를 하고 있었다.

"자, 잔을 들어 올려주십시오. 여러분이 열심히 하여 빠른 시일 안에 만선을 했습니다. 졸린다고 자지 말고 안 낚인다고 게으름 피지 맙시다. 꾸준히 그리고 열심히 하다 보면 남보다 더 낚을 수가 있고 일당이 더 돌아갑니다. 자, 열심히 조업할 것을 위하여!"

우리는 술잔을 부딪쳤다. 잔 부딪치는 소리가 쨍그렁 났다. 원양바리 1항차 뛰고 들어오면 저금통장에는 칸수가 더 늘어나고 액수는 불어난다. 겨울이 오기 전에 더 열심히 해야 한다.

이제 가을도 점점 깊어져 10월도 얼마 남지 않았다. 우리는 또 출어 준비하고 대화퇴로 올라갔다. 항해하는 동안 비좁아 터진 방장에는 선원들이 모로 누워 칼잠을 자고 있다. 졸지 않고 열심히 낚으려는 계산이었다. 일단 대화퇴에 도착하면 다시 배에서는 생동감이 넘친다. 가끔씩 고래도 출몰하여 거대한 몸짓을 뒤치며 분수 같은 물을 하늘로 뿜어 올리고, 곱세기(돌고래의 어종) 무리들도 떼를 지어 몰려간다. 저기 저 상선은 어디로 가는 배일까. 청진으로 가는 배일까? 아니면 러시아 블라디보스톡으로 가는 배일까? 서서히 우리 곁을 지나 어디론지 멀어져 가고 있었다.

평화로운 바다, 가을 동안 큰 물결 없이 잠잠하던 바다가 갑자기 하늘에 먹구름이 몰려오기 시작했다. 구름은 자기 몸뚱이를 말아 올리며 바다를 뒤덮고, 바람은 윙~ 윙~ 앙칼진 소리로 부릿찌를 물어뜯으며 바다를 들쑤셔대고 있었다.

꿈틀! 꿈틀! 바다는 거대한 몸뚱이를 다시 뒤틀기 시작했다. 4~5미터는 풍랑에 속하지만 6~7미터는 태풍 급에 속한다. 태풍 아닌 풍랑에는 견뎌야 하는 것이 뱃사람들에게 인내이다. 여기까지 나오느라 기름을 땐 경비와 얼음을 소비하지 못했기 때문에 얼음을 다 소비할 때까지 버티고 있어야 한다. 그러나 먼 바다 높은 파도 앞에 20톤 급 미만 소형어선은 한낱 가랑잎에 불과하다.

선수와 선미가 널을 뛸 때마다 풍 줄은 끊어질 듯 팽창해졌고 부위는 제멋대로 튀어 올랐다. 선장은 멀리서 움직이는 배들을 관측하기 시작했다.

"태풍예보가 내리진 않았었는데…."

시야를 살피던 선장은 조업이 도저히 불가능한지 풍 줄을 끌어올리

라는 지시를 했다. 본 선원들은 풍을 끌어올리느라
"어이 싸! 어영 차! 어기 차!"

후렴에 맞추지만 파도가 점점 강해져 본 선원들은 도리어 풍 줄에 끌려가는 모양새였다. 간신히 풍을 끌어올리자 배는 제멋대로 흔들렸다.

배들이 육지로 들어가는 것이 보이기 시작했다. 울릉도로 피항할 수 있지만 30시간 이상이 소요되는 거리라고 한다. 하루 한나절 거리라면 차라리 속초로 들어가는 것이 낫다고 판단되었는지 선장은 육로를 향해 뱃머리를 돌리고 있었다.

"따닷! 따닷! 따닷!"

따블 엔진소리가 요란했고, 연통에선 연소되지 않은 검은 연기가 뭉클뭉클 피어올랐다.

어둑어둑 어둠이 내리고 있었다. 점점 높아지는 파도를 받으며 야간 항해란 아무리 오랜 경험과 배짱이 두둑한 선장도 긴장이 안 되는 선장이 없을 것이다.

우리들은 선실로 기어들어가 누웠지만 잠이 올 리 없었다. 쿵쾅! 쿵쾅! 선복을 치받는 파도가 금방이라도 배가 파선될 것 같은 공포가 바로 귀 밑에서 들려오기 때문이었다.

명섭이와 나는 긴장하면서 이번에 들어가면 다른 일을 찾아 위험한 뱃일은 그만하자고 나직이 말했다. 공포와 불안이 커질수록 밤의 시간은 왜 이리 더디게 흐르는지…. 파도가 튀어오를 땐 쿵쿵 무엇인가 부딪치는 소리가 들렸다.

날이 희부옇게 새벽이 오고 있었다. 선장은 본 선원들에게 소리치고 있었다. 밧줄로 묶어 세워놓은 식수통이 파도의 무게를 견디지 못하고 넘어져 뒹군다는 것이다. 물이 바닥에 조금 남았다고 빨리 세워 고정시키라는 것이다. 본 선원들은 우의를 입고 파도를 뒤집어쓰며 물통을 세우느라 안간힘을 쏟고 있었다.
 쓰나미 같은 삼각파도가 좌우로 들이칠 때는 배의 기울어짐이 30도 이상 쏠리고 파도더미가 덮칠 때마다 물통은 다시 미끄러져 뒹굴었다.
 "푸우, 푸우, 푸~"
 얼굴을 때리는 물을 뱉으며 뒹구는 물통을 일으켜 고정시키느라 매달렸지만 두터운 나무 관으로 짠 2톤 무게 때문에 고역을 치르고 있었다. 명섭이도 우의를 입고 기어나갔다. 나도 명섭이를 따라 나갔지만 튀어 오르는 파도와 기울어지는 갑판에 도저히 걸어 다닐 수 없어 선실로 도로 기어들어왔다. 선장은 본 선원 외엔 아무도 갑판에 나오지 못하게 했지만 명섭이는 파도를 뒤집어쓰며 계속 본 선원들을 돕고 있었다. 원래 궂은일을 보고 가만히 있는 성격이 아니었다.
 우르르르~ 우르르 쾅! 물기둥을 세우며 산 같은 파도가 배판을 덮쳤을 때 사람이 빠졌다고 소리치고 있었다. 본 선원 이덕재와 명섭이가 파도에 휩쓸린 것이다.
 "아, 아니 며 명섭이가? 어 어디…?"
 나는 충격에 넋을 잃고 방짱을 기어나갔다. 그러나 명섭이와 본 선원 이덕재를 구할 아무 힘도 없었다. 선장은 배를 급회전시켰지만 자동차처럼 제자리서 돌지 못하고 한참 선회하는 동안 파도는 무섭게 튀어 오르고 이덕재와 명섭이는 손을 들어 사람 살리라고 외치며 파도 더미에 묻히고 말았다.
 "모두들 들어가라!"
 선장이 소리치고 있었다.
 "안됩니다. 사람이 빠졌는데 어떻게 우리만 들어갑니까. 사람을 구해야 합니다! 명섭이를 찾아야 합니다!"
 나는 방짱 문을 잡고 버티었다.

"야 이 새끼야, 개소리 말고 빨리 들어가. 이러다 우리 모두 다 죽어!"
사무장은 나의 엉덩이를 사정없이 걷어찼다.
"사무장님, 아직까지 죽지는 않았습니다. 풍 줄에 우끼(부위)를 달아 띄우면 됩니다."
나는 사무장 바짓가랑이를 붙잡고 매달렸다.
"이 새끼야, 두 사람 찾다가 우리까지 다 죽는다. 이 새끼 좀 끌어 들여!"
본 선원은 나의 멱살을 개 끌듯이 끌고 방짱으로 들어갔다. 방짱으로 끌려온 나는 가슴을 두드렸다.
"명섭아, 명섭아…!"
방 안은 내 울음소리로 가득했고 어느 누가 시끄럽다고 뭐라 하지도 말리지도 않았다. 한참 후에 진 노인이 내 등을 쓸어내렸다.
"이젠 그만하라우. 기린다고 파도더미에 묻힌 사람이 돌아오간."
진 노인도 울음 섞인 목소리였다.
쿵! 쾅! 쿵!
선복을 치받는 파도와 갑판을 때리는 물 폭탄 속에 40여 시간 동안 불안과 공포 속에 구사일생으로 속초항에 들이대니 부두에는 발을 동동 구르는 아녀자들의 울음소리가 사방에서 들려오고 있었다.
ㅇㅇ호가 침몰되었다. ㅇㅇ호는 같은 선단 배를 구조하다 같이 난파되었다. ㅇㅇ호는 연락이 두절되었다는 비보 속에 항내는 울음바다였다.
며칠 동안 소식이 두절된 채 피를 말리는 궁금증에 하루에도 몇 번씩 부두에 나와 소식을 알아보았다는 포항식당 아주머니와 선원들을 애타게 기다리던 가족들이 서로 얼싸안았다.
"살았노 살았어. 하늘이 그리고 해왕신이 도우신기라. 그리고 그 배는 살 운명만 탄 기라.”

포항식당 아주머니 말에 나는 말을 잃고 고개를 떨구었다.

"혼자 살아오면 뭐 합니까. 생을 같이 고민하고 아파하던 친구를 잃었는데….”

"뭐라 했노? 어이, 누가 안 왔단 말이고?”

"본 선원 이덕재와 전라도 친구 명섭이가 파도 더미에 묻혔습니다.”

"뭐라꼬? 이 일을 어찌할꼬, 어찌할꼬.”

아주머니도 눈시울을 붉히고 있었다.

그때서야 긴장이 풀리자 나의 눈에서는 또다시 눈물이 비 오듯 쏟아졌다.

나는 진 노인을 따라가 실신하듯 방에 쓰러졌다. 그리고 며칠 동안 아무것도 못 먹고 술로만 살았다. 특히 파도에 휩쓸려가는 명섭이가 나타나 도저히 잠을 이룰 수 없었다. 진 노인도 말은 없지만 잠을 못 청하는 것 같았다.

"아저씨, 잠이 안 오세요?”

"자네도 잠을 못 청하는구먼. 생떼 같은 젊은이를 잃고 어찌 잠이 오겠는가. 이 늙은이가 가야 했었는데….”

"무슨 말씀을 그렇게 하세요? 명섭이도 가면 안 되지만 아저씨도 오래 사셔야지요. 그래서 통일을 보고 가족을 만나 영화를 누려야지요.”

"기런데 통일은 언제쯤 오려나. 과연 내가 살아서 만끽할 수 있을까?”

"그럼요. 꿈속에서도 그리던 고향엘 찾아가 아주머니와 자녀들을 안고 기쁨의 춤을 추어야지요.”

라디오와 신문에선 해난 사고 소식을 연일 보도하고 있었다.

'1976년 10월 ○○일, 대화퇴 어장에서 조업하던 한국어선 448척을 향해 초속 20미터 이상의 강풍과 함께 높이 10미터가 넘는 삼각파도가 몰려와 20톤 미만의 소형어선은 속수무책으로 당할 수밖에 없었다. 침몰 또는 전파 33척, 반파 12척, 사망 또는 실종자 317명의 최악의 참사다.' 라는 소식이 연합뉴스를 통해 보도되었다.

21. 아픈 사랑으로 맺은 남매

명섭이를 삼킨 바다는 두렵고 무섭기만 했다. 파도더미에 묻혔다가도 물 밖으로 얼굴을 내밀 때 필사적으로 배를 향해 손을 뻗으며 헤엄치는 것 같았다. 정신만 차리면 살 수 있다는 강한 의지로 배로 향했지만 외면하고 돌아서는 배를 보고 얼마나 절망하고 무서운 원한으로 쏘아보았을까?

명섭이를 구하지 못한 자책으로 며칠을 잠 못 이루고 악몽에 시달렸다. 밤으로 눈만 감으면 명섭이가 눈을 부릅뜨고 왜 나를 구하지 않고 너만 살아야 하느냐고 내 앞으로 다가왔다. 이 가을이 끝나면 뱃일을 그만두고 조그마한 포장마차라도 같이 해 보겠다던 네가 아니냐고 쫓아왔다. 분명 잠은 안 들었는데 명섭이 목소리는 내 귓전에서 맴돌고 있었다. 환청이었다.

나는 며칠 식사도 못하고 술로만 살았다. 그것보다도 노모님이 살아계신다고 들었는데 이 참혹한 비보가 날아간다면 이 사실을 어떻게 받아들일까. 뱃놈들이 고기 잡다 물에 빠져 죽으면 개죽음만도 못하다는 얘기는 익히 들은 사실이지만 직접 당하고 보니 그런 말들이 실감이 났다.

이렇게 맥을 놓고 슬픔에 잠겨 있을 수만은 없었다. 나라도 정신을 차려 명섭이 시신을 하루빨리 찾아 고향에 묻히도록 해야 한다. 정신을 가다듬고 부두로 나왔다. 부두에는 사고를 당한 배들로 보이는 어선 몇 척이 한쪽 편에 덩그러니 매어져 있다.

○○호.

나는 우리 배 갑판으로 올라갔다. 밥을 해 먹던 취사도구들은 파도에 다 떠내려갔고 한쪽 구석에 나뒹구는 어구들이 눈에 들어왔다. 명섭이 것으로 보이는 어구가 눈에 들어오자 나는 또 눈물이 핑 앞을 가렸다.

가난의 굴레에서 벗어나겠다고 밤새도록 졸린 눈을 비비며 결국 상바리(제일 많이 낚은 어부)를 놓치지 않은 그의 집념은 호남 기질답게 강하고 근면했다. 빠른 시일 안에 서민갑부가 되리라 믿었는데….

나는 배를 뒤로하고 임검소(배들의 입출항을 점검하는 해경초소)를 찾았다. 해경 서너 명이 근무하는 임검소는 한산했다. 낮 시간이라 배의 입출항이 뜸해서일까. 나는 소장을 면회했다. 지금까지 범위를 넓혀 수색 중이라고 했다. 멀리 떠내려간 시신은 일본 열도까지 떠내려간 시신도 있다고 했다. 하루빨리 시신이라도 인양하여 고향땅에 묻히도록 하고 싶지만 그것은 소망일 뿐 실행에 옮길 능력이 내겐 없었다.

나는 모든 것을 잊기로 했다. 이제 더는 배를 탈 수가 없었다. 명섭이를 삼킨 바다는 더욱 고통스럽기 때문이었다.

이젠 어디로 가야 하나? 인간의 마음은 너무 간사해서 편하면 생각 못하다가도 힘겹고 어려우면 고향을 그리고 어머니 품안을 그리는 것이다. 결국 나는 못나게도 고향으로 돌아왔다.

버스에서 내리자, 어머니는 어디에서 나를 보았는지 엎어지며 넘어지며 단거리 선수처럼 달려와 나를 와락 안으셨다. 불구자식을 둔 죄 때문에 긴긴 날을 하루같이 남몰래 가슴을 쥐어뜯으며 소리죽여 우셨을 어머니…. 몇 년 만에 대하는 어머니는 많이 야위시고 늙으셨다.

"어머니, 죄송합니다."

"이 망할 것아, 어디서 어떻게 지냈어? 그래도 살았으면 됐다. 얼마 전 동해 앞바다에서 큰 물난리가 났다고 네 누이로부터 연락을 받았다. 많은 사람들이 물에 빠져 죽었다는 소리를 듣고 이 어미는 얼마나 가슴을 쓸어내렸는지 모른다."

"어머니, 인명은 재천이라잖아요. 살 사람은 살아요. 대포알 총알이 비 오듯 쏟아지는 참혹한 전쟁 속에서도 살 사람은 살아남잖아요."

"이 어미는 너 없이는 하루도 못살아. 이젠 어미와 같이 살면 안 되겠니?"

어머니 목소리는 젖어있었다.

"에헴, 에헴!"

아버지는 마당에서 기침을 하고 있었다. 집 나간 자식 놈 마중하려니 아니꼽고 빨리 들어오라는 신호인 것 같다. 나는 방에 들어가 아버지께 절하고 무릎을 꿇었다. 아버지는 아무 말 없이 담배만 붙여 물고 있었다. 나는 불안했다. 아버지 입에서 어떤 말이 튀어나올지 고개를 숙이고 방바닥만 보고 있었다.

환갑을 지난 아버지는 며느리 손주 타령을 잘도 하셨다. 연세가 높으시면 손주가 부러운가 보다. 5일 장날이면 짚으로 싼 계란 서너 꾸러미를 들고 장보러 가셨고, 저녁때가 다 되어 아버지는 술에 취해 한 로가를 부르시며 들어오고 손에는 푹 절은 고등어 한 손이 들려있었다. 사랑방(윗방)에 들어온 아버지는 나를 불러 올리셨다.

"이놈아, 네 나이 올해 몇이냐? 장가도 다 때가 있는 법이여. 때를 놓치면 점점 힘들어져. 너의 또래들은 다 짝을 지어 새끼를 두고 있어."

그때마다 나는 입을 자물쇠처럼 잠그고 있었다. 연로하신 부모님께 손주를 못 안겨 드린 것도 불효로 생각하지만 내 현실을 생각 못하는 아버지도 원망스러울 때가 있었다.

아버지는 술만 취하시면 나를 불러올리셨다.

"이놈아, 너의 또래 중 일찍 결혼한 녀석들은 국민학교 부형소리를 듣는다. 언제까지 방황이냐? 이 애미 애비 생각은 추호도 안 하느냐?"

나는 입을 붙이고 참았어야 하는데 내 입에서는 독설이 품어져 나오고 말았다.

"아버지, 누군 장가갈 줄 몰라서 안가는 줄 알아요. 아버진 누이들을 병신에게 시집보내겠어요? 절름발이 사위를 보시겠난 말입니다. 괜히 가만히 있는 놈 자꾸 건드려요."

인내라는 것도 한계가 있었는지 나는 참지 못하고 육칠월 독이 오를 대로 오른 살모사처럼 고개를 빳빳이 쳐들고 아버지께 대꾸했다. 아버지는 하도 기가 막혔는지 담배만 붙여 물고 천장만 응시할 뿐 아무 소리 않고 연기만 날리셨다. 그런 후로 아버진 어떤 얘기도 입도 벙긋 안 했었다.

"편하게 앉거라."

아버지는 짧게 한마디만 하시고 담배만 태우셨다. 한로가를 부르며 위풍당당하게 들어오시던 아버지가 아니었다. 백발이 되신 머리와 까칠한 수염 모두가 너무 노쇠해 있었다. 여태 돌아다니며 결혼할 짝도 하나 못 구했냐고 야단이라도 치셨으면 오히려 마음이 후련하겠지만 이제 아버지 그런 패기는 찾아보려야 찾아볼 수 없는 모습이 더욱 가슴 아프게 다가왔다.

"편하게 앉거라."

여섯 글자 외엔 무언으로 일관하시는 아버지의 새까맣게 탄 마음을 어떻게 보상해 드려야 할지 나의 눈시울도 축축이 젖어왔다.

다음 날은 뜻밖에도 미영이가 찾아왔다. 내가 왔다는 소식을 듣고 올라온 것이다. 그녀는 말없이 다가와 나의 손을 잡고 얼굴만 바라보고 있었다. 전처럼 깡충거리며 뛰지도 않았고 가슴을 두드리지도 않았으며 동그란 눈에서 눈물이 핑 돌고 있었다.
"어떻게 지냈어요? 몇 년 만인지 모르겠네. 그렇게 매정할 수가 있어요? 설령 나에게는 편지 한 장 안 해도 좋아요. 그렇지만 부모님께는 종종 소식을 드렸어야죠. 부모님께서 얼마나 안부를 궁금해 하셨는지…. 어디 가서 죽었는지 살았는지 통 소식이 없으니 이렇게 답답한 일이 어디 있느냐고 한탄하셨어요. 저도 집에서 주소를 알고 갔다면 여러 번 편지했을 거예요."
"미안하다 미영아, 그럴 수밖에 없었어. 연락할 수 없는 곳에서 일했으니까."
"우리나라에 연락 안 되는 곳이 어디 있어? 아무리 오지 어디에서도 연락 안 닿는 곳이 있겠어요?"
"미영아, 그게 아니고 바다에서 생활했거든. 바다에서 생활하는 것을 부모님이 알아봐. 바다에 물귀신이 되지나 않을까 더 걱정할 테니까. 그런데 언제 내려왔어?"
"추석 때 내려왔다 안 올라갔어요. 엄마도 오빠를 너무 보고 싶어 하셔 내일 오빠 보러 올라오신대…."
"아니야, 그럼 내가 먼저 내려가서 인사 드려야지, 어머니가 오시면 되시겠어."
다음 날 어머니(의모)를 찾아 내려갔다. 조그마한 구멍가게를 하는

어머니 집 밀문을 열고 들어가자

"우리 맏아들 왔구나." 하시며 나를 꼭 껴안으셨다.

나무에서 떨어져 다리를 다쳤을 때부터 어머니는 내 가슴속에 사랑의 씨앗을 한 알 심어놓고 정성스레 가꾸어오고 있었다. 광풍이 불고 눈비가 오면 다칠까봐 호호 불며 배가 아파 낳은 아들보다도 더 끔찍이 사랑하며 맏아들이라 위해 주고 내 생일 때마다 맛있는 음식을 갖고 오셔서 함께 축하해 주곤 했었다.

"배고플 텐데 네가 좋아하는 만둣국을 끓여 먹자구나."

밀가루를 퍼 반죽을 하여 어느새 속을 만들었는지 어머니는 만두를 빚기 시작했다. 미영이도 나도 팔소매를 걷어올리고 같이 만들었다.

"누가 이쁘게 빚나 한번 보자구나."

솜씨가 빠른 어머니와 미영이가 빚은 만두는 오밀조밀 예쁜데 내가 빚은 만두는 커다란 왕만두가 되어갔다.

"오빠, 왜 자꾸 만두가 커져? 만두를 이쁘게 빚어야 장가 가 아기를 낳으면 예쁜 아기를 낳는대…."

미영이가 한마디 하고 호호 웃고 있었다.

"왕만두를 만들었으니 크게 될 사람을 낳으려나 보려무나."

어머니도 한마디 거들고 있었다.

우리는 그렇게 만든 만둣국을 끓여 맛있게 먹고 헤어졌다.

미영이는 다음 날도 그 다음날도 또 올라왔다.

"오빠, 오빠를 만나보고 시집이나 갈려고. 그래서 이렇게 기다렸던 거예요. 오빠를 두고 결혼하려니 하늘마저 반대하는 모양이야. 주위에서 선을 보라기에 마음이 내키지 않았지만 중신하는 사람 성의들 생각해서 만나 보았어. 경제적이라든가 학벌 같은 것이 너무 기울어 그만 두었어. 또 어떤 자리는 내가 딱지를 맞고. 딱지를 놓고. 오빠를 두고 시집가려니 하늘이 말리는 모양이야. 오빠 우린 같이 살 수는 없는 것일까?"

그렇게 말하는 그녀는 또 눈물이 그렁그렁 맺혔다.

몇 년 동안 나는 바다에서 파도와 싸우며 미영이 영상을 지우려고 애를 썼다. 때로는 미영이가 결혼하여 아기자기하게 살고 있을지도 모른다고 생각했었다. 이제 나 같은 존재는 까맣게 잊어버렸겠지 하며 일에만 몰두했었는데 지금까지도 나를 기다렸다는 게 믿기지 않았다.

그녀는 내 마음을 또 흔들어 놓았다. 그녀가 돌아간 후 나는 또 발광하는 마음을 안정하지 못하고 방황하기 시작했다. 고통스럽고 괴로울 때 술을 마시면 괴로움이 조금은 소멸된다고 하지만 술을 마실수록 괴로움은 점점 더 커졌다.

나는 산재당골이란 산으로 토끼사냥을 갔다. 토끼사냥 한다는 핑계로 서리꽃이 하얗게 핀 산 능선을 따라 백운산으로 갔다. 그러나 내 손에는 아무것도 들려 있지 않았다. 사냥을 하려면 올무나 덫, 창애 같은 것을 갖고 다녀야 한다. 나는 사냥 핑계로 산에 올라 답답한 마음을 해소하면서 온 산천을 미친개처럼 쏘다녔다. 인기척에 놀란 산노루가 나뭇가지를 흔들며 뛰어갔다. 미랏재를 돌아 병골이란 개울로 내려와 개구리 잡는다고 돌을 일구기 시작했다. 손이 시리고 발이 시리면 아픈 고통으로 모든 것을 잊으리라. 그러나 번뇌와 고통의 응어리는 점점 내 가슴 깊숙이 뿌리내리고 있었다.

아, 지금 나는 미쳐서 날뛰고 있는 것일까? 차라리 정신분열증이라도 걸려서 아무것도 모르는 그런 인간이 되었으면 행복할 것 같았다. 몇 해 전 대화에서 장평까지 젊은 미친 여자가 다니고 있었다. 무릎과 팔소매 부위가 다 해진 옷을 입고 무엇을 잃어버렸는지 꼭 잃어버린 물건을 찾는 자세로 두리번거렸다. 그 여자는 하루에 한 차례씩 30여리 길을 왕복하고 있었다. 사람들이 너 이름이 뭐니? 하고 물어도 입만 달싹거리며 가만히 중얼거렸다. 어쩌다가 그렇게 되었는지 모르지만 남편과 부모들은 얼마나 애간장이 타들어갈까? 나도 그런 정신 이상자가 되어 아무것도 모르는 인간이 되었으면 이 순간 오히려 행복할 것 같았다.

그녀는 자주 나를 찾아왔고 나는 그녀를 되도록 만나지 않으려고 피하고 있었다. 어쩌면 나보다 더 고민에 빠졌을 야윈 그의 얼굴에서 풍겨 나오는 짙은 우수의 그림자를 나는 읽을 수 있었다.

"미영아, 어서 시집 가. 너와 잘 어울리는 사람 얼마든지 있어. 어서 시집가야 너의 마음도 가볍고 나도 편안해질 거야."

그러나 그녀는 말없이 머리를 좌우로 흔들었다.

그렇다면 어쩌자는 것인가? 만약 나와 결혼을 한다 하면 부모님과 형제들이 어떻게 받아들일 것이며 그리고 정상인이 아니라고 괴로워하는 내 모습을 어떻게 감내할 것인가?

나는 그녀를 바래다준다고 황새봉 길을 걸었다. 둘이서 가끔 거닐던 추억이 담긴 오솔길이었다. 한여름 같으면 황새가 평화로이 날아오르며 알을 품느라 꽥꽥거리며 생동감 넘칠 텐데, 지금은 황새가 다 날아간 봉에 터 지킴 한 마리만 남아 외로이 봉을 지키고 있다. 어미 새와 형제 새를 모두 보내고 외로이 홀로 봉을 지키고 있는 한 마리 새. 녀석은 외로움에 꺼억꺼억 울다가 목이 메어 울지도 못한다. 그래도 터를 지켜야 한다는 사명감에 멀리 날아가지 않고 주위에서 먹이를 먹다가 겨울 추위를 견디지 못하고 결국 최후를 맞이하는 한 마리 새. 백로는 가장 어리석은 새인지도 모른다. 저 멀리 남쪽으로 날아가 경상도나 전라도에 가면 얼지 않는 강과 저수지가 있을 것이고 개구리나 물고기 한 마리 잡아먹으면 될 것이다. 기껏 멀리 가봤자 대화나

평창쯤엘 갔다가 되돌아오곤 하는 것이다. 겨울만 잘 넘겨 명년 3월이면 어미 새와 형제 새를 상봉하고 짝을 지어 보금자리를 틀고 알을 낳아 새끼를 부화하고 푸른 창공을 훨훨 날아다닐 텐데…. 녀석은 나만큼이나 어리석은 새인지도 모른다.

나는 더 이상 망설이지 않고 어머니(의모)를 찾아갔다. 이제 더 이상 방황하고 싶지 않았다. 상처가 커지기 전에 치유할 어떤 묘안을 찾고 싶었다.

장평에서 만취가 된 나는 어머니 집 문을 드르륵 열고 들어갔을 때 나의 꼴을 보고 놀라신다.

"어디서 이렇게 취했어? 어서 들어오너라."

하시며 어머니는 나를 친절히 맞으셨다.

"어머니하고 술 한 잔 하러 왔습니다. 술 한 병만 주십시오. 할 얘기가 있습니다."

"오냐오냐, 술 깨거든 얘기하자구나. 윗방에 이불 깔아놓았으니 한숨 푹 자고 깬 다음에 얘기하자."

"내가 자러 왔습니까? 술 한 잔 마시면서 말씀드리고 싶었는데…."

"오빠, 어디서 이렇게 취했어? 평소 오빠답지 않게 왜 그래? 다른 땐 이렇게 흐트러지지 않았잖아?"

미영이도 나를 만류하고 있었다.

"그래, 이제는 다 망가진 폐인이야. 3~4년 동안 저 밑바닥 세상에서 새로운 인생을 모색해 볼렸지만 다 틀렸어. 그러니 네가 술 한 상 차려주면 안되겠니?"

내 주정에 어머니는 더러워서인지 술상을 놓고 맥주 한 병과 글라스를 올려 갖다 놓았다.

"이게 음료수지 술입니까? 제가 갖고 오겠습니다."

나는 이 홉들이 술 두 병을 갖다 마개를 뚝뚝 땄다. 그러나 어머니는 또 술병을 감추었다.

"그럼 들어보자구나. 어떤 이야기인지…."

"저도 미영이를 너무너무 사랑합니다. 미영이가 나를 좋아하는 것보다도 더 사랑하는지 모릅니다. 그러나 어머니는 그 사랑을 막기 위해 아들이라는 위장으로 저희들을 묶어놓았습니다. 절름발이 사위를 보지 않기 위한 최선의 방법인지도 모릅니다."

"아! 아니 네가 어찌 그런 말을…. 무, 물 좀 다오."

어머니는 갑작스런 충격인지 가슴을 쓸어내리며 물을 찾고 있었다.

"소주, 소주 주십시오. 술 안 취한 맨 정신으로 저 가슴속 깊이 한으로 맺혀있는 말이 튀어나오겠습니까?"

그러나 충격으로 어머니도 부르르 진저리를 치고 있었다.

나는 글라스를 상 위에 내리쳤다. 그러지 말아야 했었는데 가슴에서 폭발하는 광증을 나도 모르게 행동한 것이다. 어쩌면 지금 나는 미쳤는지도 모른다.

"아니, 얘가…. 미영아 허, 헝겊(붕대)…."

유리 파편에 손은 피로 범벅이 되었고 헝겊을 찾던 어머니는 자기가 입고 있던 속 메리야스 하단을 확 찢어 손을 칭칭 동여매고 있었다.

"어머니…."

나는 실신하듯 어머니 무릎 위에 쓰러졌다. 그리고 목 위로 떨어지는 끈끈한 액체를 느낄 수 있었다. 어머니도 소리 없이 눈물을 흘리고 있었다. 차라리 뺨이라도 올려붙이면서 '이놈의 새끼, 오냐오냐 하니 어디서 주정을 부리느냐'고 따끔하게 야단을 쳤으면 가슴이 더 후련해질 것이었다. 그러나 어머니는 죄진 사람처럼 내 앞에선 쩔쩔매고 있었다. 나는 밖으로 뛰쳐나왔다. 밖은 캄캄한 어둠이었다.

"오빠!"
하고 미영이 목소리가 들리는 것 같아 돌아보면 아무도 없었다. 또 박또박 발자국 소리가 들리는 것 같아 다시 돌아보면 아무도 없는 캄캄한 절벽. 미영이도 울고 있을까? 다른 때 같으면 바래다준다고 성황당까지 따라오던 그녀가 아닌가? 다시
"오빠!"
소리가 들려 돌아보면 아무도 없는 캄캄한 밤. 내 귀에서 울고 있는 이명(耳鳴)이었다.
캄캄한 어둠 사이로 바다가 보이기 시작했다. 파도에 떠내려가는 명섭이가 살려달라고 손을 휘젓는 것이 보이고, 부두에 서서 눈물 그렁그렁 흘리던 옥분이도 보이고, 이산가족을 만나게 해 달라고 방생하던 진 노인도 보이고, 아슬아슬하게 파도를 타 넘던 배도 보인다. 차라리 그때 파도더미에 묻혀버렸다면 마음 편할 텐데…. 나는 길 잃은 한 마리 짐승처럼 캄캄한 안개 속을 헤매고 있는 것이다.
집에 올라온 나는 문을 걸어 잠그고 죽도록 앓았다. 어머니가 문을 두드리며 열어달라고 하였지만 죽은 체 이틀을 보냈다.
"이 지지리도 못난 놈아, 어미 속을 또 이렇게 애간장을 태우느냐? 내가 미영이를 만나 보마. 무얼 어쨌길래 그렇게 두문불출이냐?"
그 소리에 나는 밖으로 나왔다. 햇빛이 유난히 눈부셨다.
"어머니가 미영이를 만나서 어쩌자는 겁니까? 아무 소리 마세요. 제가 가겠습니다."
나는 미영이 집으로 내려갔다.
어머니(의모)도 미영이도 몹시 수척해 있었다.
"어머니, 용서하십시오. 제가 너무 흥분하여 제정신이 아니었습니다."
나는 무릎을 꿇었다.

"편안하게 앉거라. 정호야. 이 어미를 원망하고 있었구나. 하지만 이 어미를 이해하고 멀리 보면서 살아라. 그렇게 살다보면 행운의 날이 찾아오겠지….."

"오빠!"

미영이는 또 눈물이 그렁그렁한 얼굴로 붕대 감은 손을 만지며 빨리 병원부터 가라고 한다.

미영아, 미안하다. 언젠가 우리는 황새봉 오솔길을 걸으면서 결혼보다는 다정한 남매가 되어야 한다고 말한 적이 있었지…. 그래 부부는 살다가도 금이 갈 수 있지만 남매는 끈끈한 정으로 다지다보면 그 삶이 점점 아름다워질 거야. 우리는 손을 잡고 활짝 웃었다.

| 에필로그 |

　창피스러운 얘기지만 저는 국민학교(지금의 초등학교)밖에 못 나온 문맹에 가까운 사람입니다. 그리고 조금 더 보탠다면 서당, 이 년과 검정고시 보겠다고 중학과정 강의록을 구입해 몇 개월 끙끙거리다 만 것이 전부입니다.
　그렇다고 못 배운 것을 후회하거나 왜 안 가르쳐 주었냐고 부모님을 원망해 본 적은 더더욱 없습니다. 시대가 시대인 만큼 6·25 직후라 먹고살기 급급했고, 특히 시골에서는 부자라고 손꼽힐 정도라야 중학교에 보냈고, 저의 졸업반 20여 명 중 3~4명만 진학하고 나머지는 부모님 일을 돕거나 도회지로 종살이를 떠나는 것이 고작이었으니까요.
　하기야 그때나 지금이나 배움에 열망만 있다면 독학으로도 국가고시나 더 나아가 사법고시에 패스하는 사람도 간혹 나왔고, 최종학력 국졸 국회의원도 나올 때였으니까요.
　그러나 내게 내려진 가혹한 운명은 공부보다는 부모님께 불효하라는 숙명적인 팔자 선을 타고 나왔는지 모릅니다. 아버지께서는 어이새끼(어미 소와 송아지)를 키우면서 어미 소는 농사(밭갈이)를 해야 하기 때문에 한 해 동안 서당에 다니면 다음 해 송아지가 중소가 되면 팔아서 중학교에 보내주신다고 약속하였지만, 그러나 공부 운은 여기까지인지 학우들과 매미를 잡으려 배나무에 올랐다가 그만 떨어지면서 다리를 다쳤고, 원주와 강릉 병원을 찾아다니며 치료하다 병원비로 어이새끼 판 돈을 다 날려버려야 했습니다.
　아버지는 긴 한숨을 담배연기에 실어 보내며 실의에 빠졌지만, 아버지와는 달리 어머니는 다 큰 저를 업고 용하다는 한의를 찾아다니며 무수한 침을 맞혔지만, 제 다리는 나아지지 않았습니다.

이때부터 저의 방황은 시작되었고, 부모님 속을 새까만 숯덩이로 만들기에 충분했습니다. 제대로 말도 안 듣는 다리를 이끌고 서울로 도망쳐 제일 말단의 직업현장에서 일해 보았고, 또 공사장에 뛰어들어 질통을 짊어지고 악착같이 버텼지만, 이 거대한 도시는 나를 받아주지 않아 결국 주저앉고 말았습니다.

한때는 깊은 산속 암자에 들어가 머리를 깎고 중이 되어보겠다고 속세와 단절한 적도 있었고, 대관령 험악한 산판에서 벌목꾼들과 어울려 산판일도 해 보았습니다.

몇 년이고 종무소식으로 어머니 가슴을 갈기갈기 찢어놓고도 무슨 염치인지 집에 들어갈 때면 이제는 이 어미와 같이 살 수 없겠느냐고 울먹이시던 어머니 목소리가 지금도 생생히 들리는 듯합니다. 그리고 낳은 자식 못지않게 애정으로 감싸주시던 의어머니 사랑도 잊을 수가 없습니다.

그러다가 역마살이 또 발동하면 집을 뛰쳐나갔고 동해북단 속초에서 울릉도 대화퇴를 드나들며 조업하던 중 1976년 10월 말, 갑작스런 폭풍 앞에 좌초되는 배를 목격하면서도 불가항력으로 어쩔 수 없었고, 또 가장 가까이에서 생을 같이하고 고민하던 친구를 파도에 묻어 버리고 생의 무상함을 느끼며 집으로 돌아와야 했습니다. 당시 대화퇴에 불어 닥친 폭우로 우리 어민 317명이 목숨을 잃거나 실종되었다는, 국내 최악의 해난 사고라고 합니다.

그러던 다음 해 1977년 12월 12일, 꿈에도 염원이던 나리를 수술하기 위해 신촌 세브란스 병원을 찾았고, 외과과장 김○현 교수님의 집도로 정상을 회복할 수 있게 되었습니다. 나 홀로 입원하고 수술 후

침상에서 외로움과 싸울 때 곁의 환자 보호자들은 내가 혈혈단신 고아인 줄 아는지 극진히 보살펴 주었습니다.
　친구들과 새총놀이를 하다 한쪽 눈을 실명하여 입원하였다는 노○군 어린이 어머니는 내 보호자 역할도 같이 해 주었습니다. 밤으로 마취기가 떨어져 나도 모르게 신음하면 많이 아프냐며 간호사를 불러주었고 또 변기통 소변기를 받쳐주던 아주머니…. 미안하고 창피해서 혼자 하겠다고 고집을 부리면 누나처럼 생각하라며 웃으시던 아주머니는 정말 누나 같았습니다.
　그리고 교통사고로 입원해 있는 아빠를 엄마 따라 매일 찾아오는 ○정 양은 맛있는 과일이나 과자류를 우선 나에게 조르르 달려와 주면서 "아저씨는 왜 보호자가 없어요? 아저씨는 가족도 없이 혼자야? 가족도 없는 고아예요?" 하길래 장난삼아 고개를 끄덕였더니 "아저씬 참 불쌍하다."하던 ○정 양도 눈에 선합니다.
　주위의 온정으로 빨리 회복되었고 일주일이 지나 담당 주치의께서 물리치료하기 위해 깁스를 풀고 땅을 디뎌 보라고 했습니다.
　"자, 이제는 발뒤꿈치로 바닥을 딛고 걸어보세요."
　교수님의 말씀에 하늘이라도 나는 심정으로 바닥을 딛고 걸었습니다.
　실로 몇 년 만이었을까? 주위에서는 축하한다며 손뼉을 쳤고, 나도 모르게 어머니를 불렀습니다. 내 마음보다도 어머니 마음을 더 아프게 했을 이 다리로 지금 땅을 디디고 걷고 있습니다, 어머니….
　그리고 막바로 집에 전보를 보냈다.

다리 수술로 정상을 회복하였음.
세브란스 병원 5동 ○○호실.

　방황할 때 같이 아파하시던 누님, 동생들, 끝까지 오빠, 형으로 불러주는 의형제께도 미안하다는 말을 전하고 싶습니다.
　빈곤한 농촌에 시집와 고생하는 아내, 그리고 만학의 끈을 놓지 않고 열심히 하면 끝까지 후원해주겠다는 아들딸에게도 고마움을 전합니다.
　끝으로 이 부족한 글을 연재 란에 실어주신 월간 『문학세계』 김천우 이사장님께도 고개 숙여 감사함을 전합니다.
　(1960~70년대 배경으로 글을 썼기에 젊은 독자 분들은 이해하고 읽어주시기 바랍니다.)

2023년 2월

신현두

문학세계대표작가선 983

대화퇴 어부

신현두 장편소설

인쇄 1판 1쇄   2023년 2월 15일
발행 1판 1쇄   2023년 2월 22일

지 은 이 : 신현두
펴 낸 이 : 김천우
펴 낸 곳 : 도서출판 천우
등   록 : 1992. 2. 15. 제1-1307호
주   소 : 서울시 성동구 무학봉28길 6 금용빌딩 2F
전   화 : 02)2298-7661
팩   스 : 02)2298-7665
http://blog.naver.com/cw7661
E-mail : cw7661@naver.com

ⓒ 신현두, 2023.

값 15,000원

＊도서출판 천우와 저자의 서면 동의 없는 무단 전재 및 복제를 금합니다.
＊저자와의 협의에 따라 인지는 생략합니다.

ISBN 978-89-7954-890-7